JN060747

樋口一葉の世界

樋口一葉の世界（'23）

装丁デザイン：牧野剛士
本文デザイン：畑中　猛

s-81

まえがき

本書は『樋口一葉の世界』と題して、樋口一葉の生涯を辿りながら、一葉がかかわった多様な表現ジャンルを総合的に取り上げる。一葉文学の広がりと深化を見てゆきたいからである。

樋口一葉と言えば、『たけくらべ』や『にごりえ』などの小説がすぐに思い浮かぶが、一葉が発表した小説の総数は二十二編に及んでいる。それらの内容を概観し、原文の一部も紹介しながら、生動する一葉作品の気韻に触れたい。

小説作品を発表順に見てゆくと、樋口一葉が短編作家と呼称されることの意味を、明瞭に認識できる。個々の小説は、それぞれが独立した短編小説であることは揺るぎないにしても、一葉作品の中で、相互の類似性・反転性・発展性など、広い意味でのつながりにも、おのずと視界が開かれてくる。作品相互の関係性、一葉の人間観や人生観の形成、一葉が目指した理想など、さまざまなことが顕れ出てくる。

ところで、一葉は雑誌や新聞に小説を発表しただけでなく、わずかではあるが、新聞・雑誌に発表した随筆がある。また、日記や手紙、そして四千首とも言われる膨大な和歌の詠草もある。日付を伴わずに書かれた断章・断片や、和歌や俳句を含む散文小品もある。生前に刊行された唯一の著書として、手紙の模範文例集である『通俗書簡文』がある。これらも、「一葉文学の領域」として位置づけたい。

それらの総合体が「樋口一葉の世界」である。本書は、それらの分析を通して、一葉の人生と文学を浮かび上がらせることを目指している。

ここであらかじめ、本書の構成を述べておこう。最初に、樋口一葉の文学世界を、明治期に刊行された一葉の全集類を通して概観し、その後に樋口家の人々の人生を、居住地に注目しながら略述する。歌塾「萩の舎」への入門、兄や父親の死、半井桃水に師事したことを、主として一葉の日記や和歌の詠草によって辿る。小説家として作品を発表する以前の一葉の生活と、和歌や古典などの修学状況が、日記や詠草に投影されているからである。

その後はおおむね作品の発表順に沿って、作品をひとまとまりずつ各章に振り分けて、一葉の作品を「連続読み」する。その際には、掲載された雑誌ごとのまとまりを重視した。さらに、作品発表に際しての紹介者や、作品が掲載された雑誌や新聞の特徴などについての記述も心懸けた。また、本書では、一葉作品に対する同時代の論評、および、同時代の人々との交流や、それらの人々に対する人物評、そして一葉に対する他者からの人物評など、「人と作品」にまつわる広義の関係性にも注目しながら論述した。

一葉の多彩で多様な文体・表現に特に注意を払い、作品の原文の一部を鑑賞しながら、今述べたような視点を含めて考察を進めると、一葉の文学活動を俯瞰することが可能となり、ひいては、一葉文学の全体像を把握することが可能となるであろう。

樋口一葉は、何を目指して文学創造に携わったのか。理想と現実の狭間にあって、一葉が文学に託して伝えようとした根本のものは、何だったのか。一葉の言葉が、今を生きる私たちの心に響くのは、なぜなのか。このような問題意識を共有しながら学んでいただければ、幸いである。

令和四年六月

島内裕子

目次

3 「萩の舎」入門　45

4 一葉における無常の認識　63

5 小説家への道　80

1 樋口一葉の文学世界

《目標&ポイント》明治期に刊行された三種類の「一葉全集」を紹介しながら、一葉文学がどのような経路によって人々に読まれてきたかを概観する。併せて、一葉の生活圏を構成する樋口家の住居歴、および、一葉文学の多様性に注目する。

《キーワード》「大橋版全集」、「緑雨版全集」、「孤蝶版全集」、『文学界』

1．樋口一葉の世界をどう捉えるか

樋口一葉の略伝

ここに紹介するのは、『校訂一葉全集』（博文館、明治三十年六月）の冒頭に掲げられた、樋口一葉の略伝である。そのページの表記、句読点、改行箇所など、レイアウトを再現してみる。

一葉女史、樋口夏子君は東京の人なり。明治五年
三月廿五日を以て生る。歌を善くし、文を善くし、
兼て書を善くす。其初めて筆を小説に下したる

は、明治廿五年二月なり。こゝに小品とゝもに、集むるもの廿四篇、別に通俗書簡文の著あり。明治廿九年十一月廿三日、病を得て歿す、歳二十五。

この「緒言（しょげん）」は、経歴を簡略に記しただけの略歴と言うよりも、きわめて凝縮した一葉の伝記として、「略伝」とさえ呼びたいほどの文章である。ちなみに、一葉の没年の「二十五歳」は、数え年である。満年齢では、二十四歳だった。

馬場孤蝶（ばばこちょう）は、『明治文壇の人々』（三田文学出版部、昭和十七年）の「緑雨と一葉」で、この全集に触れる。「その巻頭にある『一葉女史、樋口夏子君は東京の人也云々』といふ緒言は緑雨の筆になつたものだ」と述べている。『校訂一葉全集』のどこにも、「緒言」を誰が書いたか、明記されていない。これは孤蝶による貴重な証言である。「緑雨」は、斎藤緑雨（さいとうりょくう）である。

斎藤緑雨も馬場孤蝶も、一葉と直接の交流を持った文学者である。平安時代には、「和歌・漢詩・管絃（音楽）」の才能を兼備する人物を「三船（さんせん）の才」、あるいは「三舟（さんしゅう）の才」などと呼んで讃えた。緑雨は一葉のたぐいまれな才能が、和歌と散文と書道という三つの領域に及んでいたことを、はっきりと書き留めた。そして、この緒言の筆者が緑雨であることを後世に伝えたのが、孤蝶であった。

『校訂一葉全集』の緒言には、小品も含めて二十四編があること、それ以外に『通俗書簡文』の著作があること、そして最後に、一葉が病没した年月日も明記されている。この日付は新暦である。ただし、一葉が生まれた明治五年は、いまだ旧暦の時代であった。三月二十五日という一葉の誕生日は、新暦では五月二日である。

一葉の人生は、満二十四歳六箇月の歳月である。ただし、一葉が誕生した頃は、生まれた年を一歳として、それ以後新年になると年齢が一歳ずつ増える「数え年」であった。緒言にある通り、一葉が亡くなったのは、数えで二十五歳である。本書においても、現在では一般的となった「満年齢」ではなく、原則として年齢は「数え年」で記した。

一葉の人生は、留(とど)めようもなく流れ去る時間の奔流にあって、浮きつ沈みつする一葉舟(ひとはぶね)の危うさの中での出来事であった。母と妹邦子(くにこ)の生活が、一葉の筆に懸かっていた。緒言には生没年だけでなく、最初の小説が書かれた年月も明記されているので、一葉の文学活動が、短かったことがわかる。そのことを緑雨は心に重く受け止めていたのであろう。この間に二十四編というのは、人々が読むに堪(た)える作品を完成するために、かなり早いペースで書き上げなければならない。一葉は、何を見聞(みき)きし、何を読み、誰と出会い、何を考え、何をしたのか。それでも、先に触れた斎藤緑雨や馬場孤蝶に限らず、「良き理解者」の存在があったことは、一葉の人生と文学活動における忘れがたい明るさとして心に留めたい。

ちなみに、二十四編という作品数には、緑雨が書いているように小品も含んでいる。内訳は、小説が二十二編、小品（随筆）が二編で、合計二十四編となる。

なお、「一葉」という名前は、小説作品への署名で使われた名前であるが、本書では、小説発表以前の時期においても「一葉」という呼称で統一し、場合によっては、「なつ」、「夏子」などと記述することもある。樋口家の人々や交友圏の人々の名前についても、表記など複数の書き方が見られるが、一葉の場合と同様、原則としてそれぞれの人物の通行の呼称に統一した。

明治期に刊行された『一葉全集』

本書を『樋口一葉の世界』と名付けたのは、一葉の人生全体に視界を広げることを目指しているからである。その中心は、やはり文学作品となる。先ほどは『校訂一葉全集』（以下、「緑雨版全集」）のことを、まず最初に紹介した。これは、厳密に言えば二番目の全集である。それより半年ほど早く、明治三十年一月九日に『一葉全集』が博文館総支配人である大橋乙羽によって刊行されている（以下、「大橋版全集」）。その際に尽力したのが斎藤緑雨と戸川秋骨だった。収録作品を「緑雨版全集」と比べると、『わかれ道』『この子』『ほととぎす（随筆）』の三編を欠いているが、一葉が亡くなってから、わずか一月半後というきわめて早い時期の刊行だった。

その半年後に、同じく博文館から刊行されたのが『校訂一葉全集』、すなわち最初に取り上げた「緑雨版全集」だったのである。斎藤緑雨による緒言で一葉の略伝が書かれ、校訂も緑雨によって行われた。架蔵の『校訂一葉全集』は、奥付が明治三十六年三月十五日、十版発行となっている。この奥付からも、「緑雨版全集」が世間に広く流布して読まれたことがわかる。

最初の「大橋版全集」は、編者の大橋乙羽が冒頭部の「事のついでに」で、校訂などに行き届かないところがあるので、後日、再版を期すと記している。それが実現したのが「緑雨版全集」だったのである。そのような経緯について、文芸同人誌『文学界』第四十九号（明治三十年一月三十日発行）の巻末「漫評」に、次のような紹介文が出ている。筆者は平田禿木である。

一葉全集

大橋乙羽氏編輯主任となり、斎藤緑雨氏等の傍らよりこれをたすけて、こゝに樋口氏が生

> 前著作の全集を成すことを得たり。乙羽氏及び発行者は更に精細なる校訂を得てこれを再版発布せむことを約す、諸氏の故人に対するあつしといふべきなり。

末尾の「あつしといふべきなり」の「厚し（篤し）」とは、彼らの一葉に対する情愛の気持ちが細やかで深い、という意味である。編輯主任の大橋乙羽に、斎藤緑雨たちが協力して樋口一葉の全集を刊行するが、さらに詳細な校訂をして再版を刊行すると約束している、という紹介文である。

この「漫評」欄は、今引用した部分に引き続いて、次のような内容紹介が書かれており、これによって、「大橋版全集」の意義と意図がよく理解できる。少し長くなるが引用してみよう。

> 樋口氏が作品につきては、世既に定評あれば、こゝに数多の言を費すに及ばず。されどこの集中には未だ世に知られざる三四の小品佳作をも収めたり。且つ一々その製作の年月を与へたれば、次を追ひてその筆路の進みし跡をたづぬるを得べし。うもれ木、暁月夜は才華の爛熳としてまさに開きたるが如く、やみ夜、濁江等に於て、やゝ世を怨みたる如き一種の思想を窺ふことを得べく、大つごもり、十三夜等にて漸くその才の円熟するを見たり。独り別れ途の一佳作を脱したるは何ぞ。われ等は再版の日、これが補集を得むことを待つものなり。

ここでは、全集の目次に制作年月が入っていることに注目している。制作年月によって、諸作品の成立時期を知ることができると述べているのは、明確な指摘である。しかも、主要な作品を取り上げて、それぞれの文学的な到達点にも、簡潔に言及している。この「漫評」の筆者である平田禿木ならではの一葉文学への理解の深さがうかがわれる。

というのも、本書の第八章で取り上げるように、禿木こそは、一葉の家を訪れて、自分たちが参加している文学同人誌『文学界』への寄稿を直接求めた人物だからである。そこから、一葉の『文学界』とのつながりが生まれた。全集に『別れ途（わかれ道）』が入っていないことを残念がり、ぜひ入れてほしいと述べるなど、一葉作品の愛読者である禿木の真情が、率直に述べられている。この要望は、「緑雨版全集」で早速実現した。

この「漫評」の最後は、次のように締め括られている。

表装挿画等につきては、発行者費を致して頗る惜しむところなきが如くなれど、その体裁意匠に至りては、更に緑雨氏等の見に聴くべきものあるを信ず。

この一文は、発行者である大橋乙羽自身が、「大橋版全集」の「事のついでに」で書いている内容を踏まえている。すなわち、「本書表紙口絵の趣向に就きては、斎藤、星野の両君の忠告ありたれども」、表紙となった梶の葉の絵を武内桂舟に、色刷り口絵を鈴木華邨に描かせたのは、乙羽の一存であり、あくまで「本書の品位を高からしめんが為め」にしたことである、と弁解している。けれども、「漫評」筆者の平田禿木が、緑雨たちの見識に従ってほしいと書いているのは、やはり、一葉文学そのものの集大成としての「全集」に、派手な装丁は不要である、と考えているのであろう。再版の「緑雨版全集」では、表紙はそのままであるが、口絵は入っていない。

ちなみに、華邨による色刷り口絵は、窓辺に置かれた机に、頬杖を突く着物姿の若い女性が描かれている。着物の華やかな色合いや、模様、髪飾りなどが目立つ。机に書物が広げられているので、文学好きの女性の姿を描いているのであろうが、窓を取り巻くように、いくつも垂れ下がる藤の花房も美しく、窓の横には鳥籠も吊り下げられていて、いかにも女性読者を主な対象としたような浪漫的な美しい絵画である。

　ところで、平田禿木の「漫評」という文芸欄は、どういう構成だったのだろうか。冒頭に、尾崎紅葉の『金色夜叉』が「読売新聞」に連載され始めたことが紹介され、二番目に森鷗外の芸術論集『つき草』が刊行されたことが記される。そして、三番目が「一葉全集」である。同時期の紅葉や鷗外の文学活動もわかるが、一葉は早くも全集が編まれる物故作者となっていることに胸を衝かれる。その一方で、直ちに全集を編纂刊行した人々たちの熱意にも心打たれる。

日記が全集に載るまで

　日々の生活の慌ただしさの中で、それでも一葉は自分自身と向き合う時間を創り出した。半紙を折って重ねた手製の帖面を小机に広げて、日記や和歌を認める。それは、何ものにも代え難い貴重な時間だったであろう。一葉の日記は、それ自体がすぐれた文学作品としての達成を果たしている。けれども、一葉の日記のことは、先に触れた斎藤緑雨による緒言の中でも取り上げられていない。明治三十年版の全集で収録されなかった日記や一葉の和歌は、その後しばらく経ってから、紹介されることになる。

　馬場孤蝶の編集による『一葉全集』前編（博文館、明治四十五年五月）、後編（同六月）が刊行された。この「孤蝶版全集」に至って初めて、日記と生前唯一の単行本である『通俗書簡文』が収録されたのである。「孤蝶版全集」の刊行は、一葉文学の全貌に読者たちが触れる契機となった。

前編が「日記及文範」、後編が「小説及随筆」という二冊本の構成である。前編に「文範」とあるのが『通俗書簡文』のことであり、そこでは『通俗書簡文』の全文例が掲載された。後編では、小説二十二編に加えて、小説断片と随想類が収録された。

一葉自身は没したが、一葉文学は各種の「一葉全集」によって読み継がれてゆくことになる。

『一葉歌集』の刊行

以上のように、明治期に三種類の全集が刊行され、読者たちは次第に、一葉文学の全体像に近づけるようになった。ただし、これらの全集には、いまだ一葉の和歌が収録されていなかった。

その後、佐佐木信綱の選歌（撰歌）と歌の内容別の部立によって、樋口夏子著『一葉歌集』が大正元年十一月二十三日に博文館から刊行された。「孤蝶版全集」の刊行に遅れること一年半であったが、この『一葉歌集』刊行の日付が「十一月二十三日」であるのは、一葉の命日（十七回忌）に合わせたからだろう。

佐佐木信綱は、「一葉歌集のはじめに」で、刊行の経緯と、一葉との出会いの場を次のように書いている。

> さいつ頃幸田露伴君訪ひ来られて、故一葉女史の妹邦子ぬし、姉君の十七回忌の記念に、故人の和歌をえらびて一巻となし、人々に頒ち、世にも公にせむの企あるにつきて、その選を予に嘱せられぬ。予の一葉女史を知れるは、ただにその明治文学史上の珠玉とも称すべき幾編の小説によりてのみならず、予いまだ幼かりし頃、こゝかしこの歌会に臨みしかば、中島歌子ぬしの会にも屢々ものしたりき。

『一葉歌集』の刊行もまた、「諸氏の故人に対するあつしといふべきなり」という『文学界』の「漫評」の言葉が当て嵌まる。『一葉歌集』は「樋口夏子著」と明記され、編者である佐佐木信綱の名前は、「一葉歌集のはじめに」の末尾に「大正元年十一月　佐佐木信綱識」とあるに留めてある。ちなみに、樋口夏子著『一葉歌集』の奥付の後には、「故一葉樋口夏子女史著『一葉全集』（全二冊）」の目次と内容の紹介文、さらには、「時事新報」と「大阪朝日新聞」の書評が掲載されている。これらは既刊書の広告にとどまらず、一種の文学資料ともなっている。

孤蝶編になる二冊本の全集と、信綱編の歌集によって、一葉文学の全体像がほぼ整ったと言えよう。大橋乙羽も斎藤緑雨も、馬場孤蝶も佐佐木信綱も、樋口一葉と親しく接した人々であった。

2．一葉文学の生成と展開

『校訂一葉全集』の目次を読む

斎藤緑雨による『校訂一葉全集』（「緑雨版全集」）は、一葉の全集としては二番目のものである。最初の全集では叶わなかった本文の校訂が緑雨によって整った。緑雨は「一葉全集の校訂に就て」（『早稲田文学』第二十九号、明治三十年三月）に校訂方針を述べている。初出雑誌の誤植を直し、誤脱している句読点を加えたことなどである。収録作品数も最初の全集よりも三編増えている。そのことから、この「緑雨版全集」は、定番として版を重ねている。明治末年刊行の「孤蝶版全集」二冊本においても、その底本となっているのは「緑雨版全集」である。

このような事情に鑑み、ここで架蔵の緑雨版『校訂一葉全集』（明治三十六年十版本）によって、目次を示しながら、一葉文学の生成と展開を概観しておきたい。この「緑雨版全集」の目次では、各作品の題名の下に、「明治何年何月作」と書かれている。「大橋版全集」の誤りが糺(ただ)されている。ただし、作者が、いつその作品を書いたかということもさることながら、ある作品がいつどこに掲載されて人々に読まれたのかということも重要ではないだろうか。

よって、目次を示すにあたっては、【】内に、作品の掲載誌と、その掲載年月を、新たに補った。なお、『校訂一葉全集』では、（）内の年月表記の文字数が揃うように、九文字で納める工夫が施された印刷になっている。ここでも、それに倣(なら)ってみた。

また、ところどころに、一行空けた箇所を設けたのは、作品の配列にまとまりが感じられる場合の境目を示すための私案である。通し番号も、私意に付けた。

「校訂一葉全集目次」

⑧　うもれ木……（明治二十五年十月作）【『都の花』明治二十五年十一月一回・十二月二回連載】

⑨　闇　桜……（明治二十五年二月作）【『武蔵野』明治二十五年三月】

⑩　玉　襷……（明治二十五年三月作）【『武蔵野』明治二十五年四月】

⑪　五月雨……（明治二十五年六月作）【『武蔵野』明治二十五年七月】

⑫　わかれ霜……（明治二十五年四月作）【「改進新聞」明治二十五年四月に連載、十五回】

⑬　雪の日……（明治二十六年三月作）【『文学界』明治二十六年三月】

⑭　琴の音（ね）……（明治廿六年十二月作）【『文学界』明治二十六年十二月】

⑮　花ごもり……（明治二十七年四月作）【『文学界』明治二十七年二月と四月】

⑯　軒（のき）もる月……（明治二十八年四月作）【「毎日新聞」明治二十八年四月三日と五日】

⑰　うつせみ……（明治二十八年八月作）【「読売新聞」明治二十八年八月二十七日～三十一日】

⑱　そゞろごと…（明治二十八年十月作）【「読売新聞」明治二十八年九月と十月に随筆四編】

⑲　ほとゝぎす…（明治二十八年六月作）【『文芸倶楽部』明治二十九年七月掲載の随筆一編】

⑳　この子……（明治廿八年十二月作）【『日本乃家庭』明治二十九年一月】

㉑　十三夜……（明治二十八年九月作）【『文芸倶楽部』明治二十八年十二月】

㉒　わかれ道……（明治廿八年十二月作）【『国民之友』明治二十九年一月】

㉓　うらむらさき…（明治二十九年一月作）【『新文壇』明治二十九年二月】

㉔　たけくらべ…（明治廿八年十二月作）【『文学界』明治二十八年一月から二十九年一月まで七回連載】

つまり、八つのグループに分けられる。

①②③　→　④⑤　→　⑥⑦⑧　→　⑨⑩⑪⑫　→　⑬⑭⑮　→　⑯⑰⑱⑲　→　⑳㉑㉒㉓　→　㉔

①②③のグループは、博文館発行の雑誌という共通性がある。『文芸倶楽部』は明治二十八年一月創刊の文芸雑誌。『太陽』は同じ年月に創刊された月刊総合雑誌である。『校訂一葉全集』自体が、博文館からの出版であるのに鑑みて、冒頭部にこの三作を位置づけたのであろうか。この三作の中で制作年代が早い『ゆく雲』よりも、『にごりえ』を最初に据えたのは、総合雑誌の『太陽』に掲載された『ゆく雲』よりも、文芸雑誌の『文芸倶楽部』に掲載された『にごりえ』のほうが、名実共に巻頭にふさわしいと斎藤緑雨が判断したからであろう。

④⑤のグループは、『文学界』に掲載された二作である。ただし、時系列に沿うならば、この二作よりも⑬⑭⑮のグループの方が、『文学界』に掲載された時期は早い。このあたりの配列事情は、より完成度の高い作品を先に配列することによって、一葉文学の達成に触れるための工夫であろうか。緑雨の作品評価の反映の表れだと、私は見たい。

制作時期で言えば、⑥⑦⑧のグループは、その直後に位置する⑨⑩⑪⑫のグループの後に来てしかるべき作品である。特に、⑨⑩⑪の三作は、一葉の小説家としての出発点である。『武蔵野』に連続して掲載されたこれら三作が、なぜ、『校訂一葉全集』の中央部に置かれたのか。緑雨の企図は不明である。なお、⑫は掲載誌は『武蔵野』ではないが、『武蔵野』に掲載された三作と同時期の作品であるので、ひとまとまりとした。

⑬⑭⑮のグループは、『文学界』に掲載された作品。

⑯⑰⑱⑲のグループは、⑯⑰が新聞に発表された小説であり、⑱は新聞に発表された点では共通するが、小説ではなくて随筆である。⑲は⑱と同じく随筆であるが、文芸雑誌に発表された。制作時期が近いこともあり、⑯⑰⑱⑲までを一つのグループとした。

⑳㉑㉒㉓のグループは、最晩年の時期に書かれた小説で、発表の舞台はすべて異なる。

一葉作品の中でも最も分量が長い㉔『たけくらべ』を締め括（くく）りとしたのは、最もふさわしい配列であろう。

これまで示してきたのは、緑雨版の『校訂一葉全集』の目次である。大橋乙羽による最初の『一葉全集』の配列とは異なっている。「孤蝶版全集」では、小説の配列は「緑雨版全集」を踏襲するが、その後に随筆を加えている。

大橋乙羽は最初の全集の巻頭文である「事のついでに」で、斎藤緑雨と戸川秋骨の名前を挙げて、「二君本書の為（ため）に尽力せらるゝ所多し」と述べている。また、「孤蝶版全集」後編の「一葉全集の末に」に、「在来の一葉全集『にごりえ』以下二十四篇は故斎藤緑雨の校訂になつたもので、誠に見事な校訂であるので、私は元のまゝで殆（ほとん）ど改め無（な）い」と書いている。

博文館から刊行された三種の『一葉全集』において、斎藤緑雨の果たした役割は大きかった。

「緑雨版全集」における作品の配列は斎藤緑雨の意向の反映と考えたい。

一葉文学の掲載誌

ここで、一葉作品の掲載誌について、概略を述べておこう。一葉の小説が最初に掲載されたのは、半井桃水が主宰する文芸雑誌『武蔵野』である。『武蔵野』の第一編・第二編・第三編に立て続けに短編が掲載されたが、『武蔵野』は経営上の困難から、第三編を以て廃刊となり、一葉の作品発表の場は、ここで一度、途切れてしまった。その一方で、桃水に対する一葉の思慕の思いは、一葉が亡くなるまで、心の奥に伏流し続けていたことは、後述する各章において随時触れる。

その後、一葉の作品は『都の花』に二篇が掲載された。これは、歌塾「萩の舎」の先輩である田辺龍子（結婚後、三宅姓。号は、結婚以前から「花圃」）の紹介によるものだった。『都の花』は明治二十一年から二十六年まで、金港堂から刊行された文芸雑誌であり、山田美妙、尾崎紅葉、幸田露伴たちの作品が掲載された。その後、一葉の作品発表の舞台として、最も重要な役割を果たした『文学界』への橋渡しをしたのも三宅花圃であった。

さて、一葉にとって文学同人誌『文学界』は、文学活動の舞台として、もっとも重要である。現代まで読み継がれて著名な、一葉の名作『大つごもり』や『たけくらべ』は、『文学界』に掲載された。『文学界』は、明治二十六年に星野天知・北村透谷・島崎藤村・平田禿木・戸川秋骨・馬場孤蝶・上田敏などによって創刊された。

『にごりえ』と『十三夜』は、『文芸倶楽部』に掲載された。『文芸倶楽部』は明治二十八年に博文館より創刊された文芸雑誌で、博文館の創設者大橋佐平の養子となった大橋乙羽が編集者として活躍した。川上眉山、泉鏡花などとともに、一葉の作品も掲載された。なお、『太陽』も明治二十八年に博文館から発刊されたが、これは総合雑誌である。

一葉の作品が掲載されたその他の雑誌について、簡単に触れておこう。『国民之友』は、明治二十年に徳富蘇峰が創刊した民友社の総合雑誌である。『日本乃家庭』は、明治二十八年に有明文吉が創刊した、家庭向けの実用教育雑誌。『新文壇』は、明治二十九年創刊の文学雑誌で鳥海嵩香が編輯員として、一葉に原稿を依頼した。また、一葉の作品は、「甲陽新報」「改進新聞」「毎日新聞」「読売新聞」の各紙にも掲載された。

3．住まい・日記・作品

本書の構成と視点の置き方

『樋口一葉の世界』と題した本書は、一葉が詠んだ和歌、小説や随筆、日記や雑記、散文の末尾に和歌や俳句を添えた「歌文」や「俳文」、手紙の模範文例集である『通俗書簡文』、友人・知人たちと取り交わした手紙類など、残された散文や和歌を総合的に取り上げながら、一葉の人生の軌跡と文学形成を辿ってゆく構成となっている。一葉は、いろいろなジャンルにわたる表現を残しているので、それらの一つ一つに着目して読んでゆく必要がある。

その際に念頭に置きたいのは、住まいの住環境、日記、一葉作品の多彩なジャンルである。

樋口家の住まいと一葉の文学活動について、その概略を述べよう。樋口一葉は、数えで十五歳の頃から、歌塾「萩の舎」に通って、和歌と古典と書道を学んでいた。一葉の文学基盤は「萩の舎」にある。その後、十七歳で父親が死去し、翌年の十八歳から母と妹との三人暮らしの中で、生計を立てるために小説執筆を志した。死去までの四年半の執筆期間は短かったが、その中で一葉の文学はどのように深まり、広がり、文学的な進展を遂げたのか。

一葉の場合、文学的な転機は、住まいの転居との暗合が見られる。その出発点は、母と妹との三人暮らしが始まった本郷菊坂町（ほんごうきくざかちょう）時代である。これを第一期とすれば、二十一歳で荒物屋（あらものや）を始めた下谷龍泉寺町（したやりゅうせんじちょう）時代が第二期となる。そして、翌年二十二歳で店を畳み、再び本郷に戻って、没年まで暮らした本郷丸山福山町（ほんごうまるやまふくやまちょう）時代が第三期である。

本郷菊坂町時代に書かれた一葉の日記帖は、「蓬生（よもぎう）」と総称できる日記群であり、下谷龍泉寺町時代の日記帖は「塵の中（ちりのなか）」、本郷丸山福山町時代の日記帖は、「水の上（みずのうえ）」と総称できる。和歌の言葉、すなわち「歌語（かご）」を纏って命名された日記群には、一葉自身の率直な日々の暮らしや思いが綴られている。それと同時に、日記の題名に歌語的なイメージを含ませたように、それらの日記群の中で一つの世界を一葉は創り上げた。そのことが、一葉の創作世界を奥行（おくゆき）のあるものとしている。日記の執筆と、小説の創作は、一葉にとって大切な両輪であった。それに加えて、住まいの場所や環境も密接に結びついている。

このような一葉の人生の概略を念頭に置きながら、次章以降では幼少期から順に一葉の精神形成と文学的な萌芽を確認してゆこう。

引用本文と、主な参考文献

・『明治文壇の人々』（馬場孤蝶著、ウェッジ文庫、二〇〇九年）。編集附記に、「本書は一九四二年（昭和十七）、三田文学出版部より刊行された『明治文壇の人々』を底本に使用し、文庫化したものである」とある。

・『和歌文学の世界』（放送大学教育振興会、二〇一四年）所収の第十三章「樋口一葉の和歌」（島内裕子執筆）

・『樋口一葉研究』（和田芳恵編、新世社、昭和十七年）所収、大橋乙羽「事のついでに」。

・『一葉歌集』（樋口夏子著、博文館、大正元年）

・『樋口一葉来簡集』（野口碩編、筑摩書房、一九九八年）所収の書簡筆者紹介に、各種雑誌の編集者と、その雑誌の概要も掲載されている。

発展学習の手引き

本章では、明治期に刊行された樋口一葉の全集を中心に述べてきた。次章以後、本書で言及する一葉の小説、日記、詠草などは、以下の全集や作品集などを参照していただきたい。

・『樋口一葉全集』（塩田良平・和田芳恵・樋口悦編、四巻六冊、筑摩書房、一九七四～一九九四年）は、本書で「筑摩全集」と略称して、もっとも重視した全集である。なお、これに先立って、同じ筑摩書房から刊行された『一葉全集』（塩田良平・和田芳恵編、全七冊、昭和二十八年～三十一年）があり、その後継改訂版がこの『樋口一葉全集』である。

・『全集樋口一葉』（前田愛編、四巻四冊、小学館、一九七九年）は、読みやすい校訂である。以下の二冊は、どちらも、主な小説や日記等を脚注付きで収めるが、後期作品が中心である。

・『樋口一葉集』（日本近代文学大系、解説・注釈和田芳恵、角川書店、昭和四十五年）

・『樋口一葉集』(新日本古典文学大系・明治編、菅聡子・関礼子校注、岩波書店、二〇〇一年)

以上の他に、戦前の全集として、幸田露伴監修『樋口一葉全集』五巻(新世社、昭和十六〜十七年)、および別巻として、『樋口一葉研究』(和田芳恵編、新世社、昭和十七年)がある。

2 「萩の舎」以前の一葉と樋口家の人々

《目標&ポイント》 一葉が中島歌子の歌塾「萩の舎」に入塾する以前、すなわち、明治五年から明治十八年までの樋口家の家族構成や住居歴、子どもたちの教育歴などを年譜風に辿りながら、一葉自身が書いた日記や雑記の記述も紹介し、一葉の文学基盤を理解する。
《キーワード》 父則義、母たき、長兄泉太郎、次兄虎之助、妹邦子、桜木の宿、和田重雄、渋谷三郎、佐佐木信綱

1．「萩の舎」入塾以前の住居歴と家族構成

本章の執筆方針

樋口一葉の略伝については、すでに第一章で斎藤緑雨による簡潔明快な文章を紹介したが、そこでは幼少期のことには触れられていなかった。本章では、一葉が中島歌子（なかじまうたこ）の歌塾「萩の舎（はぎのや）」に入塾する以前の時期を中心に取り上げる。両親の経歴、一葉の姉・兄・妹、住居歴にも触れながら、明治五年の一葉の誕生から、明治十九年に十五歳で「萩の舎」に入門する以前を概観したい。

なお、一葉という名前は、小説作品の著者名として、自ら使用した筆名であり、それ以外の場合は、「なつ」、「夏子」などの名称を使っているが、本書では、原則として、「樋口一葉」という名称

を統一的に使用する。また、年齢については当時の一般的な数え方とされた「数え年」で示す。すなわち、一葉の没年齢は満二十四歳であるが、数え年では二十五歳となる。このことは第一章でも述べたが、ここで再度触れた。

樋口家の両親

樋口一葉は、明治五年三月二十五日（陰暦）に、内幸町一丁目一番屋敷（現、東京都千代田区内幸町）の武家屋敷跡の長屋（当時は東京府庁の官舎）で生まれた。戸籍名は、奈津。父は樋口則義。一葉が誕生した当時は為之助。母は多喜（たき、旧姓は古屋）。一葉が生まれた当時、父の則義は、東京府市井掛兼社寺掛であった。

両親は、甲州出身の農民であるが、安政四年（一八五七）、同郷の真下専之丞（晩菘）を頼って、二人（当時父は大吉、母はあやめ）で江戸に出た。父則義は旗本の菊池家で奉公などをして励んだ。その後、南町奉行組下同心となり、幕臣となった。時に慶応三年（一八六七）であった。まもなく幕府は崩壊し、武士の身分もなくなったが、明治維新後、則義は東京府庁に職を得て、東京府権少属となった。

ここで両親についてもう少し詳しく述べると、父則義（当時は大吉）は天保元年（一八三〇）に甲斐国山梨郡中萩原村重郎原（十郎原）（現、山梨県甲州市塩山）に生まれた。樋口八左衛門の長男である。樋口家は小前百姓（自作農）であった。一葉からみると祖父にあたる八左衛門は、「水争い」の肝煎として江戸に出て小前百姓百二十人のために老中阿部正弘に駕籠訴したこともあった。母たきは、甲斐国山梨郡中萩原村青南に生まれた。古屋安兵衛の長女である。古屋家は、樋口家よりも格が高い小前百姓であった。

一葉自身は両親の出身地である中萩原村を訪れたことはなかったが、後年、小説『ゆく雲』に、郷里の風景が書かれているので、その部分を引用してみよう。『ゆく雲』は、「(上)(中)(下)」の三節からなる短編で、東京の親戚宅に寄宿している野沢桂次(のざわけいじ)の故郷が、中萩原に設定されている。その情景は、(中)の中程に描かれている。

なお、一葉作品の引用は、原則として、『樋口一葉全集』(四巻六冊、筑摩書房、一九七四～一九九四。以下、「筑摩全集」と略称)により、引用文の末尾に巻番号と頁を示す。ただし、仮名遣いを正しい「歴史的仮名づかい」に改めたり、読点を加えたり、送り仮名やルビを振ったりした箇所がある。

> 我が養家は大藤村(おほふぢむら)の中萩原(なかはぎはら)とて、見わたす限りは天目山(てんもくざん)、大菩薩峠(だいぼさつたうげ)の山々峰々、垣をつくりて、西南にそびゆる白妙の富士の嶺(ね)は、をしみて面かげを示さねども、冬の雪おろしは遠慮なく身をきる寒さ(下略)
>
> 《「筑摩全集」第一巻、五〇一頁による》

「富士の嶺(ね)は、をしみて面かげを示さねども」とあるのは、富士山が他の山々の陰に隠れて見えないことを、その山容が見えないのは、富士山が人々に姿を見せるのを惜しんでいるからだと、擬人化しているのである。

樋口家の子どもたち

樋口家の子どもたちは、明治二年に生まれて間もなく夭折した大作(だいさく)を除いて、五人である。長姉ふじは安政四年(一八五七)、両親が江戸に出てまもなくに生まれ、母のあやめは、旗本の稲葉家の娘、こう（鑛、鉱）の乳母となって奉公した。

長兄仙太郎（後に、泉太郎）は元治元年（一八六四）の生まれ、次兄虎之助は慶応二年（一八六六）の生まれ、妹くに（邦子）は明治七年（一八七四）の生まれである。一葉が生まれた当時、父は四十三歳、母は三十九歳、ふじは十六歳、泉太郎は九歳、虎之助は七歳である。樋口家では、長姉のふじもまだ未婚時代である。

樋口家の出来事と住居歴

以下、明治十三年まで、年譜風に年号で区切りながら、略述しよう。冒頭に一葉の年齢（数え年）を示した。

・明治五年、一歳。三月二十五日（旧暦）に一葉誕生。八月七日から、樋口家は、東京府第五大区四小区下谷練塀町四十三番地（現、東京都千代田区神田練塀町三）に転居し、そこに一年半ほど住んだ。

・明治六年、二歳。父則義、東京府権中属となり、次いで教部省権大講義を兼任する。

・明治七年、三歳。二月（十二月とする説もある）二十一日に、麻布三河台町五番地（現、東京都港区六本木三の十四）に転居。五月、兄の仙太郎と虎之助は小学鞆絵学校入学。六月に妹のくに（邦子）が生まれた。十月、長姉ふじが駿河台の士族で軍医副の和仁元亀と結婚。

・明治八年、四歳。三月、父則義、法令により、東京府士族と称する。七月、長姉ふじ離婚。

・明治九年、五歳。四月四日、本郷六丁目五番地（現、東京都文京区本郷五の二十六）の屋敷を買い取り、自宅として転居した（敷地二百三十坪）。二人の兄は、本郷学校に転校。

・明治十年、六歳。二月、仙太郎が本郷学校を退学し、九段にあった松本万年の止敬学舎に入塾。

万年は医者・教育者。三月、虎之助も本郷学校を退学して、止敬学舎に入塾したが、まもなく退塾。同じく三月、一葉は本郷学校に入学したが、幼少のために、三月末に退学。九月に一葉は、本郷にあった私立吉川学校に編入した。

・明治十一年、七歳。十二月、仙太郎が止敬学舎を退学。

・明治十二年、八歳。一月、仙太郎が、浅草にあった小永井小舟（五八郎）の濠西精舎（濠西塾）に入塾。小舟は儒学者・教育者。四月、邦子が止敬学舎に入塾。十月、ふじが樋口家と同じ番地に住んでいた、久保木長十郎と再婚。長十郎の職業など、詳しいことは未詳。

・明治十三年、九歳。この頃、すでに世の中で抜き出る人物になりたいと一葉が思っていたことが、後年の日記に記されている。

年譜風の記述は、ここで一旦中断して、一葉自身の回想を読んでみよう。

2. 幼年期の回想とその頃の住まい

幼年期の回想

一葉は、明治二十六年の日記「塵之中」八月十日の記述に続けて、「萩の舎」に入塾するまでの述懐を書いている。この時、数えの二十二歳である。そこで述べている幼年期の回想部分を見てみよう。意味の区切りを示すために句読点を付し、適宜、漢字を宛てるなどしてある。

七つといふ年より、草双紙といふものを好みて、手鞠、遣羽子を擲ちて読みけるが、その中にも一と好みけるは、英雄豪傑の伝、仁侠義人の行為などの、そぞろ身に沁む様に覚えて、凡（すべ）て、勇ましく花やかなるが嬉しかりき。かくて九つばかりの時よりは、我が身の一生の、世の常にて終はらむこと嘆かはしく、「あはれ、呉竹（くれたけ）の、一節（ひとふし）抜け出（い）でしがな」とぞ、明（あ）け暮（く）れに願ひける。

《「筑摩全集」第三巻（上）、三一五頁による》

幼年時代の一葉は、鞠つきをせず、羽根つきにも関心を示さず、英雄豪傑が活躍する江戸時代の草双紙を読む方を好んだ。そして早くも九歳頃から、呉竹が空に向かって、節と節の間を伸ばしてぐんぐん成長するように、世の中の普通の人たちよりも、自分は一段と抜け出たい、と願っていたのだった。この頃の読書体験からの、幼いなりの人生観であろう。

住まいの比較

先の引用文に書かれていた七歳から九歳の頃、樋口家は本郷六丁目の自宅で暮らしていた。その後、一家は下谷区御徒町一丁目に転居する。本郷時代の住まいのことと、転居先の新しい住まいを比べながら、懐かしく回想している文章がある。転居に伴う住まいへの感慨が、明確に意識されているので、次にその文章を読んでみよう。

我は、彼処（かしこ）を「桜木（さくらぎ）の宿（やど）」と呼べり。其（そ）は、築山（つきやま）の上に、大いなる其（そ）の木の有（あ）りしのみならず、家の内（うち）、はた、満（た）ち足らひて、盛りの頃の住みかなればなりけり。彼処（かしこ）を人に譲りしは、六月なり。梅雨空（つゆぞら）に晴（は）れ間（ま）なき頃なりけり。移ろひ住みしも、狭（せば）からねど、木立（こだち）、いや茂（しげ）りに茂（しげ）りて、座敷などは、いと暗かりき。回（まは）り縁（えん）あり、二階あり、蔵（くら）はなかりしかど、猶（なほ）、幼な心には珍しき方（かた）の恋しくて、日毎（ひごと）庭に下（お）りつ、家の内（うち）、駆け回りなどして、いささか物を思はむともせず。

《『筑摩全集』第三巻（下）、六六九頁による》

本郷六丁目時代の「桜木の宿」には、築山に生えている桜の大木が、伸び伸びと枝を広げていたであろう。その大樹の蔭で、樋口家の家計も豊かで、家族たちが豊かな満ち足りた暮らしをしていたことが、ほんの短い文章に過不足なく表現されている。その自宅を人に譲渡して転居したのが六月だったと書いているが、実際の転居は七月であった。木立が多く茂っていて、梅雨時でもあり、座敷が暗かったという。それでも、庭に下り立ったり、回り廊下がある二階建ての家の中を、縦横無尽に駆け巡ったりする活発な自分の姿を描き、何の物思いもなかったと締め括っている。

ちなみに、ほんの一言、「蔵(くら)はなかりしかど」とあるのは、その前に住んでいた本郷の「桜木の宿」時代の家には蔵があったことをかすめている。また、転居の時期を六月と記憶していたのは、晴れ間のない梅雨時で木暗かったというイメージが強かったことから、七月ではなく六月となったのだろう。先に引用した一葉の文章の中に、七歳の頃から草双紙を好んで、英雄豪傑の話を読んでいたとあった。その文章では書かれていないが、蔵の中で草双紙を読んだという幼年期のエピソードが伝えられている。

3．下谷区時代の樋口家

下谷区時代の樋口家

先の引用文に出てきた新しい住まいは、明治十四年の七月に転居した、下谷御徒町のことなので、ここからは、再び年譜風に、明治十四年の年初から樋口家の人々の暮らしを辿ってゆこう。

・明治十四年、十歳。三月、父則義が警視庁警視属となる。四月、一葉は吉川学校を退学。五月、仙太郎が泉太郎と改名。七月、本郷六丁目の自宅を売却し、東京府下谷区御徒町一丁目十四番地（現、東京都台東区台東二丁目）に転居。七月中旬に、次男の虎之助は、長女ふじが再婚した久保木家に預けられ、樋口家から久保木家に分籍している。虎之助の生活態度が原因かとされる。十月、樋口家は東京府下谷区御徒町三丁目三十三番地（現、東京都台東区東上野二丁目）に転居した。一葉は十一月に、本郷の吉川学校から、新しい住まいに近い、上野池之端の私立青海学校に編入した。

・明治十五年、十一歳。二月、虎之助は、陶芸家の成瀬誠至（「誠志」とも）に弟子入りし、六年間奉公して、薩摩陶器の絵付けを習得。

・明治十六年、十二歳。八月、長男の泉太郎が濠西精舎を退学し、病気療養する。十二月二十三日、一葉は青海学校小学高等科第四級を卒業。以後、母たきの強い意向により、一葉が学校に通うことはなかった。十二月末に、泉太郎が樋口家の家督を継ぎ、父則義は隠居。

・明治十七年、十三歳。一葉は一月から、父則義の知人である和田重雄に和歌を学ぶ。稽古は郵便のやり取りで行われることになったが、和田の病気により、三月までの指導だった。十月、樋口家は、東京府下谷区（上野）西黒門町二十二番地に転居した。御徒町一丁目、御徒町三丁目に次いで、下谷区内で三番目の住まいである。この年、一葉は父の知人の松永政愛の妻に裁縫を習いに、神田同朋町の松永宅に通うようになった。

両親の教育方針

以上が、明治十七年までの樋口家の住居歴と、子どもたちの教育歴である。一葉は明治十六年の青海学校での修学以後は、学校教育を受ける機会がなくなった。これは母親の意見によるもので、父親は一葉に学問を続けさせたかった。そのことを一葉自身が書いた文章がある。先ほど引用した「七つといふ年より」に始まって、「明け暮れに願ひける」で終わる文章の、少し後である。

十二といふ年、学校を止めけるが、其は母君の意見にて、「女子に永く学問をさせなむは、行く行くのため良ろしからず。針仕事にても学ばせ、家事の見習ひなどさせむ」となりき。父君は、「しかるべからず。猶、今暫し」と、争ひ給へり。「汝が思ふ処は、如何に」と、問ひ給ひしものから、猶、生まれ得て心弱き身にて、何方にも何方にも定かなる事言ひ難く、死ぬばかり悲しかりしかど、学校は止めになりけり。其れより十五まで、家事の手伝ひ、裁縫の稽古、とかく、年月を送りぬ。されども、猶、夜毎夜毎、文机に向かふ事を捨てず。

《「筑摩全集」第三巻（上）、三一五～三一六頁による》

両親の教育方針の違いによって、板挟みとなった一葉の苦悩が書かれている。生まれつき、気弱な性格だった一葉は、学問をしたいという希望を口にできなかった。結局、母親の言う通り、裁縫と家事に明け暮れる毎日となった。そのような日常の中でも、机に向かうことだけは続けたと言う。「それより十五まで」とあるのは、十五歳の時に、中島歌子の歌塾「萩の舎」に入塾したことを、人生の大きな節目として一葉自身が捉えているからであろう。

4．和歌の初学

和田重雄に和歌を習う

父則義は一葉が学校に通うことができなくなったのを残念に思い、和田重雄に入門して和歌を習うように取りはからった。野口碩編『樋口一葉来簡集』（筑摩書房、一九九八年）の巻頭が、和田重雄からの手紙である。一葉の人生における、最も古い書簡である。「樋口様、お夏様」と併記されている。日付は明治十七年一月七日である。前年の十二月二十三日に青海学校を修了した一葉が、早くも、その半月後に和歌の個人指導を受けているところに、父則義の熱意が感じられる。

和田からの手紙は、父則義と一葉が京橋区新湊町一丁目の和田宅を新年に訪問して、品々を持参して入門を願ったことに対する礼状である。また、歌題ごとにまとめた『鴨川集』（『類題和歌鴨川集』）の第三篇と第四篇を読んで、歌を詠む際の参照にしたらよいという助言も書いている。『樋口一葉来簡集』の「来簡筆者紹介」によれば、和田重雄は浜松県士族。明治八年に教部省権少講義に任ぜられて、この時の上司が樋口則義だったとある。先に年譜風に記述した明治六年の事項に示したように、則義はこの年、教部省権大講義となっている。和田重雄との接点が窺われる。

和田重雄自身の歌人としての経歴は未詳であるが、先の手紙に出ている『鴨川集』第三篇と第四篇には、和田の和歌が載る。塩田良平『増補改訂版　樋口一葉研究』（中央公論社、一九六八年、一〇四頁）に、「遠村卯花　月雲のさだめもうれし卯花の垣根つづきの山もとのさと」、「述懐　天の下憂きに隠るる蔭もがな麻のさごろも暫し干さまし」などの和歌が掲載されている。

和歌の添削と一葉の個性

和田の指導は、樋口家と和田家の距離が遠かったので、郵便による添削だった。「筑摩全集」第四巻（上）の「詠草Ⅰ」には、一葉が明治十七年一月から三月まで、和田に送った和歌が四十七首掲載されており、「注」には和田が書いた添削例が示されている。ここでは、明治十七年一月十三日に一葉が送った最初の五首の和歌から、冒頭の歌を取り上げよう。「詠草1」の「注」に示されている和田による添削を反映させた形も、次の行に二字下げて併記してみた。

なお、歌題には読み下しを補い、和歌の表記は、ルビ・濁点を付けた以外はそのままとした。「全集」で二行書きになっているが、間に斜線を入れて、一行書きに直した。

春風不分所（春風、所を分かず）
おちこちに梅の花さく様（さま）見れば　／　いづこも同じ春かぜやふく
　　おちこちに梅の花さく頃なれば　／　いづこも同じ春かぜのふく

《「筑摩全集」第四巻（上）、五頁・八頁》

一葉の原案では、あちこちに梅の花が咲いているのを見ると、春風が選り好みせずに、満遍（まんべん）なく吹き渡っているのだろうか、と詠んでいる。つまり、梅の花が一箇所だけでなく、遠くにも近くにも、あちこち咲いているという光景を見た自分の立場から、「春風、所を分かず」いう歌題を、いわば証明したような詠みぶりである。このような詠みぶりは、自分が見たという主体性を打ち出しており、ある意味で理が勝っているとも言えよう。

そこを和田は、「自分が見る」のではなく、「梅の花が咲く頃なので」と季節の推移に託した表現に直した。また一葉が疑問を投げかける「や」を使った部分を、「の」に直して、歌全体の調べをなだらかにした。

和田重雄の添削は、伝統的な和歌の詠み方に沿うが、一葉の詠みぶりも、捨てがたく思われる。とりわけ、「見れば」という表現が使われていることに心を留めておきたい。なぜならば、一葉が「萩の舎」に入門した翌年の発会で詠んだ歌にも、この「見れば」が遠く響いてゆくからである。このことは、第三章で取り上げたい。

5. 明治十八年の新たな出会い

裁縫稽古からの出会い

一葉の和歌学習は、和田重雄の病気によって、三箇月ほどで終了した。その後は、先ほどの一葉自身の回想にあったように、家事手伝いと裁縫の稽古が中心となる毎日だった。一葉は明治十七年十月頃から、松永政愛の妻のもとに裁縫の稽古に通った。松永政愛は父則義の知人である。松永も則義と同様に、真下晩菘（ばんすう）（専之丞（せんのじょう））の世話を受けて官吏になった。真下晩菘を中心に山梨の人脈が築かれており、その中に、一葉の父則義も、松永政愛もいた。

最後に、明治十八年の樋口家の様子に触れて、本章の締め括りとしたい。一葉は十四歳である。

明治十八年二月に、長男の泉太郎が、明治法律学校（現、明治大学）に入学した。この年、一葉にとって新たな出会いがあった。渋谷三郎である。出会いの場は、裁縫の稽古に通っていた松永家だった。

渋谷三郎との出会いと別れ

渋谷三郎は、真下晩菘の孫に当たる青年で、真下人脈を構成する重要な人物だった。渋谷三郎は東京専門学校（現、早稲田大学）法学部を卒業して、各地で裁判官などを勤め、早稲田大学理事や法学部部長も歴任した。真下人脈の中でもひときわ立身出世し、社会的に活躍する人物となったのが、この渋谷（後に阪本、坂本とも）三郎だった。

明治十八年九月、渋谷三郎が上京して、東京専門学校邦語法律科に入学した。渋谷三郎は、祖父の真下晩菘が世話をした松永政愛の家を訪れるようになり、そこで一葉と出会った。真下晩菘というつながりがあったので、互いに気心が通じる条件はあったと言えよう。

一葉の父則義も渋谷三郎に対して、娘との結婚が視野に入っていたであろうし、実際に、正式な婚約とまではゆかずとも、双方の了解事項であった。少し先取りして述べるならば、明治二十二年、病に倒れた則義が三郎に、一葉との結婚を打診したところ、三郎はそれを承諾したという。ところが、七月に則義が死去すると、三郎は婚約を破棄した。

このような経緯はあったが、その後も樋口家と渋谷三郎との交流はあった。ここでは、一葉の日記「しのぶぐさ」の明治二十五年八月二十二日に、明治十八年当時の二人の出会いの頃を回想している記述があるので、それを読もう。

> 我、十四の時、この人、十九なりけむ。松永の許にて、初めて逢ひし時は、何の優れたる気色も無く、学なども、いと浅かりけむ。思へば、世は有為転変なりけり。其の時の我と、今の我と、進歩の姿、処かは。むしろ、退歩と言ふ方ならむを、此の人の、かく成り上りたるな

む、殊に浅からぬ感情、有りけり。　《『筑摩全集』第三巻（上）、一六三〜一六四頁による》

「進歩の姿、処かは」の部分は、意味が取りにくい。自分が進歩した箇所が、「何処かは」どこにあるだろうか、どこにもない、と述べている文脈だろう。それに対して、渋谷の立身は目に見えて明らかである。

当時新潟県で検事になっていた渋谷三郎が、暑中休暇で、突然一葉宅を訪れて、一葉の文学的な活躍も承知していることや、自分のために何か書いてほしいなど、種々の希望を一方的に述べて、夜の十一時まで一葉宅で世間話をして帰って行った。その翌日にも、再び一葉宅に現れた。このあたりのことは、八月二十二日・二十三日の日記に詳しく書かれている。一葉と渋谷三郎の人生行路は、かけ離れたものとなっていた。この日記の少し後、九月一日の日記にも、渋谷三郎側から、樋口家に、結婚を打診する動きがあったこと、けれども一葉の母が破談にしたことが書かれている。

明治二十五年の八月から九月にかけての、渋谷三郎とのこのような顚末以前に、父則義の没後における渋谷の変節から生じた一葉の思索の深化は、本書の第四章において後述する。

佐佐木信綱との出会いの可能性

松永政愛は、国学者佐佐木弘綱に師事する歌人でもあった。塩田良平『増補改訂版　樋口一葉研究』によれば、妹の邦子が書いた「姉のことども」（『心の花』大正十一年十二月）が紹介されている。国立国会図書館で閲覧したところ、「それは松永正愛と申す親類が御座いまして、そこへ裁縫の稽古にまゐつてをりましたが、松永が弘綱先生の御弟子であつたもので、そこへ信綱先生なども御いでになり、親しく御目にかかつて、御話を御伺ひしたやうにいつて居りました」とある。信綱は、弘綱の子である。

同じ号に掲載されている佐佐木信綱の「一葉女史と当時の歌壇の回顧」には、このことは触れられていない。邦子が一葉から聞いた話の回想文なので、実際に松永家での裁縫稽古の時に、一葉が佐佐木信綱と出会って交流が生まれていたかどうか、はっきりしない。後年、一葉は中島歌子の歌塾「萩の舎」で、佐佐木信綱と会ったことは、明治二十五年三月九日と明治二十七年十一月九日の日記に記している。また、上記の『心の花』には信綱自身が萩の舎での一葉の思い出を書き記している。第一章で取り上げた『一葉歌集』（博文館、大正元年十一月二十三日）は、佐佐木信綱による選歌集だった。

ここでは、明治十八年当時、佐佐木信綱と一葉が、松永家で遭遇した可能性もなきにしもあらずであろうと述べるに留める。十四歳という思春期の一葉を取り巻く生活圏の雰囲気を彷彿させるエピソードとして、渋谷三郎と佐佐木信綱の二人に言及した。

引用本文と、主な参考文献

・「筑摩全集」第一巻、第三巻（上）、第三巻（下）、第四巻（上）
・『樋口一葉来簡集』（野口碩編、筑摩書房、一九九八年）
・塩田良平『樋口一葉』（吉川弘文館、一九八五年）

発展学習の手引き

一葉が小説を発表する以前のことは、文学基盤と精神形成を考えるうえで重要である。今回紹介した日記や雑記などを読むことは、今後の各章の内容と密接につながる。たとえば、本章で言及した『ゆく雲』は、第十一章で取り上げる小説であり、長兄泉太郎のことは、第四章で取り上げる一葉の文章で追懐されている。次兄虎之助は、第八章の小説『うもれ木』の人物造型に関わる。

また、本章では、一葉が最初に和歌を学んだ和田重雄を取り上げ、和田による添削例も紹介した。この時の詠草と添削の書き込みは、『新潮日本文学アルバム　樋口一葉』（前田愛編、新潮社）に写真版が掲載されている。この文学アルバムには、一葉の筆跡やゆかりの人々、一葉が暮らした町など写真が豊富である。前田愛による一葉の評伝も、読み応えがある。

3 「萩の舎」入門

《目標&ポイント》 一葉にとって、中島歌子の歌塾「萩の舎」に入門して、和歌・古典・書道などを学び、同門のさまざまな人々と交流したことが、文学者としての基盤となったことを確認する。

《キーワード》「萩の舎」、中島歌子、和歌、和文稽古、「身のふる衣　まきのいち」

1.「萩の舎」の教育

中島歌子と「萩の舎」

樋口一葉の文学を考えるにあたって、明治十九年に中島歌子（なかじまうたこ）の歌塾（かじゅく）「萩の舎（はぎのや）」に入門したことは、大きな転換点であった。本章では、歌塾「萩の舎」で行われた教育を概観し、一葉が、ここで何を学んだかを、具体的に見てゆこう。

中島歌子（一八四四〜一九〇三）は、弘化元年に武蔵国入間（いるま）郡森戸（もりと）宿（じゅく）で生まれた。幼名、とせ（登勢、登世）。父の中島又右衛門（またえもん）は絹織物商、母いく（幾子）の実家福島家は「網屋」（網谷、安美屋とも）という絹織物販売の元締で、豪商だった。とせの両親は江戸に出て、小石川伝通院前で池田屋という水戸藩の定宿を営んでいた加藤家に夫婦養子となり、池田屋を経営した。歌子は少女期をここで父母と暮らした後、小石川の池田屋に近い、常陸府中藩・松平播磨守頼縄の江戸藩邸で、頼縄の正室に五年間仕えた。

歌子は、文久元年（一八六一）、十八歳で水戸藩士林忠左衛門と結婚して、一時期は水戸で暮らした。なお、歌子の父は、歌子の結婚前に死去している。歌子の夫は、勤王派と佐幕派の対立が激化した水戸藩で、尊皇攘夷を唱えて国事に奔走し、新婚生活も途絶えがちだった。尊皇攘夷派の内部でも派閥が分裂し、忠左衛門はその争いのさなか、元治元年（一八六四）に負傷し、幽閉中に死去した。切腹したという説もある。夫の死後、歌子は江戸に戻り、歌人加藤千浪（一八一〇〜七七）に入門して和歌を学んだ。

一方、歌子が結婚して水戸で暮らした頃、母のいくは川越藩主夫人（鍋島家出身）に仕えるために川越に移住していたが、慶応二年頃には川越から、歌子のもとに来て同居するようになった。歌子と母は、かつて暮らした池田屋からも近い安藤坂の途中、小石川水道町に住居を定めた。明治十年（一八七七）、歌子は、「とせ」から「歌子」へと改名し、開塾の許可を師の加藤千浪から受け、安藤坂の自宅で歌塾「萩の舎」を開いた。

「萩の舎」の客員歌人たち

中島歌子は、加藤千浪門下の兄弟子だった歌人の伊東祐命（一八三四〜一八八九）と親しく、祐命からの紹介によって、歌人の小出粲（一八三三〜一九〇八）や高崎正風（一八三六〜一九一二）も、「萩の舎」の客員格として歌会や稽古日に参加し、歌子の歌塾運営を支えた。高崎正風は、明治二十一年から亡くなるまで、御歌所所長を務めた明治歌壇の重鎮で、桂園派の八田知紀の弟子である。小出粲も、御歌所寄人であった。

ところで、「萩の舎」は、上流階級の夫人や令嬢たちが入門した歌塾として有名だった。その理由としては、伊東祐命や小出粲や高崎正風たちの存在が大きかった。塩田良平は、彼らが皆、御歌所の歌人であり、宮廷と近い歌人たちであったからだ、という説を紹介している（『増補改訂版樋口一葉研究』）。

また、歌子の母が、鍋島直正の娘で川越藩主松平直侯夫人である健子（貢姫とも）に仕えていたところから、歌子の歌塾「萩の舎」と鍋島家とのつながりがあり、さらには鍋島家を通じて、上流・貴顕の人々とのつながりも生まれたという説もある（『郷土出身の歌人　中島歌子資料集』）。

この両説で言われるところなどが相俟って、おのずと上流階級の人々の入門が多かったのであろう。いずれにしても、人と人との繋がりの中で「萩の舎」は生成し、展開していった。

「萩の舎」での和歌の教育

中島歌子が歌塾「萩の舎」を開いたのは、明治十年二月二十一日だった。その日を記念して、例年二月二十一日を「発会」の日と決めていた。「納会」は十一月に行われた。

「筑摩全集」第三巻（下）の「索引」に立項されている「萩の舎について」などを参考にしながら、「萩の舎」における指導の概略を紹介すれば、次のようになる。

「稽古日」は、毎週土曜日である。ただし、初心者のうちは土曜日ではなく、一葉の場合も最初は金曜日だった。稽古日には歌題が二題出され、その場でそれぞれ二首ずつ、計四首を詠む。これが「当座題詠」である。その場で、歌子が添削することもある。「当座」とは別に、五題十首の「宿題」の添削が行われた。この「宿題」は、前回の稽古日に出題されていた歌題で、各自があらかじめ詠作してきたものを、その場で歌子が添削した。

当座も宿題も、それぞれの歌の冒頭から二、三字分の長さで、右横に斜めの線が付けられることがある。これは、その歌が優れていることを示す長点（「ちょうてん」とも）である。「筑摩全集」第四巻（上）所収の詠草の「注」で「斜線」と書かれているのが、この「長点」である。現在一般に句読点と総称されるうちの「読点」を、長めに引いて線にして、歌が優れていることを強調する文学的な符号である。

その他に、「〇」は五点、句読点の読点のような「、」は一点を示し、たとえば「〇、、」と付いていれば、その作品は十点満点で八点という評点になる。読点のような「、」は、「長点」に対して「短点」と言う。

作品の出来映えが点数化して示されるので、弟子たちの励みになったであろう。ちなみに、「筑摩全集」第四巻（上）所収の詠草の「注」を見ると、一葉の和歌の評点は平均して高い。一葉は、師匠である中島歌子から、その歌才を評価されていた。

次に、歌会の種類について略述したい。「月次会」は、歌会の例会で、毎月九日に行われたが、七月と八月は休会である。

「歌合」は、同じ歌題で詠まれた二人の歌の勝ち負けを決めるものである。歌の優劣を決めるのが「判者」であり、判定理由を示すのが「評」である。判者による「判」と「評」に対して、参加者が意見や感想を述べるのが「難陳歌合」である。歌の勝者に賞品（景物）が出る「景物歌合」も行われた。

「数詠」は、歌題を多数準備して、これを各自が引いて、その題で和歌を詠み、出来上がったならば、また、題を引いて次々に詠んでゆく。この方式で多くの歌を詠み、中島歌子から採点添削を受けるのである。

「萩の舎」での古典学習と作文

「萩の舎」は、歌塾であるから、和歌を詠めるようになることが一番の目標である。和歌の言葉や情景などを学ぶためには、王朝時代の和歌や物語が宝庫である。したがって、「萩の舎」では、古典文学も教授した。教材は『古今和歌集』『伊勢物語』『源氏物語』『枕草子』『徒然草』などである。『徒然草』を除いて、すべて王朝文学であり、和歌を詠むための手本となる作品である。これらの学習は、和歌を作るためだけでなく、古典文学自体への開眼につながったであろう。ひいては、文章（和文）を書く場合にも大いに役立った。「萩の舎」では、和文の文章を書き綴る「作文」も教えられていた。古典学習と作文は、「和文稽古」の両輪である。

2．「萩の舎」における作文を読む

「雑記」に残された作文

「作文」とは、散文を書き綴ることであり、言葉の連なりを自由に続けてゆくことによって、ひとまとまりの内容を表現することである。「五七五七七」の定型スタイルの中にすっぽりと収める和歌とはまた違う難しさも、そこにはあるだろう。自由に何でも書き綴るといっても、自分自身の心情や思索を書くための表現力を身に付ける必要がある。

「萩の舎」では、作文の場合も題詠和歌と同様に、題を与えて、それに沿った作文を書かせる指導が行われていた。そうすると、和歌や古典文学の学習が渾然一体となり、さらには和文で季節や情景を具体的に書き表すことができるようになる。そのことを窺わせる資料がある。
「筑摩全集」第三巻（下）「雑記1」に、「春山ざとをとふ」「月夜に梅を尋ねて」「納涼」という、三つの題で書かれた合計八編の作文が収められている。全集の「補注」によれば、これらはいずれも、明治二十一年春から夏にかけて、「萩の舎」において書かれた作文だと推測されている。一葉は、自分自身の作文以外にも、「萩の舎」に集う友人たちの作文も書き写している。ここで取り上げる作文は、「月夜に梅を尋ねて」の題で書かれた田辺龍子と一葉の作文である。

田辺龍子の作文を読む

田辺龍子（一八六八～一九四三）は、幕臣田辺太一（号は蓮舟、一八三一～一九一五）の長女。田辺太一は幕末から明治前期の外交官、元老院議官。龍子は、後に三宅雪嶺と結婚した。結婚前の明治二十一年六月に、坪内逍遙の校閲により、田辺花圃の名で小説『藪の鶯』を出版し、文壇にデビューした。ここに掲げる龍子の作文は、「梅」が題名に入っているので、明治二十一年の春に書かれたと推測され、文壇デビューの直前の時期である。龍子はこの時、二十一歳であった。

月夜に梅を尋ねて　　龍子

繭籠もりたる柳の枝に、夕月の、覚束無げにかかれる様、いとをかしきに、「待ちつる梅も咲きけむかし」と、まづ、岡辺の林に至れば、いつか三ツ四ツ咲き初めて、薫り、えも言はず。風は寒けれど、これもしるべと思へば、なつかしくて行き帰る間に、月は、いつしか山の端に入りて、あたり、暗うなりゆくままに、梅の匂ひ、いよいよ添ひて、限りなくをかし。されど、あやなき闇は、何となく、後ろのみ見られて、

いざさらばとく帰らまし梅のはな人の咎むる香にや染みなむ
と呻かるるも、負けじ魂にこそ。

《「筑摩全集」第三巻（下）、五三七～五三八頁による》

内容に沿って、現代語訳してみよう。

《まるで繭の中に籠もっているかのように、芽吹いていない柳の枝の向こうに夕方の月が空にぼんやりと懸かっている。その風情に誘われて、「そう言えば、いつ咲くかと待っていた梅の花も、咲いたのではないかしら」と期待して、近くの岡の林に行ってみた。やはり、いつの間にか、三つ四つ咲き始めている。その梅の花の香りが何とも言いようもないほど素晴らしい。早春のことゝて、風はまだ寒いのだけれども、梅の香りを運んでくる風が道しるべと思えば、あちこちと行きつ戻りつしているうちに、いつのまにか月が山の端に入ってしまって、あたりが暗くなってゆく。梅の匂いは一層、身に添うて、たいそう趣がある。とは言え、暗くなってくると、何となく、うしろめたく不安で、

梅の花よ、さあお別れして早く家に帰りましょう。いつまでもここにいると、人から咎められるほどの香りが、我が身に染み込んでしまいますから。

こんな歌が思わず口に上るのも、そそくさと帰ろうとしている自分の態度を、弁解せずにはいられない、負けじ魂からであろう。》

書き出しの「繭籠もりたる柳の枝」というのは、『枕草子』の「正月一日は」の段で、「三月三日、うらうらと」から始まる部分に、「柳など、いと、をかしきこそ、更なれ。其れも、未だ、繭に籠もりたるこそ、をかしけれ。広ごりたるは、憎し」に拠り、「夕月の覚束無げに」の部分は、

『徒然草』第百四段の、「夕月夜の覚束無き程に、忍びて尋ねおはしたるに」をかすめる。また、「三つ四つ」、「月は、いつしか山の端に入りて」などは、『枕草子』第一段「春は曙」で使われている語彙を思わせる。「あやなき闇」は、『古今和歌集』春上・四十一番の「春の夜の闇はあやなし梅の花色こそ見えね香やは隠るる」（凡河内躬恒）に拠るのであろう。

末尾に添えた自作の和歌に「人の咎むる香にや染みなむ」とあるのは、『古今和歌集』春上・三十五番の「梅の花立ち寄るばかりありしより人の咎むる香にぞ染みぬる」（「染みける」とも。読人知らず）の本歌取りである。『古今和歌集』の梅の花の歌や、『枕草子』や『徒然草』に書かれている表現の一部分を切り出して、自分の文章の中に取り入れている。自然な書きぶりであり、なおかつユーモラスで巧みである。

次に、同じ題で書かれた一葉の作文を読んでみよう。一葉はこの時、数えで十七歳である。

一葉の作文を読む

一葉は「萩の舎」では本名の「樋口夏子」の名前で通しており、ここでも「樋口夏子」と書いている。「一葉」は、小説を発表する場合の筆名である。

月夜に梅を尋ねて　樋口夏子

葦垣のもとには、昨日まで消え残りたる雪も見えしを、さすがに、月の影など霞むとはなけれど、寒からぬ程になりぬ。宵のほど、閉め忘れたる窓の内に、薫り入りたる梅が香の、いとなつかしきに、思ひ出づれば、今朝なむ、「向かひの野辺の梅の咲きぬる」とか、道行人の言ひぬるを、事に紛れて、忘れにたり。「いでや。夕月夜の面白きほど、余所見過ぐさむも花のため情けなくや」とて、出づるとはなしに、柴の戸を出でてみれば、慣れたる道も折からにや、珍しう覚えて行くほどに、「白く見ゆるは」と言ひけむも、かかる夜にやあらむ。それかとばかり見ゆるも、いとなつかしう、香など吹き送る風の、寒く身に沁むも、そぞろ嬉しき心地する夜の様になむ。

《「筑摩全集」第三巻（下）、五三八頁による》

先ほどの田辺龍子の作文は、和歌も一首入っており、結びもユーモラスでメリハリがあり、一読して印象の強い作品となっていた。それと比べると、一葉の文章は、全体になだらかで、おとなしい感じがするが、気をつけて読むと、時間の推移と情景描写が細やかである点が優れている。「今」を起点として、「昨日まで」に触れ、「宵のほど」に閉め忘れた窓から梅の香りが漂ってきたことから、「今朝」、通りがかりの人が、近くの梅が咲き始めたと言っていたことを耳に留めたのに、日中は雑事に紛れて梅のことを忘れていた、という記述は、間断することなく時間の流れを自在に前後させながら描いている。

それに続けて、せっかく咲き初めたというのにそれを見に行かないのは、梅の花に対して情けない、と自分の態度を花に対して詫びるような細やかな心遣いである。日も暮れた中で、白梅が咲き匂う情景に見とれる一葉の姿。それはまるで、鈴木春信の浮世絵「夜の梅」に描かれた、若い女性の姿のような繊細さである。

なお、一葉が「白く見ゆるは」と書いたのは、『古今和歌集』一〇〇七番の旋頭歌「うちわたす遠方人に物申す我　そのそこに白く咲けるは何の花ぞも」に拠る。『古今和歌集』では、この白い「花」は、梅の花とされている。ちなみに、この旋頭歌を、『源氏物語』夕顔巻で光源氏が口ずさむと、それを聞いた随身は、「かの白く咲けるをなむ、夕顔と申しはべる」と答えて、梅から夕顔に転じている。

田辺龍子も一葉も、『古今和歌集』や『枕草子』のような王朝文学を摂取しながら、それぞれ自分らしい個性も織り込んで作文を書いている。この二人が、文学者として成長してゆくに当たっては、和文稽古などを含めた「萩の舎」の古典教育もそれを助けたと思われる。

3.「一葉日記」に描かれた「萩の舎」

「萩の舎」入門の経緯と「一葉日記」の始発

一葉が「萩の舎」に入門した経緯に触れる前に、「萩の舎」での和文稽古の成果として、明治二十一年の一葉と田辺龍子（花圃）の作文を紹介したので、時間の流れが後先になってしまったが、ここで改めて、入門の経緯と、入門後に半年近く経（た）ってから書かれるようになった日記について述べておこう。

一葉が中島歌子の歌塾「萩の舎」に入門したのは、明治十九年（一八八六）八月二十日である。この頃、樋口家は東京府下谷区上野西黒門町二十番地（現、東京都台東区上野一の十一の七）に住んでいた。「萩の舎」に入門するに際しては、父則義が知人からその評判を聞いて選んだのだった。

現存する最も早い時期に書かれた一葉の日記は、「身のふる衣（ごろも）　まきのいち」である。明治二十年一月十五日から八月二十五日までのことが記述されている。「まきのいち」（巻の一）とあるが、これに続く「まきのに」（巻の二）や「まきのさん」（巻の三）といった日記帖はない。一葉が日々の出来事を本格的に日記に書くようになるのは、明治二十四年四月に、日記「若葉かげ」を書き始めてからである。ただし、「若葉かげ」に先行する日付のある日記として、断片的な短い日記があるが、それについては次章で取り上げることにして、今は、日記「身のふる衣　まきのいち」を概観しながら、「萩の舎」という新しい場所を得た一葉が、和歌を原点としてみずからの人生を切り拓いていった日々に触れたい。

第二章で書いたように、一葉が学校教育を受けたのは、小学四年までだった。一葉にとって、「萩の舎」での和歌や古典や書道の修学は大きな体験だったであろう。けれども、入門した最初の日から、毎週の稽古日に学んだことや、そこに集う人々との交流などを、日記に書き留めていったかというと、そうではなかった。

「身のふる衣　まきのいち」は、「萩の舎」への入門から五箇月ほど経った、明治二十年一月十五日から書き始められている。なぜ、この時期から書き始めたのだろうか。「身のふる衣　まきのいち」以前の日記帖は残っておらず、「身のふる衣　まきのいち」も、自筆の日記帖は残っていないのだが、幸田露伴監修・新世社版『樋口一葉全集』の第四巻（昭和十六年刊）に、この「身のふる衣　まきのいち」が収められている。以後の各種の一葉全集は、この新世社版を底本としている。

以下、「身のふる衣　まきのいち」を、冒頭部から順を追って、見てゆきたい。

最初の日付は明治二十年一月十五日で、「稽古はじめとて、師の本(もと)に、まかでけり」とある。これは新年になっての稽古始めということである。その後、同二十二日、同二十九日、二月五日、同十二日と、土曜日ごとの稽古日の記述が続く。

ちなみに、「筑摩全集」第四巻（上）の詠草2には、日記「身のふる衣　まきのいち」が書かれる以前の、入門直後から毎週金曜日の稽古日に詠んだ和歌（明治十九年八月二十日から十二月十八日まで）が収められている。この時期が、「萩の舎」における一葉の初心者時代と言えよう。

年が明けて明治二十年になると、初心者クラスの金曜日の稽古から、土曜日のクラスに進んだので、気持ちも新たに日記を付けようとしたのであろうか。日記の冒頭部の記述は短く、その日の歌題や高得点を取った人の名前などを、簡単に記している。ただし、一月二十二日と二十九日、二月十二日には、一葉の和歌が秀歌として選ばれたことが書かれている。

とりわけ、一月二十九日には「水辺柳」、二月十二日には「月前梅」という歌題が出されて、両日とも一葉の詠んだ歌が高点を取った。ただし、日記に「萩の舎」のことを書いても、その当日に詠んだ自分の歌を書くことはほとんどない。これは一葉日記の全体を通して言えることである。けれども日記とは別に、「萩の舎」の稽古日や歌会や宿題などで詠んだ歌は、「筑摩全集」第四巻（上・下）に収められている。高点を取った「水辺柳」と「月前梅」の和歌を見てみよう。

一葉の和歌を読む

一葉は「萩の舎」の稽古で、次のような歌を詠んだ。全集からの引用は、旧漢字を新漢字にし、濁点を付した以外は、そのままの引用とする。一葉がどのような表記で書いているかを示すためである。ただし、意味内容を理解しやすくするために、適宜、漢字を宛て、送り仮名や清濁を整え、意味の区切りに一字分の空白を設けるなど、表記を工夫した形も併置した。

水辺柳（「筑摩全集」第四巻上、詠草3・点くらべⅡより）

きのふけふ氷りとけにし池水にはるをうつせる青やぎの糸

（昨日今日　氷溶けにし池水に　春を映せる青柳（あをやぎ）の糸）

心して行よ舟びとかはミづにうつる柳のミだれもぞする
（心して行けよ舟人　川水に映る柳の　乱れもぞする）
かげうつすやなぎの糸ハ池水にうかぶ玉ものこゝちこそすれ
（影映す柳の糸は　池水に浮かぶ玉藻の　心地こそすれ）

月前梅（「筑摩全集」第四巻上、詠草3・点くらべⅡより）

さしのぼる月影きよミわが庭の梅も色香のそふとこそ見れ
（指し昇る月影清み　わが庭の梅の色香の　添ふとこそ見れ）
匂はずハそれともしらじ梅の花あやなくまがふ月の光りに
（匂はずはそれとも知らじ　梅の花あやなく紛ふ　月の光に）

どれも繊細で、清新な感覚に溢れた歌である。この中で、「かげうつす」の歌と「匂はずハ」の歌の評点が十点であった。

発会での最高点

日頃の稽古の中で、このような和歌を詠んでいた一葉が、この時期のすぐ後に開催された「萩の舎」の発会で、六十余人の参加者の最高点を取った。この時のことは、「身のふる衣　まきのいち」の明治二十年二月二十一日の記事に書かれている。

この発会にかかわる記述は、二月十九日の日記にも触れられている。十九日は「萩の舎」の稽古日だったので、若い女弟子たちが集まって、発会に着てゆく晴れ着の相談をしていた。一葉は前年の八月に入門したばかりなので、発会の様子を知らなかったが、皆の雑談を聞くうちに、彼女たちが、上流の子女たちであることに改めて気づかされた。帰宅してみると、両親の心づくしの衣裳が用意してあったが、それらは古びたものだった。一葉から、他の女性たちの準備の話を聞くと、母親は、「いな、いな。さるあたりへ、かかる衣して出で給はむこそ、いとど恥ぢがましき業に有らずや。止し給ひね」と、涙を浮かべて言った。父親は「いかにとも、汝が思ふままなるのみ」と言ったが、一葉にも父の口惜しさが伝わってきた。

一葉は両親の気持ちを受け止めつつも、「思ひ定めて行くに如かじ」と決心して、発会に参加した。すでに大勢が集まっており、一葉は「いとど恥づかしとは思ひ侍れど、此の人々の綾錦着給ひしよりは、我が古衣こそ、なかなかにたらちねの親の恵みと、そぞろ嬉しかりき」と日記に記した。発会の会場は九段の坂上にあったが、その前にまず皆で、坂下の写真館に行き、記念撮影をした。それを見て、道行く人々も「あな美し」と感嘆した。着飾った女性たちの一団は、人目を引くものだったであろう。

このような一連の記述を受けての、最高点での優勝という劇的な結末だった。日記「身のふる衣まきのいち」は、一月十五日の初稽古の日から始まっているが、今紹介した発会とその結末が記されたことによって、一葉の人生記録としてまことに重要な役割を果たすことになる。ただし、最高点の和歌そのものは日記に書かず、「点取の御題には『月前の柳』てふなりけり」と書いただけである。それでも歌題が「月前柳」だったことから、「筑摩全集」第四巻（上）所収の詠草3に、「二月二十一日発会」と書かれている歌が当該歌であることがわかる。

月前柳

打なびくやなぎを見ればのどかなるおぼろ月夜も風ハ有けり
（打ち靡く柳を見れば　長閑なる　朧月夜も風はありけり）

この「月前柳」もまた、先ほど引用した、発会に近い時期の稽古日の題詠歌と相通じる、清新で繊細な詠みぶりである。稽古日の歌も高点を取っていたのであるから、発会当日の歌だけが奇蹟的に優れた歌だったわけではない。コンスタントに秀歌を詠む力量を、入門後半年ほどで、早くも身に付けていたのであろう。

さらにここで、第二章で触れた「萩の舎」入門以前の一葉の和歌、すなわち和田重雄による添削和歌を思い出してみよう。

春風不分所（春風、所を分かず）

おちこちに梅の花さく様見れば　／　いづこも同じ春かぜやふく
おちこちに梅の花さく頃なれば　／　いづこも同じ春かぜのふく

一葉の原案では、「おちこちに梅の花咲く様見れば」とある。「見れば」は一葉自身が見て、気づいたということであり、「萩の舎」発会で詠んだ最高点の歌もまた、「打ちなびくやなぎを見れば」であり、ここでも再び「見れば」という言葉が使われている。和田重雄は「見れば」を表現未熟と見て、「頃なれば」と添削した。発会での歌は、「風ハありけり」という発見と響き合うことが高く評価されたのであろうか。

日頃の稽古での実績あってこその最高点であるにしても、一葉にとってこの「発会」は、いわば明確に和歌の力量が認められた「晴れの日」となった。筆を執って書き綴ることは、そこに新たな別乾坤、すなわち、新たな世界を自らが創り出すことでもあった。自分が書いた文章は、自分に向かって開かれた世界を指し示し、そのことが、注意力や観察力や思索力をおのずと育て、さらに自分を伸ばすという循環を生じさせる。

この後、一葉は明治二十九年十一月に亡くなる四箇月前の七月まで、空白期はところどころありつつも、日記を書き続けた。

4．小石川植物園散策記

「萩の舎」の外

「身のふる衣　まきのいち」には、もう一つ、長文の日記が、書かれている。発会から約二箇月後の四月十六日の稽古日に、中島歌子の提案で急遽、近くの小石川植物園（東京帝国大学付属植物園）に桜の花見に行くことが決まった。「萩の舎」から植物園までは、途中の伝通院を通り抜けてゆくことになった。境内はかなり荒れていた。歌子が先頭に立って果敢に突き進み、一葉も遅れじと後に続くが、「萩の舎」に集う令嬢たちは、歩くのに難渋した。屋外での行動において、一葉は他の女性たちに対して優位に立っている。

植物園に着くと、皆は思い思いに桜の枝を折り取って遊楽していたが、一葉だけは植物園の桜を手折るような行動に批判的であった。帰途、「あなたの枝は」と問われた一葉は、「日陰に生えていた楓が太陽の光も知らずに枯れてしまうのが惜しいので、抜き取って、家の庭に移し植えることにしました」と答えたのだった。日陰に生えて、日差しにも当たらずに朽ちてしまう楓をみずから抜き取って、明るい日差しを浴びさせようとする一葉の行為は、奇しくもその後の一葉の人生の象徴となった。一葉は世の中に埋もれることなく、みずから人生を切り拓いてゆく。

最初の日記の意義

「身のふる衣　まきのいち」は、発会と散策記という、二つの大きな体験を中心に書かれた日記であった。むしろ、このような大きな出来事があったからこそ、一葉がこの時期に日記の筆を執ったのだろう。その後、「身のふる衣　まきのいち」に引き続く時期の日記は書かれず、本格的に日記が書かれるのは明治二十四年からになる。

一葉は後に、小説の執筆で多忙となり、「萩の舎」の稽古に通えなくなった時期もあった。しかし、亡くなるまで、「萩の舎」との縁は続いていた。小説家としての一葉の文学的な基盤は「萩の舎」の日々で培われたと言ってよい。

引用本文と、主な参考文献

・塩田良平『増補改訂版　樋口一葉研究』（中央公論社、昭和五十四年）
・『郷土出身の歌人　中島歌子資料集』（編集・発行坂戸市教育委員会、平成二十年）
・三宅龍子編『中島歌子先生遺稿　萩のしづく』（萩之舎同窓会発行、非売品、昭和四年）
・『明治女流文学集（一）』（明治文学全集、著者代表税所敦子、筑摩書房、昭和四十一年）

中島歌子『萩のしづく（抄）』所収。ただし、「抄」とあるように和歌は抜粋であるが、「秋の道しば」「枕の塵」「秋の寝ざめ」の和文（文中に和歌を含む）三編が入っている。ちなみに、『郷土出身の歌人　中島歌子資料集』には、この三編は入っていないが、和歌は入っている。

・島内裕子「樋口一葉と徒然草――初期の日記と習作を中心に」（『放送大学研究年報』第九号、平成三年三月）

発展学習の手引き

一葉の最初の日記である「身のふる衣　まきのいち」に書かれている四月十六日の小石川植物園への散策に触れたが、この日の日記の全文、および考察は、『放送大学研究年報』第九号に掲載された拙稿に書いたので、読んでいただければ幸いである。

4 一葉における無常の認識

《目標&ポイント》「萩の舎」入門後の一葉が、和歌の世界だけでなく、次第に小説の執筆に踏み出してゆく背景には、長兄と父の死があった。二年と経たぬうちに、かけがえのない二人を相次いで亡くした一葉の心情を、日記や回想記から読み取り、一葉における無常の認識の深まりに注目する。

《キーワード》「鳥之部」Ⅰ、「鳥之部」Ⅱ、父則義の死、長兄泉太郎の死、無常、「はつ秋風」、内弟子時代

1．一葉文学における日記と雑記

日付のある日記

本章では、明治二十年から二十三年までの時期を取り上げる。一葉は、この時期に先立って、明治十九年八月に歌塾「萩の舎」に入門し、翌年の明治二十年一月から日記「身のふる衣　まきのいち」を書いたが、その後は、明治二十四年四月からの日記「若葉かげ」まで、まとまった詳しい日記を書いていない。「筑摩全集」第三巻（上）には「日記Ⅰ」として、日付のある日記群が収められており、目次には、それぞれの日記帖の書き始めの日付と書き終わりの日付が明記されている。

そして、「身のふる衣　まきのいち」と「若葉かげ」の間に、「鳥之部」Ⅰ・Ⅱが収められており、ここにも日付が書かれている。

けれども、「鳥之部」Ⅰは明治二十二年七月の父則義の死去とそれに続く法要を、箇条書き風に記録した覚書であり、「鳥之部」Ⅱは明治二十三年一月と二月の日記であるが、延べ八日間しか書かれておらず、末尾の文章以外は短く断片的である。

日付のない日記

明治二十年から二十三年までの期間に、長兄泉太郎と父則義の死があり、一葉自身も「萩の舎」の内弟子となるなど、大きな変化があった。これらの出来事にともなう一葉の内面の変化は、日付をともなう日記の中で、その日の出来事として詳しく書き留められることはなされておらず、むしろ、後に書かれた文章の方に見出せる。それらは、「筑摩全集」では「雑記」というカテゴリーに分類されて収められている。けれども、そこに一葉の人生観や無常観などの萌芽が見られることは、注目に価すると思う。

一葉には日付を明記してその日の出来事を書く、一般的な意味での「日記」がある一方で、日付を書かずに自分の思索を書き綴ったり、書物や新聞雑誌から抜き書きした記事もある。それらは主として「筑摩全集」第三巻（下）に収められている。そこには、雑記（1〜12）と感想・聞書（1〜11）が「日記Ⅱ」としてまとめられ、その後に「随筆」として、『あきあはせ』『すゞろごと』「断片・書き入れ」「反古（ほご）しらべ」が収められている。

つまり、「筑摩全集」第三巻は、大きな括りとしては、「日記」Ⅰ・Ⅱと、随筆の三分野になっているのである。ただし、「日記」Ⅱは日付をともなわない記述であることから、一葉の執筆意識においては「日付がある日記」とは異なる意味づけを持つのではないだろうか。「筑摩全集」第三巻（下）で、雑記や感想・聞書が、「日記」Ⅱという項目に括り込まれているのは、これらを広義の日記と捉えているからであろう。だが、日付のない文章は、回想的な文章であったり、思索的な文章であることが多く、そこから一葉の心情吐露を読み取ることができる貴重な文学資料である。「雑記」と言うよりもむしろ、文学作品として味読するにふさわしい珠玉の小品である。

一葉の内面の軌跡を辿ろうとする場合には、日付のある日記を、年月日の順に読んでゆくのは当然だが、日付のない記述であっても、「筑摩全集」の補注などによって、書かれた時期がある程度特定されている場合には、それらを日付のある日記の流れの中に組み入れて、「連続読み」してゆくことが、重要ではないだろうか。そのような観点から、本章ではまず、「鳥之部」Ⅰ・Ⅱを読み、次に「雑記」に分類されている記述の中から、「鳥之部」Ⅰ・Ⅱの以後に書かれた、父や兄の死を巡る文章を抜き出して、一葉の死生観に触れたい。

2．「鳥之部」に見る記録と思索

父の会葬記としての「鳥之部」Ⅰ

「鳥之部」とは、歌集の部立（ぶだて）の名称であり、本来は、和歌を書こうとした冊子であったところに、日付を持つ日記が書かれている。けれども、毎日の日記ではなく、Ⅰでは、連続して書かれている箇所もあるが、最後の方では記述の間隔が空いている。Ⅱは、書き始めから終わりまで約二箇月あっても、書かれた日付は、延べ八日分のみである。ⅠもⅡも、かなり断片的な日記と言えよう。

このように、「鳥之部」は断片的な日記であるが、Ⅰの冒頭部とⅡの末尾に、それぞれ一葉の内面が吐露されている文章が置かれている。Ⅰの冒頭部は、序文のような書き方である。

さまざまに思ひ乱れたる折の事にしあれば、忘れたるもいと多く、知らで過ぎつるも少なからねど、時過ぎ、程隔たりては、いよいよ知れ難くやあらむ。今、はた、思ひ出づるままに、我が知りたるをのみ、記すになむ。

涙の年の葉月二十日頃、蓑虫の「父よ父よ」と、嵐の宿りに記す。

《「筑摩全集」第三巻（上）、九頁による》

序文の末尾の一文は、『枕草子』の「虫は」の段で、蓑虫が「葉月ばかりになれば、『父よ父よ』と儚げに鳴く。いみじく哀れなり」とある文章に拠っている。一葉は八月（葉月）になって、七月の父の死去と、それに続く法要などを書き留めておこうとした。その時、『枕草子』の蓑虫の記述に、「葉月ばかりになれば」とあったこと、そして、「父よ父よ」という蓑虫の切ない呼びかけが書かれていたことが、自分自身の今の気持ちと重なって思い起こされたのだった。

これに続いて「明治二十二年七月十二日午後二時死去」と父の死の日時を書き、この日ただちに新聞に死亡広告を出す手配をしたことや、通夜に参列した人々の名前、十三日に築地本願寺から僧が来て読経、および通夜に二十余人が来たこと、十四日の出棺のことを書き、以後も日録形式で、日毎の仏事や来訪者の名前など、七月十九日までは毎日記録している。

その後は、所々、日付が飛び飛びになるが、その中で八月十五日が、「五七日」、すなわち、父の死後三十五日目の追善仏事にあたるので、八月八日から十日にかけて、配り物（蒸し物と茶）を誂えたり、人力車三台を手配して、それぞれの廻り場所の順路を決めたことなどを書き留めている。「一つは、築地本願寺より同三丁目芝公園（下略）」、「一つは、本郷湯島六丁目三軒、弓町二軒、本郷四丁目、同五丁目、菊坂町（下略）」、「一つは、神田鍋町、鍛冶町、千代田町（下略）」などと、人力車の廻るべきルートや軒数が細かく書かれている。樋口家の親戚や友人たちの生活圏が、三つの順路に凝縮されている。後に、一葉は、小説作品の中にさまざまな町名を書き、作品内で人力車が通過する順路を書いている。その書き方が、この日記の記述と響き合う。

八月十五日の仏事も無事に終え、十七日には母が借家を探しに、芝に出向いている。この日の次の記述は二十一日で、芝の田町に住んでいた兄虎之助に相談の葉書を出している。序文で、「葉月二十日頃」に記すとあるのは、まさに十五日の仏事を終えて一息ついたのがこの頃で、十八日から二十日までの日記が書かれていないのは、この間に、これら一連の記録を書いたのではないだろうか。

この後の記述は、八月二十九日に四十九日法要を営み、三十日に虎之助と引越の日取りを決めている。九月四日「この日、引き移り、済む」という言葉で、一連の記述が終わる。「引き移り」とは、一葉・母・邦子の三人が、それまで暮らしていた神田区淡路町二丁目から、虎之助の新しい住まいである芝区西応寺町の家に、引っ越ししたことを指す。

以上が、「鳥之部」Ⅰの記述の概略である。

「鳥之部」Ⅰは、父の死去にともなう一連の仏事の簡潔な記録であるが、古典を摂取した序文風の文章と言い、生活圏の人々のことや、町名など、後の一葉文学の世界と通底するものがある。

「鳥之部」Ⅱに見る一葉の人生

「鳥之部」Ⅰが、父則義の死とその後の仏事、そして芝西応寺町の兄宅での同居に至る記事が記録風に書かれていたのに対して、「鳥之部」Ⅱで書かれていることは、この同居時代のことである。

冒頭の明治二十三年一月十六日は、野尻理作（のじりりさく）が訪ねて来て一泊したことや、虎之助の帰宅が遅かったこと、翌日十七日は、野尻が帰ってから、妹の邦子の奉公口を探しに姉妹で出かけたが見つからず、母や兄の意見もあり、邦子が奉公することは当分見合わせたことなどが、短く書かれている。ちなみに野尻理作は、父則義が生前に世話をしていた山梨の同郷人で、一葉姉妹と同世代の青年である。父の葬儀や仏事の時も手伝っている。樋口家とは、いわば親戚付き合いの仲であった。十八日は、「萩の舎」での歌合の事が書かれている。この記事は、「鳥之部」Ⅱの中で最も詳しいが、それについては後述する。

次の十九日は、前日に遊びに来た「正朔の守（もり）の外、書くべきことなし」という記述のみである。ここで「守（もり）」というのは、正朔の面倒を見る「子守（こもり）」をしたということである。当時、稲葉（いなば）正朔は五歳。稲葉寛・鉱（こう）夫妻の長男である。

二十日は、兄の虎之助が他の陶工や弟子たちに月給や小遣いを渡して、夕刻に帰宅したこと。その間に、正朔の父が来て、連れて帰ったことが書かれている。稲葉氏は、一葉の両親が江戸に出て来た時、母たきが仕えた旗本であったが、維新後は、樋口家が逆に援助するほどに零落していた。この翌日の二十一日には「母君、浅草稲葉様へ行く」とあり、浅草に住んでいた稲葉家を、母たきが訪問したことがわかる。

このように、一月十六日から二十一日まで日付が連続するが、断片的な短い記述がほとんどである。その後は一月半も空いて、三月二日に「野尻君へ二十円貸す」、三月十四日に「母君、先生へ行く」という、ごく短い記述が書かれて、この日付の日記が終わっている。「先生へ行く」とあるが、具体的な内容は未詳である。一月十七日の邦子の「奉公口探し」も失敗している。一葉たちは、この先、どのように生計を立ててゆくのか。現実の厳しさが窺われる。そのような中で、「野尻君へ二十円貸す」という記事は意外である。稲葉一家の行く末も、気がかりである。

「鳥之部」Ⅱは、「筑摩全集」ではほんの二頁くらいのごく短い記述であるが、樋口家を巡る生活圏の人々との交流が書かれており、貴重な記録である。野尻理作は後に、一葉の小説を「甲陽新報」という、山梨の新聞に掲載した。稲葉家の零落と窮状は、一葉の小説の叙述に反映している。簡略な日記の記述には、一葉の人生とかかわることが凝縮されている。

「萩の舎」での歌合

「鳥之部」Ⅱの一月十八日に、一葉が小石川の「萩の舎」に行き、「景物歌合」の会に出席したことが書かれている。「景物歌合」については、第三章でも簡単に触れたが、この日の日記には、歌合の勝者に景品が出ることが具体的に書かれている。

この日の歌題は、「山家待春」であった。出席者は伊東夏子、田辺龍子（花圃）、田中みの子、そして一葉である。この四人は「萩の舎」の中でも、とりわけ優れた弟子たちである。この時、田辺龍子と一葉が組み合わされ、二人は次のような歌を詠んだ。

鶯の声の春のみ長閑にてまだ冬深し山の下庵　龍子
憂き事も雪も山路も深ければ春だに遅き心地こそすれ　一葉

この勝敗は龍子の勝ちで、景品（賞品）は置き炬燵と、絹の四幅蒲団（たっぷりした四幅で作った立派な蒲団）だった。一葉には、桐の火桶（火鉢）だった。この結果を一葉は、「世を打ち侘びしこの僻者は、静かに山の下庵に春待つ人ののどけさには比ぶべうも、あらじかし。桐の火桶は、炬燵の火に気圧されてなむ」と書いて、やや自嘲気味である。とは言え、「萩の舎」での華やかな新年歌合の雰囲気が伝わってくる日記である。父の死後、兄との同居の中で、経済的・精神的に辛い日々を過ごしていた一葉にとって、「萩の舎」の親しい学友たちとの文雅のひとときに、しばし日常を離れることができたのではないだろうか。

「鳥之部」Ⅱの末尾の感慨と、『徒然草』

「鳥之部」Ⅱは、「筑摩全集」で二頁ほどのごく短い断片的な日記であるが、その末尾に、次のような、思索的な文章が置かれている。

> 世の中の事程、知れ難き物はあらじかし。必ず、など頼めたる事も、大方は違ひぬさへ、ひたぶるに違ふかとすれば、又、さもなかりけり。いかにして、いかにかせまし。唯、物のなりゆきを見てこそ、頼めつめやなむ。頼めつめやなむ。
> 浮草の根を絶えたるが如、青柳の風に靡くが如、操なきこそ、世は安けれ。
>
> 《「筑摩全集」第三巻（上）、一四～一五頁による》

「頼めつめやなむ」の部分の意味は、正確にはわからない。物事のなりゆきを見て、信頼して良いかどうかを判断したほうがよい、という意味だろうか。

世の中の頼みがたさを嘆くこの文章の背後には、第二章で触れた、渋谷三郎の態度の変化が心を掠(かす)めているのであろう。父則義の在世中は、一葉と三郎の婚約がほぼ調(ととの)っていたにもかかわらず、則義の死後、三郎は樋口家から足が遠のいた。結果的には、渋谷三郎の意向により、二人の婚約は解消された。このような人心の変化、頼りなさに対する苦い諦めの気持ちを一葉は書いたのであろう。世の中の頼みがたさとは、寄る辺(よるべ)なさへの嘆きであり、その自覚が無常観である。一葉は長兄の死と、父の死によって、世の中の無常を強く意識せずにはいられなかったであろうし、婚約者の変節もまた、この世の無常として認識した。そういった自覚と認識を持ったことが、一葉の人間観や人生観の深まりとなったのだろう。

人生に対して頼りなさや諦めを感じ、無常を認識することは、一葉に限らないだろうが、そのような思いを一連の文章として表現することは、容易ではない。次に掲げる『徒然草』第百八十九段と読み比べてみよう。

今日はその事を成(な)さむと思へど、あらぬ急ぎ、先(ま)づ出(い)で来(き)て、紛(まぎ)れ暮らし、待つ人は、障(さは)りありて、頼(たの)めぬ人は来(き)たり、頼みたる方(かた)の事は違(たが)ひて、思ひ寄らぬ道ばかりは叶(かな)ひぬ。煩(わづら)はしかりつる事は、事無(ことな)くて、易(やす)かるべき事は、いと心苦し。日々に過(す)ぎ行(ゆ)く様(さま)、予(かね)て思ひつるには似ず。一年(ひととせ)の中(うち)も、かくの如(ごと)し。一生(いつしやう)の間(あひだ)も、また、しかなり。予(かね)てのあらまし、皆違(たが)ひ行(ゆ)くかと思ふに、自(おの)づから違(たが)はぬ事もあれば、いよいよ物は定め難(がた)し。不定(ふぢやう)と心得(こころえ)ぬるのみ、真(まこと)にて、違(たが)はず。

『徒然草』のこの段には、毎日の生活の中で思いがけないことが次々と起こり、その対応に追われて、人生が過ぎてゆくと書かれている。けれども、思い通りになることもあり、人生は一筋縄ではゆかないものだという兼好の認識も示されている。「鳥之部」Ⅰ・Ⅱに書かれていた内容も、まさにそのような日々のことだった。『徒然草』の「世の中は定めがたい」という認識は、一葉自身の心でもあったのだろう。ちなみに、『徒然草』第二百十一段にも、「万(よろづ)の事は、頼むべからず」という人生認識が書かれている。

後に一葉は、『文学界』の平田禿木と初対面した際に、『徒然草』を共通の話題にして、互いの思いを確認している。そのような『徒然草』への親炙(しんしゃ)も、すでにこの時期から一葉の内部で生まれていた。

このような感慨を末尾に記して、「鳥之部」Ⅱが終わる。書かれている日付としては、明治二十三年三月十四日が最後なので、この感慨が書かれたのもその頃だと考えられる。

3．「萩の舎」内弟子時代の一葉

長兄泉太郎の面影

一葉は、若くして亡くなった長兄泉太郎の病状経過を書いた文章を、「萩の舎」の内弟子だった時代に書いている。けれども、この文章は、日々の出来事の記録として日記に書かれたものではない。長兄泉太郎が明治二十年十二月二十七日に亡くなり、その一年半後に、父則義が明治二十二年七月十二日に亡くなって、さらにその一年後の、明治二十三年秋頃に執筆されたと推定されている。つまり、父の死後になって、それに先立つ長兄泉太郎の死についてようやく書くことができたのである。

一葉の父樋口則義は、明治二十二年七月十二日に病没した。その後、一葉と母と妹の三人は、芝区西応寺町の次兄虎之助のもとに身を寄せた。けれども、虎之助と母の折り合いが悪く、翌年の明治二十三年五月から九月までの半年近く、一葉だけが、「萩の舎」に内弟子となって住み込んだ。この内弟子時代に書かれた数編の断片は、初めて親元を離れて暮らすという、それまでにない大きな環境の変化を体験して、精神的な深まりを垣間見せた貴重な記録である。

一葉文学誕生の土壌となるような内省的な思索態度と抒情的な描写力を身に付けたのも、この時期だった。家族と離れて自分自身と向き合う生活環境が、一葉の心の深化を促したと言えよう。

長兄泉太郎の人生と死

以下、長兄泉太郎の略歴は、すでに第二章で、樋口家の人々の動静と住居歴を略述した際に、学校歴を中心に述べたので一部重複するが、ここでもう一度泉太郎の人生を概観しておきたい。

樋口泉太郎は、元治元年（一八六四）四月十七日に生まれ、明治十六年（一八八三）八月に小長井小舟の漢学塾・濠西精舎を終了して、同年十二月に樋口家の家督を相続をした。病弱だった泉太郎は、その後、三箇月ほど熱海で保養していた時期もある。ちなみに、川上眉山（かわかみびざん）（一八六九～一九〇八）の小説に、保養地で出会った男女の交流を描いた『書記官』（明治二十八年二月、『太陽』）がある。

熱海での病気療養から戻った泉太郎は、明治法律学校に入学したが、在学期間は不明である。その後、大阪・神戸に出て、事業を始めようとしたが、その望みも叶いそうになく帰京した。この関西方面への旅立ちとその顛末については、泉太郎が弟の虎之助に宛てた、明治二十年一月二十五日付けの手紙が残っている。それによれば、帰京費用の用立てを虎之助に頼んでいるが、そもそも関西行きにあたって、どの程度、具体的な計画や見通しがあったかどうかについて、泉太郎自身は触れていない。

泉太郎は帰京後、大蔵省出納局（すいとうきょく）に雇いとして勤務したが、ほどなく病気による欠勤届を出し、明治二十年十二月二十七日に肺結核（気管支炎とも）で亡くなった。数えで二十四歳の若さだった。

長兄泉太郎への追慕

一葉は、長兄泉太郎の死について、その直後には何もまとまった文章を書いておらず、父の死からさらに一年を経た後に、ようやく文章化した。なぜそのような時期になって、回想が書かれたのかを考えてみよう。

次に紹介するのは、明治二十三年秋頃に書かれたと推測されている文章である。当時の樋口家は、下谷区上野西黒門町に住んでいた。

朝顔（あさがほ）の露、風の前の燈（とも）し火（び）、それよりも猶危（なほあや）ふき人の命、「いつをいつ」と言ふ限りはあらねど、老いたるは、さてもありなむ、年若き身こそ、いと安（やす）からね。その人によりて、親兄弟（おやはらから）の苦楽は生ずる物なるを、我が兄泉（せん）の君（きみ）、世を早くし給ひしより以来、袖の涙、乾（かわ）く時なく、胸の思ひ、絶ゆる間（ま）なかりし。その折々（をりをり）、書い付（つ）くるも、一は、人知らぬ悲しみを漏らし、一は、我が身の経歴になむ。

思ひ出（い）づる明治二十年七月の頃なりけり。我が兄、ふと病に罹（か）かりぬ。元より、世の人よりは弱かりし人の病なれば、その事となく悩みて、七月も過ぎぬ。八月も過ぎぬ。九月十七日と言へるに、例の如く、余は、師の許がり行きぬ。午後四時と言へるに、家に帰るに、兄は、強く悩みて臥し居れり。「そも、いかに」と母に問ふに、曰く、「大病なり。物へ罷りたるに、其の所にて、甚だしく血を吐かしたり。家に帰るに、未だ止まず。静かに、養生をなす」と聞きて、いと甚く打ち驚きぬ。そも、この日を病の初めとして、十月十一（原文のママ）を空しく過ぎて、十二月ともなりぬ。かひなくも二十七日と言へるに、遠き闇路が人には成りぬ。その折の事は書く事もあらず。涙のみなり。まして、育てし父母の情、知るべし。七日十日の程は、悲しきとだに思ひ出でず、夢の様にて過ぎぬ。

《「筑摩全集」第三巻（下）、五九〇頁による》

この文章にあるように、泉太郎が体調を崩したのが七月の頃、喀血したのが九月十七日であったことを考えると、その間の季節の推移は、一葉が「萩の舎」の内弟子となっていた明治二十三年の五月から九月末にかけての時期と重なる。「萩の舎」での内弟子の日々の中で、長兄の死にまつわる季節が巡ってきて、改めて感慨が湧き起こったのであろう。

現在の自分の境遇をもたらした直接の出来事は、昨夏の父の死であったとしても、二年半前の長兄泉太郎の死が、樋口家にとっての辛い日々の始まりだったのだ、と思い到ったと推察される。泉太郎は、明治十六年に父則義から家督を相続している。その泉太郎が明治二十年十二月二十九日に死去したことによって、翌二十一年二月に一葉は相続戸主となっていた。

この文章で注目したいのは、人間の命のはかなさ、老少不定の世の中の無常が、兄の死という現実によって、実感として強く一葉の心に刻み込まれたことである。一葉の初期の短編小説には、若い主人公が、はかなく死んでゆく結末が多い。それらの筋立ては単なる空想ではなく、身近な若い兄の死が、影を落としているのではないだろうか。

4．内弟子時代の文章とその展開

「はつ秋風」を読む

「萩の舎」内弟子時代に書かれた文章をさらに読んで、一葉の中で、何を書くかという構想が浮上して、次第にまとまってゆく様子を見てみよう。「筑摩全集」第三巻（下）の「雑記4」には、覚書風のさまざまな文章や、和歌・俳句、住所・人名などを書き留めた「しのぶぐさ」という標題の冊子が収められている。文章の途中で切れている書きかけも多いが、ある程度まとまった文章も見られる。

全集の補注によれば、「記録年代は、明治二十三年五月から九月末までの間、即ち歌子の許に引き取られていた時代のものが大部分である」という。一葉自身も、この冊子の中で、「明治の二十三と言へる年、五月より、師の許へ仕ふべき身とは成りぬ」と書いている。この少し後に、「はつ秋風」という題名の文章が綴られている。

はつ秋風

秋は、いつも悲しきものながら、今年は、まして萩の下露、乱るること繁くて、真に、風も身に染むとぞ覚ゆる。去年、家尊の大人に別れ参らせてより、今、師の許に仕るべき身と成りぬるまでの、心尽くしよ。沖の石の人こそ知らざらめど、袖濡るる事、いと多かり。

師の許に来て、二月ばかりに成りぬ。漸う秋にも成りゆくままに、折から、いともの哀れなり。実に、空蝉の夢の世よ。昨日までは、たらちねの二柱、揺るぎもなく、五人の兄姉妹、並び立ちて、人の羨みを招きしものが、今日は礎と頼み置きし（以下書かれず）

《「筑摩全集」第三巻（下）、六一三頁による》

この文章は未完で途切れているが、秋の季節が醸し出す悲しさに触発されて、さまざまに去来する感情を、古典文学の表現を援用して書き留めている。内弟子になってから二箇月ほど経過した時点で、父の死後、自分だけが母たちと別れて、「萩の舎」の中島歌子の家に身を寄せている辛さや悲しみを書き記したのである。書き出しには、藤原義孝の「秋は猶夕まぐれこそただならね荻の上風萩の下露」を響かせている。「秋風身に染む」という、いかにも古典文学的な修辞も、単なる常套句ではない実感だろう。「真に」と「実に」という言葉が字眼であり、知識や教養として知っていたことを自分の人生として体験した切実さを、言い表している。

「心尽くし」という言葉から、『源氏物語』の著名な一節、「須磨には、いとど心尽くしの秋風に」へと心を馳せるならば、一葉が無意識のうちに自分の現在の境遇を、貴種流離譚の主人公のように位置付けていることが読み取れる。

「沖の石」は、『小倉百人一首』で有名な二条院讃岐の恋歌、「わが袖は潮干に見えぬ沖の石の人こそ知らね乾く間もなし」を、自分の境遇への嘆きの表現へと転じて使っている。そして世の中のはかなさを「空蝉の夢の世」と書いていることに注目するなら、「うつせみ」という言葉は、小説『たま襷』の冒頭で、「をかしかるべき世を空蝉のと、捨て物にして」と使われている。明治二十八年には『うつせみ』という小説に結実している。一葉にとって、「実（げ）に、空蝉（うつせみ）の夢の世よ」というフレーズは、耳を澄ませば、遠く近く響き続ける、諸行無常の鐘のようなリフレインであった。

もう一つ注目したいのは「五人の兄姉妹（はらから）、並び立ちて」という部分である。一葉たちは五人兄弟であったが、内弟子時代を除いて一葉がずっと一緒に暮らしたのは、妹の邦子だけである。ただし、一葉が数えで五歳の時、本郷六丁目に住んでいた一時期は、姉のふじも家に戻っており、文字通り「たらちねの二柱（ふたはしら）、揺（ゆ）るぎもなく、五人の兄姉妹（はらから）、並び立」っていた。一葉は、あえてこのように書くことによって、言葉による「充足した家庭」を再現したのではないか。

しかしながら、現実にはこのような「家庭」はすでに失われてしまっている。そこで、いかにしてこの失われた宝とも言うべき「家庭」を取り戻すことができるのか、そしてそもそも「家庭」とは真に求めるべきものであるのか、という根本的な疑問への検証が、徐々に一葉の内部で形を取ってくるのである。つまり、家庭の再生への模索の一方で、恋愛や結婚を拒否し、孤独のまま生涯を送ろうとする主人公群の誕生など、後の一葉文学の萌芽は、この「萩の舎」内弟子時代に自覚され、書き留められている断片の中にすでに現れていると言っても過言ではない。

引用本文と、主な参考文献

・「筑摩全集」第三巻（上）（下）（筑摩書房）
・塩田良平『増補改訂版　樋口一葉研究』（中央公論社、一九六八年）
・『徒然草』（島内裕子校訂・訳、ちくま学芸文庫、筑摩書房、二〇一〇年）

本書での『徒然草』の引用は、この本に拠る。

発展学習の手引き

本章で取り上げた時期の一葉の日記や文章については、拙稿「樋口一葉と徒然草――初期の日記と習作を中心に」(『放送大学研究年報』第九号、一九九一年)、および、「一葉の恋愛観と徒然草――初期の作品を中心に」(『放送大学研究年報』第十号、一九九二年)で詳しく考察したので、発展学習として参照していただきたい。

5　小説家への道

《目標&ポイント》 樋口一葉が半井桃水に師事して小説執筆を志したのは、明治二十四年四月からだった。明治十九年八月の「萩の舎」入塾に次ぐ、人生第二の転機である。日記「若葉かげ」に書かれた「萩の舎」での文雅の世界、そして、桃水からの小説指導という新しい世界を概観しながら、一葉における小説家への道を考える。

《キーワード》 本郷菊坂町、「若葉かげ」、『徒然草』、田辺花圃、半井桃水

1．「若葉かげ」の構成

生活の変化が日記を生み出す

「若葉かげ」は、明治二十四年四月十一日から六月二十四日まで、二箇月余りのことを書いた日記である。最初の日記「身のふる衣　まきのいち」からは四年余りが経過していた。前章で見たように、この間、一葉の身辺には大きな変化が次々と起こった。長兄泉太郎の死、父則義の死、旧知の渋谷三郎との婚約話の消滅などであり、父の死後には、一時的に「萩の舎」の内弟子となった。内弟子時代に書かれた文章からは、自分の人生を振り返り、世の中の無常を実感する一葉の内面が読み取れた。

その内弟子生活も切り上げて、本郷菊坂町に母娘三人水入らずの暮らしを始めたのが、明治二十三年の九月だった。それから半年以上が経った明治二十四年四月から、日付のある日記を書き始め、それに「若葉かげ」という題名も与えた。

この頃、小説の執筆によって生計を立てようと志した一葉は、「朝日新聞」の記者で新聞小説を連載していた半井桃水に師事した。少し先取りして述べるならば、桃水に師事しても、すぐに小説が掲載されるようになったわけではなかった。「若葉かげ」以後の日記に書かれているように、家族や「萩の舎」の人々から、桃水への師事の中止を強く勧められ、ついには、一葉は小説の指導を受けることを辞退するという状況になった。そのような一葉の心の苦悩を吐露する場として、「若葉かげ」から始まる日記の存在が欠かせないものだった。

序文と跋文のある日記

日記「若葉かげ」は、形式・内容・分量などから見て、膨大な一葉日記群の、本格的な出発点と言ってよい重みを持つ。この日記には「序文」と「跋文」の両方が付いている。序文には和歌が、跋文には俳句が添えられている。日々の日記を大きく包み込んで、ひとまとまりの作品とさえ呼びうる構成に、一葉自身がしたのである。それだけ改まった気持ちで書き始めたのであろう。

「若葉かげ」の序文を読む

まず最初に、序文の全体を読んで、一葉がこの序文に込めた心情に触れてみたい。

> 花に憧れ、月に浮かぶ折々の心、をかしきも、稀にはあり。思ふ事、言はざらむは、腹膨るるてふ喩へも侍れば、己が心に、嬉しとも、悲しとも、思ひ余りたるを、洩らすになむ。さ

るは、元より、世の人に見すべき物ならねば、筆に花なく、文に艶なし。ただその折々を、自づからなるから、或は、あながちに、一人誉めして、今更に、面なきもあり。無下に、卑しうて、物笑ひなるも、多かり。名のみ事々しう、「若葉かげ」など言ふものから、行末繁れの祝ひ心には、侍らずかし。

卯の花の憂き世の中のうれたさにおのれ若葉の陰にこそ住め

《「筑摩全集」第三巻（上）、一六頁による》

季節や自然の美しさを感じた時、人は自分の心に湧き上がってくる思いを書かずにはいられない。「思ふ事、言はざらむは、腹膨るるてふ喩へも侍れば」とか、「元より、世の人に見すべき物ならねば」などという表現は、『徒然草』第十九段の「思しき事言はぬは、腹膨るる業なれば、（中略）人の見るべきにもあらず」という部分に拠っているのだろう。自分が書く表現には華やかさはなく、たとえ書いたとしても世間の物笑いであろうから、「若葉かげ」という日記の題名も、行く末が茂るようにとの願いを込めたものではない、と謙遜している。ただし、それは言葉の綾であり、この日記には、ほかならぬ自分自身の、おのずからなる心の真実を書いてゆこうとする決意が滲む。

序文の末尾に置いた和歌の上の句は、「卯の花の憂き世の中のうれたさに」という、「憂し」に通じる「う」音を繰り返し使って、憂き世の辛さが恨めしい、と強調している。下の句では、「おのれ若葉の陰にこそ住め」と、自分の気持ちを前面に出して、「すめ」には「住め」と「澄め」を掛詞にしている。「若葉」には、一葉の若さへの自負も込められているのだろう。全体としては、卯の花の白と、若葉の緑の清冽な色彩感が印象的である。

「筑摩全集」の補注では、「若葉かげ」とは、「杜鵑に寄せた厭世的で逃避的な情緒の象徴である」としているが、むしろ、世間の汚濁に染まらずに、心を澄ませて自分らしく生きてゆこうとする潔癖さが感じられる。季節感と人生観に古典文学の表現が溶け合う「若葉かげ」の序文は、独立した小品としても味読できる文章である。

2.「若葉かげ」の二つの世界

「若葉かげ」の冒頭記事

「若葉かげ」には、大きく分けて二つの世界がある。四月十一日の隅田川（日記では、澄田河、角田河など）の花見の宴は「萩の舎」の世界である。それに続くのが、四月十五日の半井桃水との初対面の記事で、ここに始まる桃水の小説指導が、一葉にとっては「萩の舎」以外のもう一つの新しい世界であった。

四月十一日は、「萩の舎」の門人の家で、隅田川の花見の宴が行われる日だった。一葉は日頃、家事に追われている妹の邦子を誘って、本郷菊坂町の家から連れ立って出掛けた。二人が交わした会話を読んでみよう。

おのれは、妹の垂れ籠めのみ居て、春の風にも当たらぬがうれたければ、「いでや、共に」など、唆して、誘ひ出でぬ。花曇りとか言ふらむ様に、少し、空、打ち霞みて、日の影の、けざやかならぬも、いと良し。

「上野の岡は、盛(さか)り過ぎぬ」とか聞きつれど、「花は盛りに、月は隈(くま)なきをのみ愛(め)づるものかは。いでや、其(そ)の散り方(がた)の木陰(こかげ)こそ、をかしからめ」と言へば、「双(ならび)が岡(をか)の法師の真似(まね)びにや」と、妹なる人は、打ち笑(ゑ)みぬ。さすがに面(おも)なくて、え言はず成(な)りぬるも、をかし。

《「筑摩全集」第三巻（上）、一七頁による》

冒頭は、『古今和歌集』の藤原因香(よるか)の「垂(た)れ籠(こ)めて春の行方(ゆくへ)も知らぬ間(ま)に待ちし桜も移(うつ)ろひにけり」を踏まえているが、直接には『徒然草』第百三十七段の、「垂(た)れ籠(こ)めて春の行方(ゆくへ)知らぬも、猶(なほ)、哀(あは)れに、情(なさ)け深し」に拠ると思われる。

また、一葉が妹に語った言葉も、『徒然草』第百三十七段の、「花は盛りに、月は隈(くま)なきをのみ見る物(もの)かは。（中略）咲きぬべきほどの梢(こずゑ)、散り萎(しを)れたる庭などこそ、見所(みどころ)多けれ」に拠る。姉妹の日常会話の中に、『徒然草』と兼好（双が岡の法師）がごく自然に出てくる。二人の機知に富むやりとりが面白い。

この後、一葉は、かつて父と一緒に歩いたことを思い出して、「山桜今年も匂(にほ)ふ花陰(はなかげ)に散りて帰らぬ君をこそ思へ」と詠んだ。長兄も父も存命だった頃に暮らしたあたりを通ると、懐かしい家族の記憶が蘇った。けれども、いつの間にか、汽車が通り、区役所や郵便局なども建ち、世の中の移り変わりに感慨しきりである。その後、隅田川に添って、白鬚(しらひげ)神社や木母寺(もくぼじ)の梅若塚のあたりまで一緒に桜を見て、長命寺(ちょうめいじ)の桜餅を母への土産として、妹は帰途に就いた。

隅田川の河畔に建つ吉田かとり子の邸では、大学生たちのボート競争を見物したり、師匠の中島歌子を囲み、歌会をしたり、琴の演奏があったり、華やかで雅やかな宴が催された。花見の宴も果て、人々が帰路に就く夕暮れの情景は、「いつしか名残なく暮れ果てて、川の面を見渡せば、水上は白き衣を引きたる様に霞みて、向かひの岸の火影ばかり、かすかに見ゆるも、哀れなり」と描写されている。映像的な情景描写の美しさが際立つ。

時間の推移を、情景の変化として的確に表現する一葉の書き方は、『徒然草』第百三十七段の葵祭の場面で、「暮るる程には、立て並べつる車ども、所無く並み居つる人も、いづかたへか行きつらむ、程無く稀になりて、車どもの乱がはしさも済みぬれば、簾・畳も取り払ひ、目の前に寂しげに成り行くこそ、世の例も思ひ知られて、哀れなれ」とある情景と通じ合う。

「若葉かげ」には、『徒然草』の世界が深く溶け込んでいた。歌塾「萩の舎」の世界は王朝風な雰囲気を持つが、一葉が書き綴る日記の文体や物の見方には、『徒然草』という中世の思索的な散文が基底部にある。そして、「若葉かげ」から始まる、半井桃水との出会いと交流の消長に際しても、一葉の恋愛観や人生観の基底として、『徒然草』が機能し続けるのである。

3．吉田かとり子邸での歌会とその批評

一葉の和歌観

四月十一日の吉田邸での歌会については、「難陳など催すほど、真に、心や空にあくがれけむ、花の陰ばかり見えて、そぞろに過ぎぬ」とあるだけである。けれども、「筑摩全集」第四巻（上）所収の「和歌Ⅱ　歌会資料」には、「難陳3　難陳点くらべ　水辺花　寄橋恋（樋口夏子判）」として収められている。この資料には「樋口夏子判」とあるので、一葉が「萩の舎」の人々の和歌をどのように批評したかがわかる。桃水との初対面の日記を読む前に、ここで四月十一日の吉田邸での

歌会のことを紹介したい。

「難陳」とは、歌を批判する形式の歌会である。歌題は「水辺花」（水辺の花）と「寄橋恋」（橋に寄する恋）の二題だった。十五人が、この二つの題で歌を詠んだ。一葉は、自分の歌以外のそれぞれ十四首に、批評を書いている。「すみだ河堤の花はほのみえて水のうへかすむ朝ぼらけかな」という歌には「樋　夏子」とある。樋口を「樋」と一文字で書いているが、一葉自身の歌である。そのことから推測すると、「寄橋恋」十五首で評が書かれていない「ふみ通ふ便りだになし君と我行逢のはしの名斗はして」という歌が、一葉自身の歌なのだろう。

一葉の和歌批評

さて、一葉の批評用語は、いくつかのパターンを持つ。「一わたりなり」「可もなし不可もなし」という評言は、一通りの標準的な歌、ということであろう。「申す旨なし」「申す旨なく、めでたし」などは、欠点がなく良くできている、という誉め言葉である。その他に、具体的に一歩踏み込んだ批評もある。たとえば、作者未詳の「花かげをながるる水もにほふまで岸は桜のさかり也けり」について、「初句、不用也。ここに『花かげを』と言ひては、四・五の『岸は桜のさかり也』といふ詞、繰り返す様に成りて、聞きよからずや」と批評している。表現の重複や意味の重複は避けるべきである、という一葉の観点が、明確に示されている。

さらに、典拠を挙げて不審を述べる批評もある。「逢事のたえて久しき中河にかけ渡すべきうち橋もがな」（前島きく子）という歌に対して、「うち橋とは、いかなる橋にや。『源氏物語』に、『うち橋・わた殿』などあるを見れば、これは、家の中に渡す橋にて、河にかけ渡すものにはあらず、と思へ侍れど」と書いている。確かに『源氏物語』桐壺巻に、「打橋・渡殿のここかしこに」という箇所があり、そこを念頭に置いて、このように批評したのだろう。説得力に富む批評である。一葉は『源氏物語』の原文を記憶していた。末尾が「思へ侍れど」（「思ひ侍れど」の意味であろう）と、言いさしになっているのは、河に掛け渡す橋という用例や典拠があるかどうかを問うているのである。自分の説に固執せずに、相手に対して緩やかな問いかけをしている点に、一葉の行き届いた批評が感じられる。

ちなみに、「寄橋恋」という題で詠まれた十五首のうち四首で、「丸木橋」（「まろきばし」とも）という言葉が使われている。「丸木橋」といえば『にごりえ』に出てくる印象的な言葉であり、そこでは人生の象徴となっている。

4．半井桃水への師事とその経緯

小説執筆の先達としての田辺龍子

一葉が小説の執筆に志すようになった背景には、「萩の舎」の先輩である田辺龍子の活躍が先例としてあった。半井桃水への入門と、その後の小説指導を概観する前に、まず一葉が書いた田辺龍子の人物評を取り上げたい。この人物評は、「筆すさび　一」（明治二十四年六月）と題した冊子に書かれたもので、一葉が描いた「田辺龍子の肖像」とも言うべき、優れた小品である。次に、その全文を掲げる。難語には、括弧内に意味を書いた。

花圃女史田辺龍子君は、今年二十四ばかりなるべし。故の元老院議官、今、錦鶏の間祗候（勅任官待遇で、錦鶏の間に祗候して天皇のご諮問に奉答する）太一主の一人娘におはしまして、風采・容姿、清と洒を兼ね給へるうへに、学は、和・漢・洋の三つに渡りて、今・昔の教への道、明らかに悟り給ひ、書は、我が師の君、一の高弟にて、「藍より青し」と、師は宣へり。和歌は、「天稟」と、故伊東祐命大人も、讃へ給へりしとぞ。文章は、筆滑らかにして、しかも、余韻に富ませ給ひ、俗となく、雅となく、世の人、翫ばぬはなし。その名の世に聞こえ初めしは、君が二十一ばかりの頃、『藪の鶯』となむ言ふ小説、著し給ひしよりなりけり。その後、『都の花』に、『八重桜』と言ふを物し給ひ、「読売新聞」に『おだまき物語』（『教草おだまき物語』）を草し、今年、『小説くさむら』（『金港堂小説叢書』）に『万歳』の著作あり。又、『女学雑誌』の特別記者として、小説に、紀行に、高名なる、いと多し。さるからに、些かも誇りかなどの気はなくて、打ち向かひ参らする折は、をかしき滑稽物語、洒落の談話のみ、せさせ給ひて、人の頤をこそは解け、「恐ろし」など思はする気は、些かもおはさざるこそ、いと有り難けれ。おのれは、「当時の清少納言」と、心の中には思ひぬ。

《『筑摩全集』第三巻（下）、六三五〜六三六頁による》

田辺龍子の父親のことから始まり、龍子は和・漢・洋の学問に通じ、書道・和歌・文章（散文）においてもすぐれた資質を持つこと、清らかでさっぱりとした清洒な容姿や、洒脱な人柄などが活写されている。身近な先輩である田辺龍子は、すでに当時の文芸雑誌や新聞に作品が掲載され、出版社から単行本も刊行されていた。明治二十一年六月に金港堂から出版された単行本『藪の鶯』、二十三年の『都の花』と「読売新聞」への掲載、そして二十四年五月の『金港堂小説叢書』など、一葉にとって龍子は、文学者の手本であった。

「筆すさび　一」を一葉が書いた少し前に、一葉は半井桃水に入門して、小説修業を開始した。田辺龍子の文学活動を詳しく記したこの文章は、自分が目指す青写真でもあっただろう。

桃水との初対面

日記「若葉かげ」には、四月十五日の半井桃水との初対面の記事が書かれている。この日は一葉にとって、「運命の日」とも言える重大な日だった。一葉の作品が実際に雑誌や新聞に掲載されるようになるのは、明治二十五年三月からであり、一年後のことであるが、「若葉かげ」の二箇月間の記述には、桃水への入門後の一葉の姿が刻印されている。以下、「若葉かげ」の記述に沿って概観してみよう。

書き出しの部分は、「十五日　雨、少し降る。今日は、野々宮きく子ぬしが、かねて紹介の労を取り賜はりたる半井大人に、初めて見え参らする日なり。昼過ぐる頃より、家をば出でぬ。君が住み給ふは、海近き芝のわたり、南佐久間町と言へるなりけり」とある。

野々宮菊子（きく子）の紹介によって、半井桃水と対面することになった、と書いている。野々宮は、一葉の妹邦子の友人で、邦子は菊子と裁縫の稽古で知り合った。その菊子は、東京府高等女学校で、桃水の妹幸子と同級生だった。そのような縁で、菊子が、友人半井幸子の兄で小説家の桃水を紹介したのだった。「一葉――菊子――幸子――桃水」というつながりである。

ちなみに、野々宮菊子は樋口家と半井家の双方に、身近な友人として自由に出入りできたので、さまざまな情報や噂話を両家にもたらした。そのことが、ある時には、状況を混乱させることもあった。いずれにしても、一葉が小説家を目指す歩みは、野々宮菊子によって開かれたのだった。

さて、日記の記事に戻れば、一葉が桃水の家を訪れると、まだ帰宅していなかったので、座敷に上がって待つことになった。「真や、君は、東京朝日新聞の記者として、小説に、雑報に、常に、君が与り給ふ所におはせば、さもこそは暇も無くおはすべけれ」と思いながら待つ一葉の心の中では、多忙な現職の小説記者から、果たして文学指導を受けられるだろうか、という不安がよぎったであろう。

しかし、程なく帰宅した桃水は、穏やかで、打ち解けた態度の人物で、自分が読者の求める小説を書かなくてはならないのは、「弟妹父母に衣食させむが故」であると率直に語り、「君が小説を書かむといふ事訳（＝事情）、野々宮君より、よく聞き及び侍りぬ。さこそは苦しくもおはすらめど、暫しの程にこそ。忍び給ひね。我、師と言はれむ能はあらねど、談合の相手には、いつにても成りなむ。遠慮なく来給へ」と親切な心づかいを語った。「限りなく嬉しきにも、まづ、涙、零れぬ」と、一葉は感激している。

半井家で夕食もご馳走になり、帰り際に、「認め置きたる小説の草稿、一回分だけ差し置きて、君が著作の小説、四、五冊を借り参らせて出でぬ」とある。「人力車も待たせてあるから乗りなさい」と親切を尽くされて、降りしきる雨の中、夜の八時頃に本郷菊坂町の家に帰り着いた。

桃水の小説指導

日記「若葉かげ」には、桃水に関係しない記事も書かれているが、桃水への師事が中心である。ここからは、それらを摘録するスタイルで、一葉の執筆と、桃水の助言や指導を見てゆこう。

四月二十一日には、「この日、先の日の小説の続稿、成りたるをもて、『明日は、桃水師のもとへ罷らむ』とて、その夜、清書すべかりしも、五回ばかり書きたる程に、母君の、『あまり夜の更くれば、明日の事にせずや』と宣はすままに、止みぬ」とある。初めての訪問から一週間足らずのうちに、一葉は小説の続稿を五回分も書いた。原稿の内容については、具体的に書いていない。日記に書くのは、執筆の進捗状況だけであり、日記を執筆ノートとしていない。「萩の舎」の稽古日に詠んだ歌を日記にはほとんど書いていないのと同様の意識であろう。

翌二十二日に、一葉は桃水を再訪して、助言を受けた。桃水は、初めての訪問の際に持参した小説一回分の原稿は、「新聞に載せむには少し長文なるが上に、余り和文めかしき所、多かり。今少し、俗調に」と教えた。そして、友人の小宮山桂介（一八五五〜一九三〇）に引き合わせたい、とも言った。ちなみに、小宮山は東京朝日新聞社の主筆で、桃水の同僚である。天香・即真居士などの号を持ち、記者・翻訳家・小説家として幅広く活動した。

一葉は、「『昨夜、書きたるだけの小説の添刪、給へ』とて、差し置きたるまま、この日は早う帰りぬ」と書いている。この日、桃水は初回の原稿に対して、「もっと俗調で」と助言した。しかし、一葉が差し出したのは、昨夜清書した分だった。桃水の助言を反映させるためには、昨夜書いた分は提出せずに、助言を反映させて書き直す、という選択もあったのではないか。一葉は、まず自分の力で書けるところまで書いたうえで、全体を批評してもらうことを望んだのかもしれない。

二十四日に、「草稿、名余なく認めぬ」とあり、「その夜、郵便して、草稿は、半井大人に送り参らせぬ」と書いている。どのような内容の小説なのか書かれていないだけに、心惹かれる。

二十五日には、小説の事で相談したいので、明日の午前、神田の表神保町の「俵（俵屋）」という下宿に来てほしいという、桃水からの手紙が来て、母親も許可した。

二十六日に、一葉は「俵屋」に桃水を訪ねた。桃水はここを仕事部屋にしていた。この日は、小説の構想について具体的に示されたようである。「小説の事につきても、懇ろに聞こえ知らせ給ひて、『この次は、斯かるもの、書き見給へ。おのれ、予てより、書かむの心組み有りしかども、暇を得ずして、日頃過ぎぬ』とて、『斯く斯くして、斯くせば、をかしからむ』など、物語り給ふ」と日記に書いている。ただし、ここでも、その具体的な筋立てなどは書いていない。この日、桃水は、男性である自分と、女性である一葉が交際しているのは都合が悪いけれども、互いに自分と相手を同性だと思って、分け隔てなく何でも話すようにしたい、と提案した。

一葉は、四月十五日以来、二十六日まで、短い間隔で次々と原稿を書いた。桃水からは、手紙での連絡や対面での指導も受けた。

次に桃水を訪問したのは、五月八日だった。「小説のことにつきて、種々、物語ども、あり。例の、懇ろに教へ給ふ」とあるが、ここでも具体的な指導内容は書いていない。この日、先日来、桃水の懸案だった、小宮山桂介への紹介が実現した。小宮山と会った一葉は、その印象を、「人柄、いと穏やかに見受け侍り」と書いている。

その後、五月十二日に桃水から、麹町区平河町に転居した知らせの手紙が来て、「物語りたきこと侍れば、見えられべくや」とあったので、一葉は十五日に平河町を訪ねた。桃水は、大阪の雑誌に一葉を無断で推薦したことを、一葉に詫びた。

一葉は懸命に小説の執筆を続け、五月二十七日に「前約の小説、稿成りしをもて、桃水主に赴く」とある。

三十日には、ついに「残りの原稿、郵便して送る」というところまで漕ぎ着けた。六月二日には明日訪問する旨を桃水に手紙で知らせ、三日に桃水を訪問して、「この次の趣向、物語りて、君が説を問ひ参らすに、思ふ節、名残なく言ひ聞かせ給ふ」とある。この頃になると一葉の方でも、自分の腹案を述べ、桃水の見解を聞かせてもらっている。さらなる執筆に向けた指導が、順調に行われているように感じられる。

六月九日は、久しぶりに「萩の舎」のことに触れ、月次会（つきなみかい）のことや、小笠原家から「萩の舎」に送られてきた「マキノーリヤ」（マグリノヤの花）のことを書いている。一葉にとって、「萩の舎」が一つの世界であることに変わりはない。田辺龍子という先輩文学者とも、「萩の舎」つながりがあったからこそである。さらにこの頃から一葉が図書館に通うようになったのも、また「萩の舎」の親しい友人である田中みの子とのつながりからと考えられる。

一葉と図書館

日記「若葉かげ」が書かれた時期は、半井桃水との出会いがあっただけでなく、「図書館」という言葉が出てくる点でも、一葉に新しい世界が開かれたことがわかる。六月十日の日記に、「二時頃より、みの子ぬしと共に、図書館に行く。六時帰宅す」とある。この日、一葉は、「萩の舎」の友人の田中みの子と、一緒に図書館に行く約束をしていた。

この記事以前に、図書館に行ったことは書かれていない。あるいは、書かなかっただけなのかもしれないが、明確に図書館のことが記されたことが重要であろう。この後には、六月十四日、十九日、二十三日に、図書館のことが出てくる。ただし、十四日は、みの子と図書館行きを約束していたが、行かれないので断りの葉書を出したという記述である。この約束は、十九日に果たされ、昼過ぎから行き、「六時頃まで見て帰る」とある。二十三日にも図書館に行くが、この日は「午後二時帰る」とある。

一葉とみの子が通った図書館は、当時の「東京図書館」（その後、明治三十年に、帝国図書館と改称）であり、明治十八年に湯島聖堂から上野公園に移転し、「上野図書館」とも呼ばれた。田中みの子の住まいが下谷にあり、図書館に近いという「地の利」があった。一葉も、自分ひとりで出かけるのは、少し気後れがしたかも知れない。当時は図書館に来る女性は少なく、男性がほとんどで、周囲からの視線を感じずにはいられない、と八月八日の日記に書いている。

六月十七日の挫折

一葉と図書館のかかわりに注目して、六月十日から六月二十三日までを通覧したが、この間の六月十七日に、一葉はこれまでの小説修業の過程で初めて、大きな挫折を体験した。桃水から直接、一葉の原稿が新聞や雑誌に掲載されるのは難しいということを、告げられたようである。

半井桃水からの作品批評は、もっと世間一般の読者たちの嗜好に合わせて書くように、という助言だったのであろう。非常な落胆と絶望感に捉えられた一葉は、「ともすれば、身をさへ、あらぬさまにも、なさまほしけれど」と日記に書いている。けれども、母や妹のことを思って、かろうじて短慮を思い留まった。ここまで、彼女は追い詰められていた。

絶望からの回復

六月十七日に絶望した一葉であったが、翌日の日記に「朝より、晴なり。珍らかにと、嬉し。人より、茄子苗の若やかなるを貰ひて、母君、植うる」と書いた時、母と妹を養うために、再び新たな気持ちで小説の執筆に取り組もうとしたのではないか。「茄子」の苗とは、何事かを「為す」一葉自身のこれからを象徴している。この一行を見逃すことはできない。一晩の後に、一葉の心は、清々しく快復した。

それは、『枕草子』の「九月ばかり、夜一夜、降り明かしたる雨の」と始まる段に描かれている印象的な雨上がりの光景と響映する。「少し、日、闌けぬれば、萩などの、いと重気なりつるに、露の落つるに、枝の、打ち動きて、人も手触れぬに、ふと、上様へ上がりたる」という瞬間の光景に、清少納言は目を留めている。夜来の雨に打ち伏していた萩の枝が、まるでみずからの意志であるかのように、枝を起こした。清少納言も一葉も、日常のふとした光景から、力を秘めた植物の姿を見出したのである。

若やかな茄子の苗に目を止めて、自分の執筆姿勢と生き方を確認しての再出発である。「若葉かげ」は、先ほど触れた六月二十三日の図書館に行った記事で実質的に終わる。二十四日は日付のみ。そして跋文が書かれて締め括られる。

「若葉かげ」の跋文を読む

最後に「若葉かげ」の跋文を読んで、本章のまとめとしたい。

「究竟は、理即に等し」とぞ聞く。入りなむとする昔の迷ひと、覚め果てぬる後の悟りと、それ大方は似たるべし。この「若葉かげ」、そも迷夢の始めか、悟道の枝折りか。枯木の後に、見る人あらばとて、

なほ繁れ暗く成るとも一木立

《「筑摩全集」第三巻（上）、三五～三六頁による》

この跋文は、『徒然草』第二百十七段末尾の「究竟は、理即に等し」に拠っている。第二百十七段は、ある大福長者が人々に富豪になる秘訣を説く内容で、最後に大福長者の金銭観に対する兼好の感想として、この言葉が書かれている。迷いを脱していない状態の「理即」も、悟りを開いた境

地の「究竟」も結局は同じことである、という意味である。この二つの言葉を書いた時点で、一葉は、迷いも悟りも結局は同じことであると、『徒然草』を通して知っていた。

木立が若葉から青葉になれば、おのずと木陰も暗くなる。それが樹木の生長というものである。小説家としての成長があるならば、作品もまたおのずと、明るく瑞々(みずみず)しい若葉のようにあり続けることはできない。世の中の暗さ、そして自分自身の心の闇さえもが、作品の中に生い繁ってゆくことを、妨げることはできないであろう。たとえ、それが暗鬱なものとなったとしても、そこに文学の真実があるならば書いてゆこう。自分が切り拓く一筋の道が、迷夢であるか、それとも悟道であるか、恐れずに進もう。なぜなら迷夢も悟道も、結局は同じことなのだから。

これが跋文に込められた一葉の心意気である。迷夢も悟道も二つながら心の真実とした一葉の精神に、次章以降も伴走してゆきたい。

引用本文と、主な参考文献

・「筑摩全集」第三巻（上）（下）、第四巻（上）

発展学習の手引き

本章で取り上げた、日記「若葉かげ」は、参考文献に挙げた「筑摩全集」第三巻（上）の他に、『全集　樋口一葉』第三巻日記編（前田愛・野口碩著、小学館、一九七九年）にも全文が脚注付きで収録されている。校注・解題は、野口碩である。一読を勧める。また、『樋口一葉集』（新日本古典文学大系・明治編）に、「若葉かげ」の冒頭から四月二十六日までが脚注付きで収められている。

日記「若葉かげ」は、序文と跋文を持つ点で、一葉日記の中でも注目されることは、本章で述べた通りである。「発展学習」として、他の日記でも序文や跋文が付いているか、「筑摩全集」第三巻（上）を通覧してみよう。たとえば、明治二十四年九月十五日から始まる「蓬生日記　一」には、冒頭に、「日かげに遠き八重葎の秋、いとど露の置き所なさに、筆さし濡らして」という書き出しで、短い序文めいた文章が書かれている。また、明治二十五年四月十八日から始まる「につ記」にも、冒頭に、「構へて人に見すものならねど、立ち返り、我が昔を思ふに、危ふくも、又、物狂ほしきこと」が多い、という書き出しの短い文章が付いている。これらの二例が、「若葉かげ」の序文と雰囲気が似ているのは、『徒然草』の序段を思わせる表現を使っているからであろう。一葉が、新たに日記を書き始める時に、気持ちを整える姿勢が見られる。

なお、「筑摩全集」第三巻（上）の冒頭に、明治二十二年から二十九年まで、さまざまな一葉日記の写真が掲載されているので、一葉の自筆に触れてみてほしい。

6　習作期から「武蔵野三部作」へ

《目標&ポイント》日記「若葉かげ」に書かれていた期間以後、一葉の試行錯誤の中から生まれた未完の習作と、その後の「武蔵野三部作」と総称できる三編の完成、そして、雑誌掲載に至る、明治二十五年七月までの時期を辿る。

《キーワード》未完習作、「武蔵野三部作」、『闇桜』、「恋百首」、『たま襷』、『五月雨』

1.「武蔵野三部作」への道のり

桃水の指導から離れて

日記「若葉かげ」に書かれていたのは、前章で見てきたように、半井桃水の指導のもと、一葉が小説の執筆に取り組んだ二箇月であった。ただし、一葉の最初の小説『闇桜』が、雑誌『武蔵野』に掲載されるのは、まだ先のことである。ここでは、まず、それまでの期間に書いた「かれ尾花一もと」と「棚なし小舟（甲種）」を取り上げ、一葉の小説技法の特徴と古典文学との関連性を考えてみたい。

この二編は「筑摩全集」第二巻の「未完成資料篇」に、作品6「かれ尾花　一もと」、作品7

「棚なし小舟（甲種）」として収められている。昭和期に刊行された「新世社版全集」の第一巻にも収められ、佐藤春夫による「後記」でも言及されるなど、最初期の一葉の習作の中でも注目されてきた。

この二つの未完の習作は、どちらも明治二十四年の秋、中島歌子に提出して添削を受けるために書かれた。「棚なし小舟（甲種）」には、歌子の朱筆が入っている。

その後に完成した「武蔵野三部作」と総称される三編の小説と、これら未完の習作との違いや共通点を検討することは重要であると思う。

2．初期の「未完習作」を読む

「かれ尾花　一もと」の表現基盤

「かれ尾花　一もと」の成立は、「筑摩全集」の補注によれば明治二十四年十月である。両親に死別した若い女性が主人公で、彼女に献身的に仕える使用人の娘は、女主人の幸福な結婚を切望しているが、本人には全くその意思がなく、両親が残した邸宅にずっと住み続けることだけを願っている、というのがあらすじである。「筑摩全集」で三頁余りの分量である。書き出しは、秋のもの哀れな情景を、雁・時雨・霜・砧などといった伝統的な季題によって描く。また、「東籬の菊」という言葉は、陶淵明の漢詩に拠る。

秋も、漸う更けにけるかな。朝の風に雁鳴きて、東籬の菊、やや薫り初めぬ。折々に時雨打ちして、梢の色、深くなる程、奥山の鹿の起き伏し、思ひ遣られ、置く霜迷ふ有明の月に打つらむ砧の音偲ぶなど、物の哀れは、実にと覚えて、大方の袖もただならぬを、物思ふ宿の草葉の露よ、いかばかり置き増さるらむかし。《「筑摩全集」第二巻、三四二頁による》

「時雨打ちして」は、「時雨がさっと降ってきて」という意味である。「物の哀れは、実にと覚えて」という部分は、たとえば『徒然草』第十九段の、「物の哀れは秋こそ勝れ、と人毎に言ふめれど」とある箇所を連想させる。「草葉の露よ」の「よ」は、ふと漏らす息づかいのような呼吸を描き取っている。

このような精妙な季節感に続いて、主人公の境遇が、「先の官人何某とかや、獄を分かつことのいと明らかなりしかば、『今于公』など呼ばれたる人の末に、はかなく落ち放れたる娘、一人あり。駟馬高蓋は、かけても及ばず、門は、ただ狭みに狭みて、引き入るる車の轍、ふつに跡もなく成りぬ」と紹介される。主人公の父親は、高潔公正な裁判官だったという設定である。それを明示するために、中国前漢時代の政治家で、公平な裁判を行った于公を引き合いに出して、「今于公」と呼称された、と書いている。典拠のある言葉を巧みに織り込んでいる。

それに続いて、娘が零落していることを、「駟馬高蓋は、かけても及ばず」と形容し、門が狭くこの家を訪う人もふっつり途絶えている、と書いている。このあたりの文章展開は、たとえば『枕草子』の「大進生昌が家に、中宮の出でさせ給ふに」の段に出てくる、于定国をめぐる故事（実質的には定国の父である于公の故事）を踏まえている。『蒙求』には「于公高門」という項目があり、それが人口に膾炙している。一葉は、中国の故事を踏まえつつも、その背景にある漢文の記述を視野に収めて小説を構築している。一葉の方法論が垣間見られる箇所である。

「蓬生」というイメージ

主人公の境遇を書いたところから、次に、荒廃した邸宅の描写へと移ってゆく。このあたりからは、『源氏物語』蓬生巻の表現や場面設定を使いながら、筆を進めている。次に引用するのは、娘と、彼女に仕える女性との会話である。

「親しかるべき人にだも顧みられ難き幸無さにて、誰かは蓬生の奥まで訪ねむ物ぞ。もしは、些か幸ひありて、思ひの外の世に遇ふとも、御覧ぜさす人もあらずかし。多くもあらぬ親族などに、憎まれなむ。それも、憂し。ただ、この葎生ふこそ、亡き御影の留まり給ふと思へば、いと懐かしきに、此処を捨て、立ち離れなむは、玉の台も、更に更に、望ましからずよ。空蟬の世の事はしも、貴なるも、賤しきも、富めるも、貧しきも、終には、異なる事あらじを、外に求むるなむ、いと浅き事ぞとよ。我が身は、斯くなむ思ふ」とて、少し打ち笑めば、「あな、忌々しや。法師が言ふらむ悟りとか言ふこと、止め給へ。さるは、斯く、草深くのみおはしますに、いとど世の中遠く成りて、さる僻事も宣ふなれ」。

《「筑摩全集」第二巻、三四四頁による》

主人公である娘は、『源氏物語』の末摘花のように零落している。誰も、このような「蓬生の奥」までは訪ねて来ないだろうし、自分は親の形見のこの屋敷から出て行くつもりはないと語っているのも、末摘花の性格と一致している。

娘が、「貴賤や貧富の差など、取るに足らない。自分は、この蓬生の宿で十分に満足している」

と語る部分は、『源氏物語』の夕顔巻を踏まえているのだろう。夕顔巻には、光源氏が貧しい家を見ながら、「ものはかなき住まひを、哀れに、『いづこかさして』と思ほしなせば、玉の台も同じことなり」と思う場面がある。伝説的な蝉丸の歌、「世の中はとてもかくても同じこと宮も藁屋も果てしなければ」なども思い合わされるが、何よりも一葉の『源氏物語』への関心の深さが見て取れる。

「かれ尾花　一もと」は未完ではあるが、この作品の展開としては、女性主人公を垣間見る男性の登場と、二人の間に何らかの新たな関係性が発生する、という筋が予想される。このような筋立ては、後に『武蔵野』に掲載された『たま襷』の筋と共通している。

今引用した部分の最後の方で、世の中ははかなく、身分や財力にかかわらず、誰にでも最後は死が訪れるのだから、外界に何かを求め期待するのは浅はかなことだ、という女主人公の人生観が語られている。

以上のように、「かれ尾花　一もと」では、「歌語」の雰囲気に満ちた季節感や『源氏物語』、さらには中国の故事も含めて、巧みに融合した文章で書かれ、一葉の古典文学に対する深い教養が窺われる。

「かれ尾花　一もと」は、結局、中断したまま未完に終わってしまったが、厭世感に満ちた主人公の人物設定は、来たるべき恋愛関係の発生と、その展開が複雑で陰翳に富むものとなることを予想させる。また、没落した若い女性の暗鬱な人生観には、兄や父を失い精神的にも経済的にも苦しい状態にあった当時の一葉の現実も反映していることだろう。一葉自身の体験や感慨を作品に投入するにあたっては、古典文学が一種のフィルターとしての役割を果たしており、それによって、物語性を帯びた作品として創作できたと考えたい。

初期の一葉作品には、厭世感と恋愛感情が表裏一体となっているものが多い。恋愛に没入することのできない主人公たちは、心の根底に無常観や厭世感を持っている。その無常観・厭世感が桎梏(しっこく)となって恋愛は悲劇的様相を呈してくる。このことは、作品世界のみならず、この時期の一連の日記が「蓬生日記　一」、「よもぎふ日記　二」などと名づけられていることとも関連するだろう。

「棚なし小舟（甲種）」を読む

次に、もう一つの未完小説「棚なし小舟（甲種）」を見てみよう。この作品は、四百字詰の原稿用紙に換算して三枚余りの分量で、最初の部分しか書かれていない。この作品の主人公は独身の青年である。世話になっていた伯母(おば)が死ぬと、従兄弟(いとこ)たちとの仲がうまくゆかなくなり、家を出て独り暮らしをするようになった、という設定である。この青年も「かれ尾花　一もと」の女主人公と同様に厭世的で、世間との交際を自ら避けて、ひっそりと孤独な生活を送っている。

ただし、「かれ尾花　一もと」の女主人公には、名前が与えられていなかったが、「棚なし小舟（甲種）」では、「其原何某(そのはらなにがし)」と苗字だけは与えられている。「面(おもて)をだに見知らで、失(う)せけむたらちね」、「失(う)せにし母なむ、我(わ)が真(まこと)の、とも覚えず」などという言葉があり、「失(う)す」という言葉も失踪なのか死去なのか曖昧な書き方をして、一種のミステリー仕立てとなっている。

主人公の姓が「其原」であるのも、どこかしら暗示的である。「其原」は「園原」と同じ発音である。歌枕の園原（信濃国）には、帚木(ははきぎ)が生えているという。「其原」は「園原」となり、さらに「その腹」という言葉を隠しつつ、「母親探し」がこの小説のテーマとなるようにも思われる。いずれにしても、それらの筋立てが明確になるところまでには至らず、執筆が中断されている。

其原青年の生き方を、「此処(ここ)も彼処(かしこ)も、心適(こころゆ)かぬことのみ重なれば、棚なし小舟、波に漂(ただよ)ふ様(やう)にて、浮きたる世を過ぐす程に」と書いた文章から、「棚なし小舟」という題名も付けられたのであろう。

「棚なし小舟」という言葉は、『源氏物語』宇治十帖の総角(あげまき)巻にも、厭世的な薫が、自分の恋心を思い悩む場面で、「いと人笑へなる棚なし小舟めきたるべし」と、使われている。『古今和歌集』の「堀江漕ぐ棚なし小舟漕ぎかへり同じ人にや恋ひわたりなむ」という、読人知らずの恋歌を念頭に置いている。

このように二つの作品の要点を辿ってみると、短い断片ではあってもある程度、中断されたその先の展開が想像できる。男女を問わず、厭世的で孤独を愛する人間を主人公とする小説を執筆する過程で、一葉は、自らの人生観・恋愛観を一層明瞭に自覚したことであろう。

桃水の指導が一時中断していた時期に執筆された二編の未完習作には、一葉が古典文学から摂取した教養が生かされている。初期の一葉文学全般に対する見解として、「新世社版全集」第一巻（昭和十七年刊）の「後記」を担当した佐藤春夫は、「国文は源氏物語、伊勢物語、古今集、新古今集、山家集、枕の草子、つれづれ草などを理解応用ともに的確巧妙に引き、わけても源氏、伊勢は殆んど自家薬籠中(じかやくろうちゅう)のものとしてゐた事を知り得る」と書いている。

3．「武蔵野三部作」の誕生と『闇桜』

『武蔵野』創刊号と『闇桜』

一葉の作品は、まず『武蔵野』に三作が掲載された。『武蔵野』は、半井桃水が主宰して創刊した文芸誌である。創刊は、明治二十五年三月二十三日で、そこに一葉の『闇桜』が掲載された。そのほかに、「正直正太夫」こと斎藤緑雨も、文章を寄せている。

緑雨は後に、一葉宛ての手紙（明治二十九年一月九日）で、「君が名は『改進』なりしか、『むさし野』なりしか忘れたれど、我は早くより承知」していた、と書いている。『武蔵野』や「改進新聞」に掲載された一葉の最初期の作品を読んで、心に留めていたのだった。『武蔵野』創刊号の目次に一葉と緑雨が載っているのは、その後の二人の交遊を考え合わせると感慨深い。

『闇桜』が掲載された『武蔵野』創刊号を一葉が手にしたのは、三月二十七日だった。この日、一葉は、本郷西片町の桃水の家を訪れている。

『闇桜』と「恋百首」

『闇桜』は、隣同士の幼な馴染みの青年と少女が、それまで兄妹のように分け隔てなく仲良く往き来していたにもかかわらず、ある時、縁日で少女の友人たちにからかわれて以来、少女は青年への恋心を突然に意識して恋患いとなり、とうとう死んでしまう、という短編小説で、上・中・下から成る。

一葉の日記によれば、明治二十五年の一月十二日から執筆を開始し、途中で桃水の指導を仰ぎながら、二月十四日に完成させた。テーマを「片恋」とすることは、一葉自身が早くから決めており、明治二十四年十一月二十四日の日記に、「骨子は、片恋といふことにて侍りとて、其の筋立てなど語る」と書いている通りである。

ところで、たとえ「片恋」という骨子があったとしても、それだけでは、小説を完成させることは困難である。もっと具体的な、表現や構想の「よすが」となるものが必要である。

そこで注目されるのが、「恋百首」に詠まれている和歌である。「恋百首」は、「筑摩全集」第四巻（上）、詠草19に収められている。その表書には、「二十一年四月／恋百首／樋口夏子」とある。原則として一題一首であったようだが、「恥身絶恋（身を恥ぢて絶ゆる恋）」「占恋（占ふ恋）」「障川恋（川に障る恋）」の三題は、それぞれ二首ずつ詠まれているので、題の数は九十七題である。また、「不叶心恋（心に叶はざる恋）」という題があるが、歌は欠いている。

　これらの百首には、後の一葉の著作と密接に関連するものが多い。一葉の初期の作品は恋愛小説がほとんどであり、「恋百首」で詠んだ歌が、いくつかの作品において、主要テーマとなっているように見受けられる。つまり、一葉が最初に書いた作品群が恋愛小説だったのは、一葉が「萩の舎」で学んできた古典文学や和歌に負うところも大きかったと言えるだろう。

　一葉が「恋百首」で詠み上げた多種多様な恋愛感情の機微は、彼女が後に小説を書くに際して、大いに役立ったと思われる。『闇桜』との関連が指摘されてきた「恋百首」の和歌に、次の二首がある。歌題と歌番号を、「筑摩全集」によって付した。和歌の表記は、ルビを施した以外は、原文のままである。

　恋心　　ふみまよふ恋のこゝろを人とはゞたゞうば玉のやみ路なりけり　（九）

片恋　　かく斗思ふとだにも人しらばしなんいのちのかひは有けり　（五一）

九番歌は、『闇桜』という題名と関わる点で重要な和歌であり、五一番歌は、作品の結末と重なる。しかし、この歌以外にも、たとえば次のような和歌も、『闇桜』の作品世界と関係している。

　思やする恋（思ひ痩する恋）

　　朝な朝なむかふかゞみのかげにだにはづかしきまでやつれぬるかな　（三）

この歌は、『闇桜』（下）で、主人公の少女・中村千代（ちよ）が、恋患いで痩せ衰えてゆく場面と、相通じるものがある。

哀（あは）れや、一日（ひとひ）ばかりの程（ほど）に、痩（や）せも痩（や）せたり。片靨（かたゑくぼ）、愛（あい）らしかりし頬（ほほ）の肉、いたく落ちて、白き面（おもて）は、いとど透（す）き通る程（ほど）に、散りかかる幾筋（いくすぢ）の黒髪、緑（みどり）は元（もと）の緑（みどり）ながら、油気（あぶらけ）も無（な）き痛々（いたいた）しさよ。

『闇桜』では描写が詳しくなっており、三番歌そのままではないが、恋によって目に見えて痩せてゆく姿という発想の原点になったのが、かつて詠んだ「恋百首」の和歌だったのではないか。若い主人公の死という結末は、若くして亡くなった長兄・泉太郎のことも影を落としているだろう。

また、『闇桜』の（中）で、隣の青年・園田良之助（そのだりょうのすけ）のことを意識し、今までのような遠慮のない親しい態度を取れなくなった千代の気持ちは、次の二首の和歌に詠まれている感情と類似する。

一所恋　玉すだれまぢかきほどに住みながらおもふこゝろをいふよしもなし　（二一〇）

近隣恋　あし垣（がき）のまぢかきかひもなかりけりへだてゝのみも物をおもへば　（二一五）

さらに、『闇桜』の設定と関わる発想として、『伊勢物語』第二十三段「筒井筒」があることは、従来から指摘されてきたが、一葉も「恋百首」の中で、次のような歌を詠んでいる。

幼年契恋　いはけなきふり分（わけ）がみに契（ちぎ）りつる其（その）ことの葉（は）はかへじとぞおもふ　（四五）

以上の他にも、『闇桜』の（中）で、千代が良之助のことを夢に見るシーンは、次の歌と類似している。

夜中思出恋　　逢(あふ)とみし夢は跡(あと)なくさめはて、更(さら)に人こそ恋しかりけれ　　（九二）

このように、筒井筒の恋、隣同士の恋、片恋、恋患い、夢の中でのはかない逢瀬などといった『闇桜』の主要モチーフは、「恋百首」の段階ですでに詠まれていた。つまり、一葉は『闇桜』の執筆にあたって、自分自身がかつて詠んだ「恋百首」を十分に活用した。逆に言うと、それらを活用したからこそ、一編の作品として完成させることができたのだろう。

『闇桜』以前の未完習作として、「かれ尾花　一もと」と「棚なし小舟（甲種）」の二作品があったが、中国の古典や『源氏物語』や『徒然草』などを豊富に引用していた。けれども、古典に縛られることによって、小説の筆を自由に書き進められなかった面があったのではないか。それに対して『闇桜』は、「恋百首」の実作体験が功を奏したと言えよう。

『闇桜』という題名

一葉の自由な心の働きは、題名にも及んでいる。『闇桜』は、珍しい言葉だと思われる。「夜桜」という言い方はあるが、「闇」と「桜」が結びついているのは珍しい。「闇」と結びつくのは、むしろ「梅」であろう。『古今和歌集』の「春の夜の闇はあやなし梅の花色こそ見えね香やは隠るる」に代表されるように、夜の闇の中では、梅の花の美しさは見えなくとも、梅の香りはまぎれもなく伝わってくる。けれども、暗闇の中の桜はその姿も見えず、桜の花が闇の中で薫るとは、和歌にも詠まれない。「闇桜」は、一葉がこの小説の題名のために創り出した、いわば造語であり、辞書類などで調べてみても、ほとんど用例がない。

この他にも、一葉の小説には『花ごもり』の場合のように、「花」と「籠もる」に分解してみると、それぞれの言葉の意味はありふれていても、二つの言葉をつなげるとイメージが重層して、美しい言葉となるものがある。もしかしたら、「花ごもり」という言葉も、一葉による造語ではないだろうか。

伝統的な和歌文学や古典文学に親炙し、そこで使われている語彙を自由に使い、さらには新しく組み合わせて言葉を創造する。一葉の場合、これらのことが作品を生み出す原動力となっていた。しかしながら、一葉が、いつまでも先行作品を自己の小説の素材としていたならば、新たな一葉独自の文学を作り上げることはできなかっただろう。出発点では古典的な知識教養を十二分に活用したとしても、そこからの脱却も必要になってくる。

『闇桜』にも半井桃水の指導はある程度反映しているであろうが、一葉の日記などに書き留められている桃水の発言を直接取り込み、その影響が明瞭となるのは、第二作『たま襷（だすき）』からのように思われる。

4．『たま襷』を読む

『たま襷』の構成要素

『たま襷』は、『武蔵野』第二編（明治二十五年四月十七日発行）に発表された短編小説で、（上の一）（上の二）（中の一）（中の二）（下）から成る。両親と死別し、谷中（やなか）の邸宅で、家族もなく住んでいる旧旗本の十九歳の娘・青柳糸子（あおやぎいとこ）が、家臣の松野雪三（まつのせつぞう）と、竹村緑（たけむらみどり）という青年子爵の二人の板挟みになって自ら命を絶つ、というのがそのあらすじである。

この小説は『闇桜』と異なり、和歌よりも『源氏物語』の果たしている役割が大きい。先にも触れた未完の習作「かれ尾花　一もと」は、『源氏物語』の「蓬生」のイメージを使いながらも、作品としては完成するところまで到達できなかった。この『たま襷』では、『源氏物語』帚木（ははきぎ）巻の「中川（なかがわ）の宿り」が巧みに使われている。ただし、登場人物のネーミングは非常に和歌的であるし、「恋百首」の次の一首は、従来から『たま襷』という題名との密接な関係が指摘されている。

両方恋　などてかくひとつ心を玉（たま）だすき二方（ふたかた）にしも思ひかけけん　（七）

けれども、この歌以外には関係歌は見出せない。したがって、『たま襷』においては、和歌の果たしている役割は大幅に後退していると言えよう。

さて、一葉は、明治二十五年三月十日に、『武蔵野』第二編に掲載する作品の趣向を、桃水に手紙で相談している。一葉には腹案が二つあり、その一つは後に『うもれ木（ぎ）』となり、もう一つがこの『たま襷』となった。ここで考えてみたいのは、『闇桜』と『たま襷』の間には何らかのつながりが伏流しているのではないか、という問題意識である。

ちなみに、本章は、一葉の作品を雑誌や新聞に掲載された順に取り上げてゆくが、その際に、作品相互のつながりを重視したい。いわば、一葉作品を「連続読み」したいのである。そのような視点を設定することによって、一葉の文学世界の生成と展開が徐々に明らかになるだろう。

『闇桜』は、一言でまとめれば、「恋患いによって、はかなく散ってゆく少女の命」がテーマであった。悲恋・少女・桜・死という『闇桜』のキーワードは、『万葉集』巻十六の巻頭に掲げられている「桜児（さくらこ）伝説」を想起させる。二人の男性から求愛された「桜児」は、どちらか一人を選ぶことができずに、「林の中に尋ね入り、樹（き）に懸（さが）りて経（わな）き死」んだという。『闇桜』の完成を承（う）けて、次なる作品に取りかかろうとする一葉の心の中で、「桜児伝説」のことが思い浮かんだのではないだろうか。

なお、二人の男性から同時に愛され、心を決めかねた女性が、自らの命を絶つ話のパターンは、「桜児伝説」の他にも、一葉が桃水への手紙で言及した「生田川(いくたがわ)伝説」などもある。

しかし、これだけで一編の小説が出来上がるわけではないだろう。『たま襷』完成に向けての構成要素として、青柳糸子と竹村緑の出会いの状況設定には、『源氏物語』帚木(ははきぎ)巻で、「中川の宿り」と呼ばれる、光源氏と空蟬(うつせみ)との偶然の出会いの場面が使われている。また、零落したみなし子で、厭世的な結婚拒否型の主人公・糸子の人物設定は、先に概観した未完の習作「かれ尾花　一もと」の人物造型をここに投入することによって、内容展開の推進力としたことが窺われる。

桃水の指導

『たま襷』に見られる、いわゆる三角関係による女性の悲劇という結末は、おそらく「生田川伝説」や「桜児伝説」にヒントを得るとともに、糸子と竹村緑の出会いは『源氏物語』の強い影響の下に創作されたと推測される。それでは、家臣・松野雪三の糸子への献身的な愛情という設定のヒントは、どこから得たのだろうか。そのことを考えるうえで参考になるのは、『源氏物語』末摘花巻の「松の雪のみあたたかげに降り積める」という表現である。それに加えて、明治二十四年十一月二十四日の「よもぎふ日記　二」に書かれている半井桃水の恋愛観である。

「いでや、この恋ばかり、奇(あや)しきものはなし。貴(たふと)きも、賤(いや)しきも、賢(けん)なるも、愚かなるも、其(そ)の弁別(わいだめ)なきものなりけり」。「真(まこと)の愛と言はむからには、其(そ)の女が、一生の大計を思ひ図(はか)りて、安全なる良人(おっと)を求め得させむことをこそ思ふべけれ。さて、其(そ)の人を撰(えら)ばむに、世人が愛は、猶(なほ)、我(わ)が思ふ意に満(み)たず。世人が敬は、猶(なほ)、我(わ)が敬に過ぎず。世、広しといへども、人、多しといへども、彼(か)の女を敬愛することは、我(われ)に過(す)ぐるの者(もの)はあらじ。さらば、彼(かれ)が安全の極(きは)まり、幸福の生涯を過(す)

ぐさむ事、我ならで誰かは、など思ひ致りたるこそ、真の愛なれ」。

ここに書き留められた桃水の発言は、桃水が一葉に語った言葉そのものという保証はなく、一葉がある程度自分の言葉に書き直しているかもしれない。最初の部分の発言は『徒然草』第九段の、「真に、愛著の道、その根、深く、源、遠し。六塵の楽欲、多しと雖も、皆、厭離しつべし。その中に、ただ、かの惑ひの一つ、止め難きのみぞ、老いたるも若きも、智あるも、愚かなるも、変はる所無しと見ゆる」という捉え方と似ている。兼好と桃水に共通するものがあり、それゆえに、一葉の心にも理解しやすかったのではないだろうか。

また、その次に書かれている桃水の恋愛観は、自分が相手と結ばれることよりも、愛する相手の幸福を第一とし、そのうえで自分以上にその人を幸福にできる人間は世間にいない、とはっきり断言できるほど、相手のことを思うのが真の愛である、とする。この恋愛観はそのまま『たま襷』の松野雪三の青柳糸子に対する感情である。

たとえば、次のような箇所がある。「主人大事の心に比べて、世上の人の浮薄浮佻、才あるは多し、能あるも少なからず、容姿・学芸優れたればとて、大事の御一生を托すに足る人、見渡したる世上に、有りや無しや、知れたものならず。幸福の生涯を送り給ふ道、そも、何とせば宜からむかと、案じにくれては、寐ずに明かす夜半もあり。嫁入時の娘もちし母親の心、何のものかは、疵あらせじとの心配、大方にはあらざりけり」（上の一）。

『たま襷』だけを読むと、松野雪三の人物造型はいかにも物語めいて、リアリティに欠けるように感じられる。ただし、日記の先の箇所と読み合わせてみると、一葉は桃水の恋愛観をほぼそのまま使って書いていることがわかる。

十一月二十四日の記述は、これまでは『闇桜』執筆との関連で注目されてきたのだが、この日の桃水の発言は、むしろ『たま襷』制作において活かされたのである。『たま襷』は、竹村緑という青年が、知人の家で避暑を過ごし、偶然に、その隣家の青柳糸子と出会うという設定になっている点に、『源氏物語』帚木巻の「中川の宿り」の場面が使われて、一葉の古典の教養が表れていたけれども、登場人物の心理描写という、より作品の内部に関わる点では、たとえ直接的な指導ではなくとも、ふとした雑談の折に桃水が語った恋愛観の影響が顕著に出ている。そこに、第一作の『闇桜』とはまた違った面が見られる。

5.『五月雨』を読む

三者三様の思い

『五月雨』は、『武蔵野』第三編（明治二十五年七月二十三日発行）に掲載された。『武蔵野』は、この第三編をもって終刊となった。『五月雨』のあらすじは、主従である二人の女性から同時に愛された青年が、出家する話である。三人の思いが、描き分けられている。結末は、近松門左衛門の浄瑠璃『つれづれ草』のあらすじと一致するが、一葉がこれに影響を受けたという確証はない。けれども、両作品は、不思議なくらい響映している。浄瑠璃『つれづれ草』では、兼好が、やはり主従二人の女性から慕われ、その執念から逃れるために出家している。おそらく偶然の一致であろうが、一葉の発想と近世の兼好イメージとの共通性を暗示しており、興味深い。

『たま襷』から『五月雨』へ

『闇桜』は、恋患いが昂じて命を落とす少女の話が、夕闇に桜の花がはらはらと散ることと重ね合わされている。恋に殉じた女性と桜の花の取り合わせから「桜児伝説」を思わせる。次なる『たま襷』も、二人の男性から求愛された女性が死を選ぶというストーリーになっている点に、第一作から第二作への構想に響映が感じられる。そして、『武蔵野』に掲載された三作目の『五月雨』は、『たま襷』が男性二人と女性一人の三角関係であったところを、今度は女性二人と男性一人の三角関係とした点で、人物関係を反転させたという関係性が見られる。

三作は『武蔵野』に掲載されたという共通点だけでなく、巨視的に見れば、相互につながりを持ちつつ書き進められたと把握できる。

初期作品と半井桃水

本章では、一葉が小説家として実質的な第一歩を踏み出す「武蔵野三部作」を中心に、それ以前の習作も二編取り上げた。明治二十四年七月から十月末までの桃水訪問中断期は、「かれ尾花　一もと」「棚なし小舟（甲種）」という二つの未完習作を生んだ。そして十月末から桃水の指導が再開し、明治二十五年三月から七月にかけて、一葉は自作の小説を発表できた。

従来、これらの初期作品は、桃水への一葉の恋愛感情との関わりで論じられることが多かった。しかし、個人的な感情だけで作品を生み出すことは困難ではないだろうか。そのような視点から、作品を自立させるものとして、古典文学が果たした役割に特に着目してみた。一葉の古典文学への造詣は深く、詳細に見てゆけばゆくほど、どの作品や断片や日記にも、和歌・王朝文学・中国古典などが、縦横に駆使されていることがわかる。その中でも、とりわけ『徒然草』への共感が強く、作品に現れた恋愛観への反映も多い。そして、そのことは、この後に訪れる心ならざる桃水との別れと懊悩（おうのう）において、より直接的に『徒然草』が一葉の自己変革のための書物として再認識されてくるという意味で、さらに重要な問題をはらんでくる。このことについては、以後の各章に譲りたい。

引用本文と、主な参考文献

・「筑摩全集」第一巻、第二巻、第三巻（上）、第四巻（上）

発展学習の手引き

『樋口一葉全集』で、一葉の作品に原文で接してほしい。特に、「恋百首」に眼を通してほしい。一葉が用いた仮名づかいが、厳密な「歴史的仮名づかい」ではなく、また、現代語訳もないので、最初のうちは読みづらいかもしれない。けれども、「恋百首」の和歌を詠んだ時、一葉はまだ、数えの十七歳だった。満年齢だと、十六歳である。その年齢の少女が、読書体験と教育によって、すでに恋愛観を作りあげていたという事実には驚かされる。それが、彼女のその後の小説執筆の基盤となっていたのである。

7 作品発表の新たな舞台

《目標&ポイント》明治二十五年から二十六年にかけて、新聞や商業文芸誌など、作品発表の新たな舞台が広がった。それらを包括的に捉え、小説創作の変化と広がりを巨視的に把握する。

《キーワード》半井桃水、「改進新聞」、『別れ霜』、野尻理作、「甲陽新報」、『経づくえ』

1. 新たな舞台への歩み

新聞への連載

一葉は、半井桃水が主宰する同人誌『武蔵野』に、『闇桜』『たま襷』『五月雨』の三編を掲載した。ところが、早くも『武蔵野』に経営の行き詰まりが見えてきた。桃水は『武蔵野』が終刊する以前に、「改進新聞」に一葉の作品が掲載される道筋を付けた。また、樋口家と旧知だった同郷人の野尻理作（のじりりさく）から、「甲陽新報（こうようしんぽう）」に寄稿を求められた。一葉の文筆生活は、『武蔵野』の終刊を待たずに、新たな舞台へと進んでいった。けれども、この頃から、桃水への一葉の師事は、とりわけ「萩の舎」の人々から反対されるようになった。ちなみに、明治二十五年六月に、一葉は桃水の小説指導を辞退せざるをえなくなる。

半井桃水と「改進新聞」

半井桃水は、なぜ一葉の小説を新聞に連載させようとしたのか、その背景を探索してみよう。「改進新聞」は、大隈重信（おおくましげのぶ）の改進党系の新聞で、小宮山桂介（こみやまけいすけ）（天香、一八五五～一九三〇）が客員になっていた。桃水は明治二十一年（一八八八）年に東京朝日新聞記者となったが、旧知の小宮山も東京朝日新聞に入社した。このような人脈から、桃水が小宮山に頼んで「改進新聞」に一葉の小説が掲載されるように頼んだ、という経緯があった。

『別れ霜』は、明治二十五年に、「改進新聞」に十五回にわたって連載された小説である。掲載された日付は三月三十一日から四月十七日までである。つまり、『別れ霜』は、「武蔵野三部作」の途中の時期に、割り込む形で発表された。したがって、発表順に並べると、『闇桜』に次ぐ二番目が『別れ霜』であり、その後に『たま襷』と『五月雨』が『武蔵野』に掲載されたことになる。

桃水は、雑誌と新聞連載の二本立てで、一葉の作家活動に期待した。桃水は、一葉の文学的な才能の片鱗を入門当初から感じていたであろう。また、原稿料に拠って生計を立てたいという一葉の差し迫った希望のことも、十分に理解していたと考えられる。

2.「改進新聞」連載への道

一葉日記の「小さな連続読み」

「改進新聞」に掲載された『別れ霜』は、それ以前には『闇桜』しか発表したことがなかった一葉にとって、大きな仕事であった。ここでは、『別れ霜』の連載が開始する直前の日記を読みながら、一葉の文学的な変化を辿ってみたい。

明治二十五年三月の一葉日記（冊子表題も「日記」）から、十日間ほど、重要と思われる部分を日録風に抄出してみよう。日数とテーマを限るので、「小さな連続読み」であるが、新聞連載小説に向けての取組や、半井桃水への一葉の心の揺らぎなども、浮かび上がってくる。

【三月十八日】　思いがけず半井桃水が、本郷菊坂町の樋口家を初めて訪問した。桃水は菊坂町から近い本郷西片町（にしかたまち）に転居したので、挨拶に来たのだった。その際に、『武蔵野』の創刊号の出版が明後日の三月二十日になることを伝えた。桃水が帰った後で、母は桃水が、樋口家の長男で明治二十年十二月に亡くなった泉太郎と似ていると言って、「温厚らしきことよ。誰は何と言ふとも、悪（あ）しき人にはあらざるべし。言はば、若旦那の風（ふう）ある人なり」などと評した。それに対して、妹の邦子は、「表向（おもてむ）きこそは優（やさ）しげなれ、あの笑（ゑ）む口元（くちもと）の可愛（かはい）らしきなどが、権謀家の奥の手なるべし。なかなか、心は許し難（がた）き人なり」などと言った。桃水に対する母と妹の人物評は、対照的である。一葉自身は桃水の着物の着こなしに触れて、「人悪（ひとわ）ろしと聞く新聞記者中に、かかる風采（ふうさい）の人もありけりと、素人目（しろうとめ）には驚かれぬ」と書いている。三人三様の桃水評である。

【三月十九日】　この日は「萩の舎」の稽古日で、和歌の難陳（なんちん）（相互の批評会）を行い、一葉の和歌が高点となった。「筑摩全集」第四巻（上）、詠草30「みやぎ野」九一番歌に「恋憂喜」の題で、「嬉（うれ）しさも憂（う）さも一つにつつみけり恋の心ぞ袖や知るらむ」とあるのが、この時の歌である。なお、この日の日記に、「例は口述するなれば、思ひのままには、誰（たれ）も、え言はず、口ごもりがちなれど、今日は、筆に言はせたることとて、人々の議論、盛んなりし」と書いている。「萩の舎」での稽古日の具体的な記述は珍しい。歌会で直接、口頭で相手の歌を批評するのには遠慮があるが、文章で書くと批評しやすい、という指摘である。口頭と文章の違いが、人間心理と響き合うことをよく捉えている。一葉が小説を書き、その中で、人間の心を深く追究する姿勢の根源が、このような何気ない日常の日記からも読み取れる。

【三月二十日】 山下直一が『早稲田文学』を持参して、樋口家を訪問した。直一は早稲田大学在学中の学生で、父親同士が友人だったことから、かつて樋口家に書生として寄宿していたこともあった。明治二十五年には、直一が樋口家を七回ほど訪れており、親戚付き合いと言ってもよいほどの親しさである。

この日の日記に、一葉は外出の予定があったので、直一が帰る時に連れ立って家を出て歩いていると、通りがかった人力車の車夫から二人での同乗を勧められた。それに対して、「余(よ)の人ならましかば、いかばかり恥(は)づかしらむ。さるを、何とも思はず同行するは、心に邪心のなければなるべし。恥は、情より発するものにや。をかし」と書いている。

直一と一緒に歩いていても平気な自分の心を顧みて、「恥」つまり、恥ずかしく思う気持ちは、相手に対する好意、さらに言えば恋情から生じるのであろうと、人間心理を分析している。一葉は、それを「をかし」と打ち興じている。このあたりは、男女間の心の機微についての考察となっていて、注目される。最初の小説『闇桜』におけるヒロインの人物造型が思い合わされる。

【三月二十一日】 一葉は半井桃水を訪れて、今後の指導について、桃水に問い質(ただ)した。一葉の小説執筆に賭ける強い意志を感じさせる点で、ここもまた注目される。この日、一葉は、「家にて相談せしこと、半井大人(うし)にも語る。おのれが小説、到底、世に用(もち)ゐられまじきものなれば、包(つつ)みなく断(ことわ)り給(たま)ひてよ」、「とても世に用(もち)ゐられまじきものなれば、今より直(ただ)ちに心を改めて、我が身に応ずべきこと、目論(もくろ)み候(さふら)はむ。ただ、御心(みこころ)の中(うち)を、聞かせ給(たま)へてよ」と、畳みかけるように、意を決した態度を示した。

これに対して桃水は、「いたく呆れ顔」をして、自分としては「月々に案じ、日々に考へて、君が幸福を願ふぞかし」と真情を述べて、「今暫し、耐へ給へ。我思ふに、君が著作、この『武蔵野』両三回の後には、必ず、世に名を知られ給はむ。さすれば、『朝日』にまれ、何にまれ、我、周旋の方法あり」と、今までになく踏み込んだ予測を示した。一葉の強い問いかけが、相手の胸の扉を開かせ、一葉の求める言葉が返ってきた場面であり、その場のスリリングなやり取りが活写されている。

前年の六月十七日には、桃水の批評に対して絶望した一葉は、我にもあらぬ思いで、帰宅したのだったが、ここでは、実にきっぱりとした態度になっている。

【三月二十二日】一葉は、午前中に習字と著作、午後には「萩の舎」の親しい友人の田中みの子と、約束していた上野図書館で書物の閲覧。帰途は、みの子と連れ立って「道々、種々談話」しながら、上野広小路に出て、池之端の蓮玉（蕎麦屋）に入り、日没に帰宅した。前日の桃水訪問により、執筆に前向きの姿勢が現れてきたような、充実した一日であった。

【三月二十三日】桃水を訪問すると、その場で、『武蔵野』の表題の揮毫を頼まれた。また『武蔵野』創刊号の巻末に、もう少し原稿が必要なので、明日の午後までに何か書いてほしい、との依頼もあった。夜中の二時まで、机に向かった。一葉の文章力ならば、急な執筆依頼にも十分応えられると桃水が見込んでの依頼であろう。

【三月二十四日】この日の日記は、「筑摩全集」で三頁にもわたる長文である。かいつまんで、その内容を紹介しよう。この日、一葉は大雨の中、まず「萩の舎」を訪れて、中島歌子に長歌の添削を受けた。前日に桃水から頼まれた『武蔵野』巻末の誌面を埋めるための原稿（散文）は書けなかったので、「春雨を詠ずる長歌」を作り、それを歌子に見てもらうためだった。

その折に、二人は「文章論」とも言うべき問答を交わした。一葉は、「日記の文章に、言文一致体・和文体・新聞体などが入り交じっているのは、よくないであろうか」と、歌子に聞いてみた。すると、歌子は、「今の世の『新聞屋文（しんぶんやぶん）』と言ふものを、自分は取らない。文章でも和歌でも、すべては気骨があってほしい。女性が筆を執（と）る場合も、『なよやかなるを表（おもて）としたる』文章がよいのだが、『ひたすらに押し包みたる』だけでなく、心の内では政治のことや世の中の興廃などにも思い至るべきである」と述べた。

歌子の発言は、幕末・明治の動乱期を生きた実体験に根ざしているのであろう。「新聞屋文」という言い方には、半井桃水に対する歌子の不信感が表れていよう。一葉は、歌子が若い頃に書いた日記を、この日、特別に見せてもらい、その生き方に心を動かされた。その後「萩の舎」を辞してから、今度は半井桃水を訪れて原稿を手渡した。そして思い切って家計の窮状への援助を申し込んだ。桃水は、快諾した。一葉にとって、歌子と桃水という、二人の師の存在が大切であると同時に、二人の師の生きる世界が自分とはかけ離れていることも、この日改めて実感したであろう。

【三月二十五日】一葉の誕生日なので、家でお祝いをした。「萩の舎」の歌友・水野銈子から歌会の招待状が来る。銈子は旧沼津藩主水野（みずの）忠敬（ただのり）の長女。桃水からは、二十八日までに小説の原稿を送ってほしいという手紙が来た。家と「萩の舎」と半井桃水。三つの世界が交差する日だった。

【三月二十六日】「萩の舎」の稽古日で、水野銈子が催す歌会の相談が調（ととの）った。夕方帰宅してみると、桃水の弟（茂太）が来て、「良いことがあるので、すぐに来てほしい」と言っていたとのこと。

今日はもう遅いので、明日行くことにする。

【三月二十七日】　午後、本郷西片町の桃水の住まいを訪ねると、『武蔵野』が出版されていて、一葉は一冊受け取った。ちなみに日記では、「小説雑誌むさし野」と書かれている。そして、桃水は一葉からかつて預かっていた原稿を、「改進新聞」に出したい旨を伝えた。前日、良いことがあると言われたのはこのことだったのである。しかし、いざこのような急展開になると、一葉としては書き直さなくてはとても出せないと、断るような態度を取ったが、挿絵の注文もすでにしていると言われて、こうなれば仕方がないと受諾した。

桃水は、「先方の希望は四十回連載だが、三十五回でもよい。二十九日からの連載開始なので、とにかく今夜中に二回分を完成させてほしい」と、矢継ぎ早に段取りを告げた。帰宅してこのことを家族に伝えると、母はもちろんのこと、昨日から来ていた次兄の虎之助も大喜びだった。夜の十時に二回分の見直しを終え、母に付き添ってもらって、桃水の家に渡しに行った。

3．『別れ霜』を読む

注目が少なかった『別れ霜』

以上、三月十八日から二十七日まで、十日間の一葉日記を「連続読み」してみた。この後は、二十八日も二十九日も、急いで原稿を仕上げては桃水の家に持参したことが書かれている。二十九日になってもまだ「改進新聞」に一葉の小説が掲載されていないので、いつから連載が開始されるのか、まだ不明であったことがわかる。このように、『別れ霜』の執筆は、緊迫した状況でなされた。このような差し迫った毎日の執筆は、一葉にとって初めての経験であった。

一葉はその後、新聞連載をいくつか残している。「新聞連載小説」というスタイルでの小説は、執筆の際に、何か特別の趣向や心構えがあるのだろうか。そのことを考えるうえでも、この最初の新聞連載小説の文体や趣向、全体の構想などが注目される。

『別れ霜』は、「武蔵野三部作」と比べると、格段に分量が長い。内容にも起伏があり、読み応えのある作品である。けれども、『樋口一葉集』（日本近代文学大系、角川書店）にも、『樋口一葉集』（新日本古典文学大系・明治編、岩波書店）にも、『別れ霜』は入っていない。ただし、岩波文庫『闇桜・うもれ木　他二篇』（一九三九年第一刷発行、一九九三年第十三刷発行）には、『別れ霜』が入っている。このように、『別れ霜』は一葉作品の中であまり知られていないと思われるので、あらすじを少し詳しく紹介しよう。

『別れ霜』のあらすじ

本家の松沢家と分家の新田家は、元来親しい間柄の裕福な呉服商で、松沢家の芳之助は二十歳、新田家の「お高」は十六歳である。この二人は一人っ子同士で、許嫁の間柄であった。ところが、分家の新田家当主の運平は入り婿で、利欲の心に捕らわれており、「増す宝なき子宝のうへも忘るる」ような人物である。運平にとっては、近頃斜陽の本家の一人息子と自分の娘の婚礼は無意味であり、番頭の勘蔵と謀って、本家を破産させて乗っ取り、娘は金満家と結婚させようとした。

破産した松沢家は長屋住まいの貧しい生活に転落し、芳之助は人力車夫となって両親を養うが、運平を憎むあまり、その実子であるお高への憎しみも募った。お高は芳之助の誤解を解こうと誠意を尽くして自分の気持ちを伝え、芳之助も心を動かされたが、このような状況下で二人の結婚は不可能であると考え、心中する決心をした。二人の動きを察知した番頭の勘蔵の妨害により、お高だけが生き残った。その後、お高の心は芳之助への供養の気持ちから涙に明け暮れ、七年の歳月を経て、芳之助の跡を追ってみずからの命を絶った。

以上が『別れ霜』のあらすじである。この作品では「浅香のぬま子」という筆名が使われている。かつて桃水は、「先に送り置きたるなむ、この頃、変名にて世に出ださばや、など宣ふ」という一節が、一葉日記の明治二十四年十月三十日に見える。桃水のこの発言は、『別れ霜』の原稿のことではないであろうが、作品によっては変名で出すという指導がすでにあった。「浅香のぬま子」という筆名は、どことなく戯作調の印象を受けるが、「浅香の沼」（安積の沼）は古来、著名な歌枕であり、たとえば『古今和歌集』に「陸奥の浅香の沼の花かつみかつ見る人に恋ひやわたらむ」（恋四、読み人知らず）などがある。

『別れ霜』の趣向

『別れ霜』は、一葉にとって初めての新聞連載小説であり、連載回数は、当初四十回とも三十五回とも言われ、結果的には十五回の連載だった。それにしても、登場人物の造型や、話の筋をどのように展開させるか、多くの点で難しいものがあったであろう。先の日記で見たように、執筆と掲載はほとんど接近していた。この連載が続いていた頃の日記の記述がないのも、執筆に時間が取られて、日記を書く時間がなかったのであろう。

小説には趣向が大切であるとは、指導の当初から半井桃水に言われていたことであった。趣向が必要となれば、おのずと登場人物の人数や、小説内部の時間の経過も長くなる。そういったさまざまな条件をクリアして、『別れ霜』は完結した。

なお、古典文学からの表現の引用という観点から見ると、第二回の冒頭では、傍線で示したように、『徒然草』第二百十七段が引用されている。

> 朧を得て蜀を望むは、夫れ人情の常なるかも。百に至れば千をと願ひ、千にいたれば又、万をと、諸願休む時なければ、心、常に安からず。つらつら思へば、無一物ほど気楽なるはあらざるべし。（中略）「鶴千年、亀万年、人間常住いつも月夜に米の飯ならむを願ひ、仮にも無常を観ずるなかれ」とは、大福長者と成るべき人の、肝心肝要かなめ石の堅く取って動かすべからざる法則なりとか。
>
> 《「筑摩全集」第一巻、二一〇～二一一頁による》

この『徒然草』第二百十七段は、日記「若葉かげ」の跋文にも、「究竟は、理即に等し」という部分が引用されており、一葉にとって特に馴染み深い章段であった。ただし、今まで一葉が古典文学を引用するのは、主として、作品の格調を高くするためであったが、ここでは、新聞連載小説ということによるのか、「肝心肝要かなめ石の堅く」などと、「か」音を繰り返して、軽快な表現であることが注目される。

『別れ霜』の大きな枠組みは、本家と分家の関係性の変化である。本家の没落と分家の興隆が経済力の逆転現象として語られている。「本家乗っ取りを画策する分家の入り婿」という趣向によって、物語が大きく展開している。分家の新田運平は金銭財産が第一であり、かわいい娘の幸福を踏みにじってでも自分の野望を実現させようとする。容姿も人柄も非の打ち所がない実子のお高を有効な手段として活用し、一気に自分の計画を成し遂げようとする強烈な人間として造型された。

『別れ霜』のもう一つの枠組みとして、本家の松沢芳之助と、分家のお高が許嫁になっていたことが挙げられる。この二人が、状況の変化によって、今後さらにどのように関係性を変化させてゆくかが、作品のもう一つの推進力である。

落ちぶれた本家の息子が人力車夫になるという話の展開も、一つの趣向であろう。当時の社会において、このような変転は現実であり、一葉の身近な知人にもそのような例はあった。また、この設定は、後に、『十三夜』でも機能する。

自分の引く車上の客が元許嫁のお高であるとは気づかず、吹雪の中、芳之助が行き先の曖昧な客に翻弄され迷走させられる場面は印象的である。ここで連想されるのは、一葉日記の明治二十五年二月四日の記事である。一葉が桃水の家から、人力車に乗って帰宅する「雪の日」の場面がある。ただし、日記の一葉が乗った人力車は、吹雪の中で迷走したわけではない。そう考えると、『別れ霜』は独自の設定となっている。

むしろ注目したいのは、第四章で紹介した日記「鳥之部」Iに、一葉の父則義の「三十五日忌」の配り物の人力車ルートが書かれていることである。そこには、鍋町（なべちょう）、鍛冶町（かじまち）から、早稲田に向かう人力車のルートが示されている。『別れ霜』における迷走は、作品内部では芳之助とお高の二人が置かれた状況が行く末の見えないことの象徴であろうし、現実のリアリティとしては、お高は芳之助と二人だけで、話し合うための場所を探しあぐねているのである。二人が話し合う場面にいたって、とりわけ芳之助の心の中の感情が錯綜するさまが詳しく描かれた。

二人の男女は互いに胸を開いて、語り合う。それによって、破滅的な悲劇に突き進む新たな場面が切り拓かれる。『別れ霜』はさまざまな趣向を凝らすことによって、ドラマティックな作品となった。このような執筆体験が、半年後の『うもれ木』の展開性へとつながってゆく。

しかし、『別れ霜』は、一直線に心中という結末で終わる作品とはならなかった。ここで大きな新展開が行われる。さらなる趣向が埋め込まれたのである。この作品には、仮に「不完全な心中」とでも名づけうる結末が準備された。先祖の墓の前での二人の心中は、成就しなかった。男は切腹したが、女は番頭に止められて生き残り、自宅に幽閉状態となり、厳重な家人の監視下に置かれる、という新たな悲劇が起こる。そしてついに、七年後、お高は、家人の隙を見計らって出奔し、七年前の心中未遂の場所に立ち戻って、自死した。

『別れ霜』は劇的な激しい作品である。お高の「七年後の自死」が持つ意味は重い。今の時点では、たとえば「七回忌」に合わせた決行であったかという答えしか出せない。読者一人一人の心の中で、さまざまな答えが湧き上がってくる世界なのではないだろうか。それは、『にごりえ』の世界とも通じている。

4．野尻理作と「甲陽新報」

野尻理作の略歴と小説掲載までの経緯

野尻理作は、一葉の父の葬儀の時に、いろいろと手伝ってくれた親戚同様の親しい青年である。以下は、主として『樋口一葉来簡集』の「書簡筆者紹介」によりながら、野尻理作の経歴や樋口家との関わりについて記述したい。

野尻理作（一八六七～一九四五）は、慶応三年生まれ、山梨郡玉宮村（たまみやむら）出身。明治二十年に上京し、東京帝国大学文科大学和文科に入学し、樋口家にも出入りしていたが、卒業を目前に控えた時期に帰省した。明治二十五年甲府で「甲陽新報」の編輯に携わったことから、一葉に小説の寄稿を依頼し、『経づくえ』（『経つくえ』とも）が掲載された。それについての経緯が、『樋口一葉来簡集』所収の野尻理作から一葉宛ての手紙で判明する。

一通目は、明治二十五年八月二十七日付け。「甲陽新報」を発行したが、小説欄を設けたので寄稿してほしい、と一葉に頼んでいる。この手紙は早くも翌日に一葉のもとに届いたようで、八月二十八日の一葉日記に「甲府野尻氏より、書状来る」という一文が書かれている。

その後、一葉は、九月十六日の日記に「野尻君に、一書さし出だす」と書いているが、この手紙の内容には触れていない。ただし、それを受けて、野尻からの九月二十一日付けの二通目の手紙が『樋口一葉来簡集』に掲載されている。おそらく、一葉は九月十六日の手紙で、小説の長さや分量などを問い合わせたのであろう。野尻は次のように書いている。

> 短篇・長篇の別なく、ただ御望みに任せ、御酌慮の上、しかるべきものを御寄贈なされ下されたく候。勿論、一社の事にて候へば、原稿料は些少なりとも、必ず進呈仕るべく候ふ間、至急、御投寄なされ下されたく候。もつとも、小生等の考へにては、県下の読者なぞは、多くは具眼者にはこれなく、かつ、長篇は嫌気を惹き起こすの恐れも、これあり候ふものなれば、希はくは短篇にて面白きものの方、寧ろ適当かとも存じ候。然れども、これらは、御思し召しにて、いかやうとも、よろしく御取り計らひ下されたく候。

野尻が自分たちの新聞について、率直に語っているのも、樋口家との交際が古くからあり、親戚付き合いしてきた気安さからであろう。九月二十三日の一葉日記には、「早朝、野尻君より書状来る。甲陽新報へ載すべき小説、著作しくれたし、となり」とある。なお、日記には、二十一日・二十二日と連続して、「甲陽新報」が樋口家に送付されてきたと書かれている。新聞の実物を早く見てもらった方が参考になる、との野尻の気配りであろう。

小説掲載への不安と自己省察

一葉も野尻理作の要望に応えるべく、二十四日の日記によれば、「終日、著作に従事」した。十月に入ると雨が続いた。一葉は日記に、「連日の雨や机と御親類」という句を書き付けた。この頃は、机に向かって、「甲陽新報」に送る小説の執筆にかかりきりだったようである。その小説も、六日頃には完成させて送ったが、十九日になっても何の便りもなかった。送付されてきていた「甲陽新報」も、ここに二、三日は送られて来ず、一葉は夜も眠れないほど心配が募った。けれども、その翌朝、送られてきた「甲陽新報」には、一葉の『経づくえ』が掲載されていた。

十月二十日の日記に、一葉は次のような感慨を書いた。自分が書いた小説が新聞に掲載され、それによって母と妹を養ってゆく道筋がようやく見えてきた。そのことを実感しながらも、同時にそのような行為の寄る辺（よるべ）なさも、一葉自身の眼には、はっきりと見えていた。

この分（ぶん）にては、更に著作し、送るとも、没書（ぼつしょ）にもなるまじと安心す。思へば、我ながら恥（は）づかしき心なり。智識（ちしき）足らず、学事（がくじ）整はずとは、万も二万も承知成（な）しながら、文学中、殊（こと）に難（むつ）かしと聞く小説を書きて、一家三人の衣食を成さむなど、大胆と言はむか、身知らずと言はむか、人知らぬ夜半（よは）の寝覚（ねざめ）に、背に汗の、いと心苦し。さるものから、これに依（よ）らずは、母君を安心させ奉（たてまつ）ることも、家の名を立つることも成らず、など、様々（さまざま）に。

《「筑摩全集」第三巻（上）、一七八頁による》

5.『経づくえ』を読む

『経づくえ』のあらすじ

『経づくえ』は、七回にわたって連載された新聞小説である。同じ新聞小説である『別れ霜』との関連性の有無を、検討したい。最初に、『経づくえ』のあらすじを略述しよう。

医科大学の内科助手を務める松島忠雄は、学才に富み、将来も有望な、二十七、八歳の青年である。周囲からは、ぜひ結婚相手にと望まれるが、本人はそれらの申し出に見向きもしない。そのような忠雄が、いつも帰りに立ち寄る家が、本郷森川町にある。

忠雄の素行調査をすべく、この家を突き止めて表札に出ている「香月園」という女性の評判を聞き出そうとした人物も、近隣の人々からは、この女性について漠然とした噂しか聞けなかった。忠雄は、父の友人の娘である香月園が、両親を早く亡くしていたので、その養育に熱心に通っていたのだった。

園自身は、そのような忠雄のことが煩わしいばかりで、避けるようにしていた。けれども、忠雄が札幌の病院に勤務することになり、あまつさえ、ほどなく当地で病死したことを知った園は、それ以後の自分の人生は忠雄を追慕することにすべてを費やし、つねに経机に向かって、忠雄の菩提を弔う生活となった。

以上が『経づくえ』のあらすじである。この作品は「春日野しか子」という筆名で発表された。

奈良の春日野には、鹿が棲息していることで有名。この筆名も、『別れ霜』の筆名「浅香のぬま子」と同工異曲の、著名な歌枕から付けられている。どちらも、和歌を嗜む女性が作者であることを暗示するが、風雅と言うより洒脱（しゃだつ）なネーミングである。ただし、これらの筆名で発表された二つの新聞連載小説は、どちらも戯作調の作品ではない。

『経づくえ』の趣向

この作品では、忠雄と園の二人の関係性を最初からは説明せずに、読み進めるうちに少しずつわかってくるように書かれている。伏線、謎解き、推理仕立て、外形と内面の違いなど、多彩な工夫が見られる点に趣向がある。

この作品では、世間の人々の価値観と、松島忠雄の義務感と、園の人間関係構築への拒否感、という三層が、それぞれの価値観の違いを際立たせたまま、進行してゆく。園だけが、松島の札幌赴任によって、急に自分の心に気づいて変化する様子が描かれている。このような設定は、最初の『闇桜』のヒロイン千代と同様の心理である。

ただし、小説の始まりからここまでの園の描き方は、「不機嫌な少女」という、一葉文学における新しいタイプの人物造型の萌芽が見られる。この点に、この作品の新展開が見られるのではないだろうか。

松島忠雄の人物造型は、「身寄りのない少女を養育する青年医師」という設定だが、彼の真意は不明瞭で、曖昧性を帯び、父の友人の忘れ形見として大切に養育することが中心に書かれている。園への愛情という具体的な側面については書かれていない。

札幌赴任の医師が任地で客死する展開は、やや唐突である。だが、札幌に赴任した医師は、一葉の交友圏にも存在した。妹邦子の友人の関場悦子(せきばえつこ)の夫が、明治二十五年四月から、公立札幌病院に副院長として赴任し、妻の悦子も札幌に住んでいたのである。「甲陽新報」への寄稿を頼まれたのが明治二十五年八月二十七日付けの手紙であるから、それ以前の時点で、すでに札幌に赴任した医師が身近にいたわけである。『経づくえ』の状況設定は、そのあたりから発想されたのかもしれない。

本章では、『別れ霜』と『経づくえ』という、二編の新聞連載小説を取り上げ、主として作品の趣向と場面展開のドラマ性に注目してみた。登場人物たちの関係性は「武蔵野三部作」と比べて複雑になっていた。とりわけ、『別れ霜』は、本家と分家のそれぞれの家族や使用人たちの思惑を描き分けている点に、後の『うもれ木』や『やみ夜』に展開してゆく創作力の誕生を見ることができよう。また、『経づくえ』では、家族関係の点では、登場人物も最小限に絞られている。遠方への赴任と客死という、本人の意志ではない悲劇的状況の到来が、それまでにない展開となった。遠方への転居がもたらす関係性の断絶という点では、後の、『花ごもり』や『ゆく雲』へのつながりが見えてくる。

一葉の創作活動が、次第に活発化する時期にさしかかっている。次章以降も、一葉文学の全体像に触れてゆきたい。

引用本文と、主な参考文献

・「筑摩全集」第一巻、第三巻(上)

・『樋口一葉来簡集』（野口碩編、筑摩書房、一九九八年）

発展学習の手引き

本章で取り上げた『別れ霜』と『経づくえ』は、「武蔵野三部作」とほぼ同じ時期に書かれた新聞連載小説である。後年のさまざまな作品の萌芽となるような、趣向や人物関係が見られて興味深いので、機会があれば読んでみることをお勧めしたい。また、小説が書かれた時期の日記と照らし合わせながら読むと、作品の背景が見えてくることがある。

8 『都の花』と『文学界』への登場

《目標&ポイント》 明治二十五年の年末から二十七年四月にかけての一年半余りは、本郷菊坂町時代の最後の時期で、文芸雑誌『都の花』と同人誌『文学界』への登場という大きな変化も、ほぼ同時期に重なっていた。この二つの雑誌への掲載の橋渡しは、「萩の舎」の先輩、田辺花圃が大きな役割を果たした。半井桃水の指導からの離陸期における、一葉文学の展開を辿る。

《キーワード》 田辺花圃、『都の花』、樋口虎之助、『うもれ木』、『暁月夜』、星野天知、平田禿木、『文学界』、『雪の日』

1．『都の花』への登場と『うもれ木』

田辺花圃と『都の花』

『うもれ木』は、「萩の舎」の先輩である田辺花圃の紹介で文芸誌『都の花』に掲載された。『都の花』は金港堂から毎月二回発行され、商業雑誌として隆盛を誇っていたので、一葉の作品が多くの読者の目に触れることになった。一葉が実質的に文壇に登場した記念作と言えよう。

花圃は、中島歌子と同様に、一葉が半井桃水に師事して小説を発表することに対して批判的だった。花圃が自分の小説『藪の鶯』を出版した金港堂の文芸雑誌『都の花』に、一葉の作品が掲載されるように取り計らったのである。

『うもれ木』は全十回からなり、『都の花』への掲載は、第九十五号（明治二十五年十一月二十日）に第一回から第三回まで、第九十六号（同十二月四日）に第四回から第八回の半ばまで、第九十七号（同十二月十八日）に第八回の後半から第十回の最後までというふうに、三号にわたって連続して掲載された。

ちなみに、『うもれ木』が最初に掲載された明治二十五年十一月二十日の前日に、田辺龍子は思想家・言論人三宅雪嶺（みやけせつれい）と結婚して以後、三宅花圃の筆名となった。

『うもれ木』執筆の経緯

一葉が、『都の花』に掲載する小説を執筆し始めたのは、明治二十五年の七月頃であったか。少なくとも八月二十五日に筆を執っていることが、日記に書かれている。その後、九月十五日に『うもれ木』を脱稿して、花圃に届けた。この日の日記に、「小説『うもれ木』、出来上（できあ）がる。田辺君に持参」とある。原稿料は、掲載前の十月二十一日に、『都の花』編集長の藤本藤蔭（とういん）が十一円七十五銭を本郷菊坂町の樋口家まで持参した。一葉が書いた「三十八枚」の原稿に対する対価だった。四百字詰の原稿用紙一枚あたりが、約三十銭だった計算になる。

『うもれ木』を脱稿した翌日の九月十六日の日記に、「図書館へ、種捜（たねさが）しに行く」とあるのは、二十一日、二十二日、二十三日と三日連続で「甲陽新報」の話が書いてあるので、そのための準備であろう。九月二十四日からは、今度は「甲陽新報」に送るために、『経づくえ』の執筆に取りかかった。慌ただしい執筆の日々であった。

『うもれ木』のあらすじと趣向

『うもれ木』は、今までの一葉作品が、若い女性の悲劇的な恋愛を描くことが中心だったのと異なり、兄と妹の人生を描いている。一徹な薩摩陶器の絵付け師である兄の入江籟三が、博覧会に出品する陶器を作る姿が一方にあり、その兄と同居して家事全般をしている妹の「お蝶」の存在も重要である。兄と妹の二人住みという設定は、今までにない新機軸である。『都の花』という当時一流の文芸雑誌に連載されるにふさわしい、力の籠もった作品である。複雑な人間像を登場人物に持たせているのも、小説家としての一葉の技倆の向上を示している。長さも、「筑摩全集」で三十頁に近い。「武蔵野三部作」がすべて短編であったのと比べると、中編と言ってよいだろう。

この『うもれ木』で前面に出ているのは、「名人伝」の世界である。従来の評価としては、幸田露伴『風流仏』や『一口剣』などとの比較がなされてきた。また、題名の共通性からであろうか、森鷗外が訳した『埋木』との関連が指摘されることもある（新世社版全集・第一巻、佐藤春夫の後記）。けれども、それらの作品と読み比べても、それほど関連性は感じられない。特に露伴の『風流仏』は「風流」とあるように、主人公の女性に対する憧れや恋情と強く結びつくので、一葉の『うもれ木』の主人公の名人気質の人物像とは異なる。むしろ露伴の『五重塔』（明治二十四年十一月〜二十五年三月）の世界と一脈通じるものが感じられる。

一葉の『うもれ木』は、兄妹の他に第三の人物が登場し、この人物が兄妹の両方を利用して、自分の野望の実現を計画する、という筋になっている。これは、『別れ霜』で、分家の新田運平が、自分の野望のために本家のみならず、みずからの娘も破滅させた展開と、やや共通する趣向である。一葉は、一つ一つの作品を完成させるにつれて、それまでの作品の一部を組み替えたり、反転させたりしながら、少しずつ文学世界の広がりと深まりを実現させている。

ただし、『別れ霜』での新田運平は、最初から邪な人物として登場する。これに対して、『うもれ木』では、本心を隠して貧民救済という仮面で近づき、相手を信用させて、悪事を企む篠原辰雄が登場している。貧民という社会問題への関心など、小説自体の彫りの深さが出てきている点も、小説造型の進捗と見られる。

篠原の描き方は巧みで、兄の籟三は、自分の芸術のよき理解者、経済的な支援者として篠原を信頼し、妹のお蝶も、頼もしげで磊落に振る舞う篠原に対して、恋心を抱くようになる。しかし、『うもれ木』の第八回の末尾から、急転直下、篠原が自分の本心を語るのを、籟三が偶然、立ち聞きするところから、思いがけない展開で、結末を迎える。

一方、お蝶は篠原から、慈善事業実現に向けての後援者との交際を頼まれるが、身の潔白を守る苦渋の決断として、置き手紙を残して失踪する。兄は、篠原に騙されたことを知り、博覧会への出品作の花瓶を投げつけて粉々に砕き、大笑する。この大笑は、すべての夢も希望も滅ぼす虚無の響きとなって、後に書かれる『軒もる月』の最終場面へと突き進む。

次兄虎之助からの助言

日記「しのぶぐさ」の明治二十五年七月の記事に、「二十一日、二日と、図書館に通ふ。陶器のこと、取り調べむとてなり」とある。これは、『うもれ木』執筆のためであろう。

また、その少し前の七月十九日に、一葉が次兄の虎之助に宛てて出した書簡が残っている。一葉は、陶工「入江籟三」の登場する場面にリアリティを持たせるために、薩摩陶器の絵付け師の虎之助に助言をもらいたいので、家まで来てほしい、と依頼している。

「筑摩全集」第三巻（下）に収められた「筆すさび　一」には、六四一頁から三頁にわたって、陶器の絵付けの専門用語が書き記されている。陶器の図まで書き写してある。一葉の依頼に応えて虎之助が訪れ、聞かれるままに陶器について教えたのであろう。

一葉は、兄の話や、図書館で得た知識をもとに、小説世界を組み立てたのである。

2．『暁月夜』を読む

著作の苦悩

一葉日記（「よもぎふにつ記」）の明治二十六年二月六日に、『都の花』のための著作が捗らない辛さを書いている。一葉が小説を書く真意が、切なく語られている。

> 著作のこと、心のままにならず。頭は、ただ痛みに痛みて、何事の思慮も、皆消えたり。（中略）思ひ思ひて、心は天地の間を駆け巡り、身は苦悩の汗、しとどに成りぬ。思慮に疲れては、昼、猶、夢の如く、覚めたりとも覚えず。睡れりとも覚えず。さしも求むる美の本体、まさしく、有りぬべき物とも、無かるべき物とも、定かに認むるは、何時の暁ぞも。我は、営利のために筆を執るか。さらば、何が故に、斯くまでに思ひを凝らす。得る所は、文字の数四百をもて、三十銭に価せむのみ。家は、貧苦、迫りに迫りて、口に魚肉を食らはず、身に新衣を着けず。老いたる母あり、妹あり。一日一夜、安らかなる暇無けれど、心の外に文を売ることの嘆かはしさ。いたづらに噛み砕く筆の鞘の、哀れ、憂しや、世の中。
>
> 《「筑摩全集」第三巻（上）、二〇〇〜二〇二頁による》

このような苦しみの中、二月九日の日記で一葉は、「いでや、努めて、今十日ばかりの間に、この一小説、綴り終はらばや、と思ふ。金港堂よりの注文に、『歌詠む人の、優美なるを出だし給へ』と言ふこそは、いと苦しけれ」と書いている。金港堂の編集長である藤本藤蔭から、内容や登場人物の設定についての要望が示されている。しかし、前日の日記に書かれていたような痛切な思いで執筆に向かう一葉にとって、編集者の要望をそのまま受け入れることはできなかったであろう。

それでも、二月二十二日の日記には、『都の花』の百一号に一葉の『暁月夜』が、挿絵付きで掲載されて送られてきた、とある。藤蔭による紹介文もあり、「面火照りする業なり」と書いている。ちなみに、『暁月夜』が「あけづきよ」とも読まれるのは、この雑誌に「あけつきよ」とルビが振ってあるからである。

さらに、その翌日の二十三日には、思いがけず半井桃水が、みずからの小説『胡沙吹く風』が刊行されたのを、樋口家に届けに来た。久しぶりの再会に一葉は感動した。こうして、執筆の苦しみを抱えつつも、一葉は着実に小説発表の機会を得た。また、それに先立つ、そもそもの小説修業の師であった桃水とも再会できた。一葉は、大きな困難と気懸かりを乗り越えたのである。

『暁月夜』の文体とあらすじ

『暁月夜』は、『うもれ木』と同じく『都の花』に掲載された作品で、第百一号（明治二十六年二月十九日）に一括掲載された。タイトルは、「あかつきづくよ」「あかつきづきよ」「あけづきよ」などと読まれる。ここでは、「あかつきづくよ」と読んでおく。作品は全六回からなり、「筑摩全集」で二十二頁もある。『うもれ木』よりは短いが、中編と言ってよい。

冒頭部は、香山家の立地と邸の紹介が、縁語や掛詞を豊富に使った和文脈で書かれている。「我ま丶ながら私し一生ひとり住みの願ひあり」という決意を持って、縁談を断り続ける、香山家の令嬢が紹介される。冒頭部の文体と表現の雰囲気を味わうために、ここでは表記や句読点などを一切変更せず、「筑摩全集」第一巻所収の『暁月夜』の文章のままで引用してみよう。ただし、漢字だけは新字体にしてある。

> 桜の花に梅が香とめて柳の枝にさく姿と、聞くばかりも床しきを心にくき独りずみの噂、たつ名みやび男の心を動かして、山の井のみづに浮岩る丶恋もありけり、花桜香山家ときこえしは門表の従三位よむまでもなく、同族中に其人ありと知られて、行く水のながれ清き江戸川の西べりに、和洋の家づくり美は極めねど、行く人の足を止むる庭木のさまざま、翠色したゝる松にまじりて紅葉のあるお邸と問へば、中の橋のはし板とゞろくばかり、扨も人の知るは夫のみならで、一重と呼ばるゝ令嬢の美色、姉に妹に数多き同胞をこして肩ぬひ揚げの幼なだちより、いで若紫ゆく末はと寄する心の人々も多かりしが、空しく二八の春もすぎて今歳廿のいたづら臥、何ごとぞ飽くまで優しき孝行のこゝろに似ず、父君母君が苦労の種の嫁いりの相談かけ給ふごとに、我まゝながら私し一生ひとり住みの願ひあり、（下略）
>
> 《「筑摩全集」第一巻、一三二頁による》

流れるような連綿たる和文脈で書き始められている。このように世間の噂になっている香山家の令嬢の、「その独栖の理由、我れ人ともに分らぬ処何ゆゑか探りたく」と決心したのが、森野敏という文学書生であった。ある時、人力車に乗った令嬢が自宅に帰館するのに行き逢い、姿・形はしかとは見えぬものの、ちらりと見て袖から落ちた白い手巾（はんけち）を拾い、そこに流麗な筆で西行の和歌が書かれているのを持ち帰った。下宿で、いろいろ思い巡らすうちに、何としても「独栖（ひとりずみ）」の謎を解こうと行動に移した。香山家の庭男となって、邸に住み込んだのである。その後、令嬢の弟と親しくなり、姉への手紙を託したりして、何とか交流しようとする。このあたりの趣向は、『源氏物語』空蟬（うつせみ）巻で、光源氏が、方違え（かたたがえ）で偶然に訪れた伊予（いよ）の介（すけ）の家で知った空蟬の部屋に忍び入ろうとして、空蟬の弟を文使い（ふみづかい）とする場面を取り入れているのであろう。しかも、香山家が江戸川べりに位置することも、伊予の介の邸が「中川のわたり」にあることからの発想だと思われる。

空蟬巻で、光源氏が空蟬の拒絶に遭（あ）ったように、森野敏が香山一重と結ばれないことは、容易に予想される。一重は、敏のたび重なる対面の希望に押されて、自分の誕生が両親の悲しい別離のもととなったことを語り、二人は春の夜を語り明かした。これ以後、二人は、それぞれ別の人生を歩むこととなった。以上が『暁月夜』のあらすじである。

新機軸の趣向

一葉日記を読むと、一葉がいかに苦労しながら小説を執筆していたかがわかる。その苦労は、次々に新しい趣向を織り込む困難さにあると思う。一度使った趣向を繰り返すことは、自己模倣となってしまう。けれども、複数の作品で類似性が認められるし、ある作品で使った趣向をさらに深化させて別の作品で使う場合もある。そのことが、一葉作品の蓄積につれて読者にも気づかされる。作品群を「連続読み」することの有効性は、ここにある。

『暁月夜』の場合も、「独栖（ひとりずみ）」の謎解き、邸への潜入といった趣向は新機軸と言ってもよい。現代風に言うならば「ミステリー仕立て」であって、このような一葉文学の側面は、従来、それほど注目されてこなかったように思う。けれども、半井桃水が一葉に指導した「趣向」の大切さは、「ミステリー仕立て」につながる要素がある。

実際、一葉日記を読むと、明治二十六年二月七日に、「朝日新聞」で、桃水の連載小説を読んだことが書かれており、「『雪だる摩』とて、探偵小説なりき」とある。半井桃水が探偵小説を書いて、新聞に連載しているのだった。一月三日から連載開始となり、二月八日で終結したらしい。この日記を読むと、今、「ミステリー仕立て」と書いたが、当時は「探偵小説」という意識で、桃水自身もそのような小説を書いていたし、一葉もこのような書き方があると認識していたであろう。

一重の弟が登場することも『暁月夜』の新機軸であり、その原型は『源氏物語』の空蝉巻にあるとしても、一葉自身の小説の中では、これ以後も「少年」の描写が見られるようになる。たとえば、『琴の音』『別れ道』『たけくらべ』などである。『暁月夜』には、その後の一葉文学を特徴づける「子どもの情景」への伏線が見られる。また、母娘二代にわたる人生行路の類似性も、最後の未完小説『われから』への水脈とも考えられる。

『暁月夜』の趣向にもう少し触れておくと、香山家が旧幕時代は七万石の大名で、新政府で従三位、「皇室の藩塀」たる華族の家柄という、時代の波に乗った設定も、この小説の新機軸であろう。一葉文学全体では零落する家族の話が多い印象がある。

今後取り上げてゆく作品それぞれの中で、没落や零落、そして立身出世とは、その内部に何を含んでいるのかに注目したい。没落や出世は、作品を面白くするための趣向を超え、一葉自身の生き方の反映となりうるのだろうか。このような問題意識が湧き上がってくるのも、一葉文学の「読み所」の一つだろう。

3．同人誌『文学界』への掲載とその経緯

花圃の仲立ち

明治二十五年十二月二十四日、一葉は三宅龍子（花圃）から一通の葉書を受け取った。『文学界』という雑誌の創刊にあたり、一葉にも短編を出すことを頼まれた、とのことだった。この日の日記には、「家にては、斯く、雑誌社などより頼まるる様に成りしは、もはや、一事業の基、固まりしに同じ、とて喜ばる」とあり、母や妹はたいそう喜んだ。一葉自身は、「文学と糊口と」という、奥泰資の評論を最近『早稲田文学』で読み、文学は生活のために書くのではないという考えに共感していた。そのため、母や妹の喜びように、「面、赤らむ業なり」と述べるに留め、冷静な態度である。

十二月二十六日、一葉は麹町区下二番町に、三宅夫妻の新居を訪ねた。ちなみに、花圃は十一月九日に三宅雪嶺（雄二郎）と結婚していた。初めて訪れた三宅家には、すでに志賀重昂（じゅうこう、とも）が先客として訪れており、雪嶺たちと盛んに議論していた。一葉はこの日、花圃から次のような経緯を聞いた。『文学界』は、女学雑誌社の北村透谷と星野天知の二人が創立した雑誌である。花圃は和歌欄の担当を依頼されたが、自分一人ではできかねるので、「一葉と二人ならば引き受ける」と答えたところ、星野天知は、一葉女史の『うもれ木』の「妙想に感じ居れば、是非、小説の著作を依頼したく」と言ったという。花圃からも小説の執筆を薦められたので、一葉は、「三十一日までに、との約束」をして、三宅家を辞したのであった。

しかし、あまりにも急な話で、一葉も驚いたのであろう。この日の日記は、「帰宅直ちに机に向

かひて、硯(すずり)を均(なら)せど、趣向、なかなかに浮かばず。徒(いたづら)に、今日も暮れぬ」と締め括っている。

『雪の日』完成までの経緯

一葉が『文学界』のために書いた小説『雪の日』が完成するまでの経緯は、明治二十五年十二月以降の日記から伺える。

【十二月二十九・三十日】「二十九、三十の両日、必死と著作に従事す。暁方(あかつきがた)、暫(しば)しまどろむのみにて、一意(いちい)に、三十一日までに間(ま)に合はせむとする程(ほど)、いと苦し」。「その夜(よ)、十一時まで、燈下にありしが、国子（邦子）、屢々(しばしば)、我を諫(いさ)めて、『名誉も、誉(ほま)れも、命ありてにこそ。斯(か)くまでに、脳を使ひ、心を労(らう)して、煩(わづら)ひ給はば、何(なに)とかすべき。見る目も、いと苦しきに。何卒(なにとぞ)、これは断(ことわ)りて、もはや、今宵(こよひ)は休み給へ』と繰り返し諫(いさ)む。『実(げ)に、それも道理なり』とて、筆を差し置けば、心ともに疲れて、俄(にはか)に睡(ねむ)くさへなりぬ」。

この後の日記にも、『文学界』に出す原稿のことが、しばしば書かれている。年が明けて明治二十六年一月八日に、三宅家に年始に行ったところ、花圃から、「是非とも『文学界』の創刊号に小説を出してほしい。間に合わなければ、二号からでも良い」と言われた。

【一月十七日】　花圃から、小説の催促があった。「いと、もの憂(う)し」。

【一月二十日】　この日までに、小説『雪の日』が脱稿した。

【一月二十一日】　『雪の日』を、郵便で花圃に送った。

【一月二十九日】　暁方から雪が降り、夜更けに戸を開けて庭を見ると、「ただ白銀(しろがね)の砂子(すなご)を敷きたる様(やう)に、きらきらしく」見えた。突然に、「猶(なほ)、忍(しの)び難(がた)きは、この雪の景色(けしき)なり」という思いに、胸を締(し)め付けられた。一年前の明治二十五年二月四日の雪の日、一葉は桃水を訪ね、新雑誌の企画のことを聞いた。桃水は、みずから隣家から鍋を借りて汁粉を作り、ご馳走してくれた。その日の夕方、呼んでくれた人力車に乗って大雪の中、菊坂町の家に帰宅する途中、「種々の感情、胸に迫りて、『雪の日』といふ小説一篇、編まばやの腹稿なる」と日記に書いていた。その『雪の日』を、『文学界』のために書き終えたのだった。

【二月二十六日】「萩の舎」の発会の席上、三宅花圃から、星野天知からの手紙と『文学界』第一号を受け取った。花圃から、天知が一葉のことを「つむじまがりの女史」と言ったと知らされた。

一葉は、『都の花』の藤本藤蔭や、『文学界』の星野天知などの編集者たちと交流するにつけ、半井桃水との別離を悲しく思い浮かべていた。翌二十七日の日記に、「我が雪の日を愛づるは、愛づるにはあらで、悲しむなりけり。かの火桶を挟みて、物語長閑に、手づから調理し賜はりし汁粉の昔、恋も、悟りも、かの雪の日なればぞかし」という、桃水への述懐が書かれている。

藤蔭や天知のような、世慣れた文芸雑誌の編集者の目から見れば、一葉は年若い新人作家の一人に過ぎないであろう。心から一葉の人と文学を、大切に育てて行きたいと思ってくれている人たちではないと、一葉も見抜いている。それに対して桃水は、一葉が辛い時に常に思い浮かべることのできる、心の故郷のような人物であった。桃水が愛情を持って、繰り返し小説執筆の指導をしてくれた頃のことは、一葉にとって、かけがえのない思い出だった。

三月に入ってからも、一葉の執筆生活は多忙を極めている。この頃の一葉は、『都の花』と『文学界』の両方への執筆に追われている。『都の花』も『文学界』も、どちらも三宅花圃が橋渡しをしてくれた。一葉が本格的に文壇にデビューするキーパーソンが花圃だった。

そして、三月の末になると、一葉にとって、新たなキーパーソンが現れた。それは、半井桃水のように、世代が上の「大人（うし）」と呼ぶような文学上の師匠でもなく、藤蔭や天知のような職業的な編集者でもなく、今までに出会ったことがないような、同世代の、文学を語り合える友人との出会いだった。一葉には、ここで、もう一つの新しい世界への扉が開かれた。

4．一葉の思索の深化と『文学界』

平田禿木の訪問

一葉の小説『雪の日』が掲載されたのは、『文学界』第三号（明治二十六年三月三十一日発行）だった。発行前の三月二十一日、本郷菊坂町の樋口家を一人の見知らぬ青年が訪れた。平田禿木（とくぼく）である。これ以後、『文学界』に一葉の作品が次々に掲載されるに及んで、禿木は熱心に一葉のもとを訪れ、文学談義をしたり、一葉の作品の感想を述べたりした。この同世代の青年は、今までの一葉の交友圏には見られなかった、文学を語り合える同世代の友人であった。禿木の友人たちも、一葉のもとを訪れるようになった。言わば、「一葉文学サロン」の立役者として、平田禿木が果たした役割は大きい。

平田禿木と一葉が、初対面で意気投合できたことには、理由があった。二人とも『徒然草』を愛読しており、『徒然草』の内容や著者である兼好の価値観や生き方に、共感していたのである。平田禿木との交友を中心に、一葉の執筆状況を日記の記述から辿ってみよう。

【三月二十一日】　平田禿木（喜一）、樋口家を初訪問。一葉の『雪の日』が、『文学界』第三号に掲載されることになったと伝えた。在学中の高等中学での勉学や友人に満足できず、早くに父を亡くし、憂き世のはかなさに倦（う）んで、日夜の友は『徒然草』であるという禿木の身の上話を聞いた一葉は、学業を廃さないようにと助言した。

【三月二十二日】 禿木が、『都の花』に掲載された『暁月夜』の感想文と、『文学界』第二号を送ってくる。一葉は、そのような禿木の人柄に対して、「信も深き人なりかし」と日記に書いて、好意を持った。また、彼の手紙に「禿木」という署名があったので、『文学界』第一号に掲載された『吉田兼好』という評論の筆者であったことに気づく。

【三月二十九日】 川越大火の新聞記事で、義捐金を出した人名の中に、平田の名前を見つけた。

【四月六日】 「星野君より、葉書来る。『文学界』三号に出だしたる小説（＝『雪の日』）、好評なる由。五号か六号に、執筆ありたし、と頼みなりけり」。

【四月十日】 「禿木君や訪ひ給ふと心に待ちしが、あらずして止みぬ」。

【四月二十三日】 花圃から『文学界』第三号が送られてくる。

【四月二十七日】 禿木に手紙出す。

【四月三十日】 『文学界』第四号来る。

【五月三日】 星野天知から、『文学界』第五号に、少し長い分量でもよいから、小説を書いてほしいという依頼が来る。一葉は、『都の花』の依頼もあるので、来月ならば書ける、と返事した。

散見される恋愛論

明治二十六年四月六日の日記の末尾に、十首の和歌が記されている。どれも恋歌の雰囲気が漂う。とりわけ、最後に置かれた和歌が心に残る。

桃の盛りに、人の名を思ひて

桃の花咲きてうつろふ池水の深くも君を忍ぶ頃かな

歌の上の句である「桃の花」と「池水」の部分に、「（半井）桃水」という「人の名」が隠されている。「うつろふ」は、「移ろふ」ではなく、「映ろふ」、つまり水の底に映じている、という意味であろう。このあたりから、半井桃水を慕う気持ちが、日記に散見されるようになる。

【五月二十日】「恋は尊く、浅ましく、無慚なるものなり。徒然の法師が発心の因も、文覚上人が悟道の枝折も、これに導かれて、と聞き渡るこそ尊けれ。花の散る所、月の隠るる所、何処としてか、恋無からむ」。

『徒然草』を著した兼好が悲恋ゆえに出家したという、江戸時代の兼好伝説を踏まえている。文覚上人（俗名は遠藤盛遠）は、恋する袈裟御前の命を誤って奪ってしまい、出家した。一葉もまた、半井桃水への恋情に苦しみつつ、それを文学へと昇華しようと願っている。

【五月二十七日】「故郷は、忘じ難し。はた、忘ずべからざるものなり。されど、故郷懐かしとて、ひたすらに心引かれてのみあらば、都会に出でて志す大事業の成るべきものかは。逢はで止みにし其の人の上は、喩ふるに、恋の故郷ぞかし」。

『徒然草』第百三十七段の、「男・女の情けも、偏に逢ひ見るをば言ふものかは。逢はで止みにし憂さを思ひ」とある箇所を踏まえている。一葉は、桃水への成就することのなかった恋情を大切にしつつ、その恋の思い出を胸に、文学という「大事業」を成し遂げようとしている。一葉は、この時、数えの二十二歳だった。

5.『雪の日』を読む

このようにして完成したのが、『雪の日』だった。その冒頭部を読んでみたい。表記は『文学界』第三号のままだが、読点とルビを少し加えた。

『雪の日』の書き出し

見渡すかぎり、地は銀砂（ぎんさ）を敷きて、舞ふや蝴蝶（こてふ）の羽（は）そで軽く、枯木（かれき）も春の六花（りくくわ）の眺めを、世にある人は歌にも詠（よ）み、詩にも作り、月花（つきはな）に並べて称（たた）ゆらん浦山（うらやま）しさよ。あはれ忘れがたき昔（むかし）しを思へば、降りに降る雪、くちをしく悲しく、悔（くい）の八千度（やちたび）その甲斐（かひ）もなけれど、勿体（もつたい）なや、父祖累代墳墓（みはか）の地を捨て丶、養育の恩ふかき伯母君（をばぎみ）にも背き、我（わ）が名（な）の珠（たま）に恥（はづ）かしき今日（けふ）、親は瑕（きず）なかれとこそ名（な）づけ給ひけめ、瓦（かはら）に劣（おと）る世（よ）を経（へ）よとは思（おぼ）しも置（お）かじを、そもや谷川の水おちて流（な）がれて、清からぬ身に成（な）り終りし、其（その）あやまちは幼気（おさなぎ）の、迷ひは我（わ）れか、媒（なかだち）は過（す）ぎし雪の日ぞかし。

「六花」は雪のこと。この書き出しの一段落の中に、タイトル『雪の日』の由来も、ヒロインである「珠（たま）」の半生も、すべて凝縮されている。「薄井珠（うすいたま）」は、幼くして親と死別し、伯母に養育されていた。けれども、珠は学校の教師である「桂木一郎（かつらぎいちろう）」と親しくなる。それを伯母たちから厳しく諫められる。珠は、伯母の留守を幸い、衝動的に桂木の下宿を訪れた。それがきっかけとなり、先祖代々の土地である故郷を捨て、桂木と共に出奔した。それほどまでにして結ばれた二人は、幸福な夫婦にはなれなかった。珠は、自分が故郷を捨てた媒の雪の日を、悲しく思い出すのだった。

この小説には、桃水との交際を、一葉が家族や「萩の舎」の人々から反対された体験が、背景としてある。もしも、自分が家庭や師や友人を裏切って、桃水と結ばれたとしたら、幸福になれるだろうか。一葉は、小説のヒロインの「出奔」を想定することで、自分の願いの是非を検証しているのだろう。

降りしきる雪の中、桂木の下宿を目指した時を回想する場面には、切迫した感情が流れている。

> 禍ひの神といふ者もしあらば、正しく我身さそはれしなり、此時の心何を思ひけん、善とも知らず、悪しとも知らず、唯懐かしの念に迫まられて、身は前後無差別に、免がれ出でしなり薄井の家を。

桂木を思う一念ゆえに、珠は自分を心から心配してくれている人々の家を捨てた。それを、今となっては「禍ひの神」に誘われたのだと思うのだった。一葉の日記に、「恋は尊く、浅ましく、無慙なるものなり」とあったことが思い出される。

唐突な連想かもしれないが、『源氏物語』手習巻に、浮舟が失踪した時を回想する場面がある。浮舟には、匂宮と思われる男が、「さあ、一緒に行きましょう」と誘ったように見えたが、その実態は、「物の怪」（死霊）が浮舟を騙して連れ出したのだった。

『雪の日』の末尾近くには、紫式部の「降ればかく憂さのみ増さる世を知らで荒れたる庭に積もる初雪」（『新古今和歌集』）という和歌の一節が引用されている。このことも、「禍ひの神」の背後に、『源氏物語』の浮舟の失踪があると考える理由の一つである。一葉は、自分を「浮舟」に、桃水を「匂宮」に、それぞれなぞらえて、二人が結ばれる未来を予想してみた。すると、不幸な結末しか見えてこなかった。一葉は、小説『雪の日』を書くことで、桃水への恋のゆくえを、ありありと思い浮かべることができた。けれども、それは、この時点での一つの結論であり結末であって、その後も、桃水は「心の故郷」としての存在であり続けたのである。

新しい生活へ

半井桃水が創刊し、自分の小説も三編掲載された文芸雑誌『武蔵野』は終刊を迎え、もはや一葉が小説を発表する舞台は、『都の花』や『文学界』へと移っている。けれども、それらの雑誌から原稿を依頼されても、執筆はその依頼に追いつかなかった。それほど、一葉の作品が求められていたのである。

明治二十六年六月十二日の日記には、この日、星野天知から葉書が来て、『文学界』に載せる作品の催促があった。一葉は、断っている。六月二十一日の日記には、「著作、まだ成らずして、この月も、一銭入金の目当て無し」という、痛切な記述がある。

それから間もない六月二十九日の日記には、一葉が家族と今後について話し合った結論が、記される。「この夜、一同熱議、実業に就かんことに決す」。こうして本郷菊坂町時代の幕は下り、新しい生活が始まった。

引用本文と、主な参考文献

・島内裕子「一葉の恋愛観と徒然草――初期作品を中心に」（『放送大学研究年報』第十号、平成五年三月）
・島内裕子「『桃水暦』としての一葉日記と徒然草」（『放送大学研究年報』第十一号、平成六年三月）

発展学習の手引き

『露伴全集』で『風流仏』と『一口剣』を、『鷗外全集』で『埋木』を読んで、一葉の『うもれ木』と比較してみよう。

また、『うもれ木』『暁月夜』『雪の日』を読んでみよう。一葉の文体は、古文調ではあるが、近代人が書いた文章なので、慣れてくると読みやすい。たとえて言えば、『源氏物語』よりも『徒然草』に近い。小学館の『全集　樋口一葉　第一巻　小説編一』には、この三作品の注解がある。角川書店の日本近代文学大系『樋口一葉集』には、『うもれ木』と『雪の日』の注解がある。岩波書店の新日本古典文学大系・明治編『樋口一葉集』には、『雪の日』の注解がある。これらを参照しながら読み進めると、一葉の息づかいが聞こえてくるだろう。

9　下谷龍泉寺町時代

《目標&ポイント》下谷龍泉寺町での生活を中心に、一葉の心の深まりを考察する。この時期の発表作品として『琴の音』と『花ごもり』を取り上げる。

《キーワード》下谷龍泉寺町、『文学界』、『琴の音』、『花ごもり』

1．下谷龍泉寺町転居までの道

窮迫する家計

前章までで見てきたように、一葉の小説は、まず、桃水主宰の文芸雑誌『武蔵野』に三編、「改進新聞」に小説『別れ霜』が掲載された。その後、「萩の舎」の人々から、桃水に師事することを強く批判されたので、桃水の指導を受けることは、一葉がみずから辞退した。また、野尻理作から頼まれて、「甲陽新報」に『経づくえ』を発表できた。

さらに、商業雑誌である『都の花』にも、「萩の舎」の先輩田辺花圃を通して『うもれ木』を発表できたばかりではなく、同じ花圃経由で、星野天知の同人雑誌『文学界』への道が開かれ、第三号に『雪の日』が掲載された。

このように振り返ってみると、文学者としての一葉は、むしろ恵まれた文学環境にあったとさえ言える。友人知人という身近な人々からの有形無形の支えが、途切れることなく続いていた。しかし、樋口家は経済的には好転せず、むしろ、家計の窮迫は厳しい状態になった。

そのあたりの家計の事情は、日記からも窺い知れる。明治二十六年七月一日から十四日までの日記（「につ記」）は、まだ本郷菊坂町に住んでいる時期である。この二週間の日記には、一葉たちが店を開くに至る経緯と、一葉自身の人生観や商業観、そして何よりも文学観が明確に書かれている。

最初に、明治二十六年七月の日記帖の冒頭に書かれている文章を読んでみよう。

かなりの長文であるが、その文体には張りがあり、おそらく、それまでの日々に心に浮かんでは渦巻いていた考えを、一気呵成に文章にしたのであろう。途中で裁ちきれないほどに緊密な、言葉の連なりである。

> 人、恒の産無ければ、恒の心無し。手を懐にして、月・花に憧れぬとも、塩酢無くして、天寿を終へらるべきものならず。かつや、文学は、糊口のために成すべき物ならず。思ひの馳するまま、心の趣くままにこそ、筆は取らめ。いでや、これより糊口的文学の道を変へて、浮世を十露盤の玉の汗に、商ひといふ事、始めばや。もとより、桜かざして遊びたる大宮人の円居などは、昨日の春の夢と忘れて、志賀の都の古りにし事を言はず、さざ波ならぬ波銭、小銭、厘が毛なる利を、求めむとす。さればとて、三井・三菱が豪奢も願はず、さして浮世に拗ね者の名を取らむとにもあらず。母子草の母と子と、三人の口を濡らせば、事無し。暇

あらば、月も見む。花も見む。興、来らば、歌も詠まむ。文も作らむ。小説も著さむ。唯、読者の好みに従ひて、「この度は、心中物を作り給はれ。歌詠む人の、優美なるが良し。涙に過ぎたるは、人喜ばず。纖巧なるは、今、流行らず。幽玄なるは、世に分からず。歴史のあるものが、良し。政治の肩書あるが、良し。探偵小説、すこぶる良し。この中にて」などと欲気なき本屋の、作者に迫る由。身にまだ覚え少なけれど、煩さは、これに止めを刺すべし。さる範囲の外に逃れて、せめては、文字の上にだけも、義務少なき身とならばや、とてなむ。されども、生まれ出でて二十年余り、向かう三軒両隣の付き合ひに慣らはず、湯屋に小桶の御挨拶も、大方は知らず顔して済ましける身の、「お暑う、お寒う」、負け・引けの駆け引き、問屋の買ひ出し、買ひ手の気受け、思へば難かしき物なりけり。ましてや、元手は糸芯の、いと細くなるから、何と楢柴、椎の葉の困つたことなり。されど、浮世は、棚の達磨様、寝るも起きるも、我が手にはあらず。「造化の伯父様、どうなと、し給へ」とて。

とにかくに越えてを見まし空蟬の世渡る橋や夢の浮橋

《「筑摩全集」第三巻（上）、二八九～二九〇頁による》

これは、これ以後の日記の序文とも言うべき、ひとまとまりの文章の全文である。これまでの「筆」を、これからは「十露盤」に持ち替えて「商い」を始めるという決意が、縁語・掛詞といった、王朝和歌の技法を用いつつ、軽快な散文の文体に載せて、先へ先へと文章が疾走する。爽快とさえ言える文体は、生活を大転換して、人生を打開しようとする意気込みに溢れている。「十露盤の玉」と「玉の汗」、「志賀のさざ波」ならぬ「波銭、小銭」、「糸芯の、いと細く」、「何と楢柴、椎の葉の」などの語調が、リズミカルである。と同時に、一葉の文学観や人生観も簡潔明瞭に書かれている。
「文学は、糊口のために成すべき物ならず。思ひの馳するまま、心の趣くままにこそ、筆は取らめ」、「浮世に拗ね者の名を取らむとにもあらず」、「せめては、文字の上にだけも、義務少なき身とならばや」という言葉には、一葉の痛切な思いが吐露されている。
　さらに、もう一つ重要なのは、「欲気なき」出版界からの要望が、端的に示されていることで、「欲気なき」は、一葉の皮肉である。曰く、心中物。曰く、歌人の優美な世界。曰く、悲しすぎない話。技巧繊細に過ぎる話は流行らない。幽玄は、世間の人々には理解されない。歴史や政治もの、探偵小説なら一番良い、これらの中からどうぞご自由になどと言われても、そのような要望通りに小説を書くことはできないと、一葉ははっきりと自分の立場を表明している。だからこそ、「実業」に就こうとするのだ。何はともあれ、世渡りの橋を越えてみよう、たとえこの世が空蟬のように儚く、そこに架かる橋が「夢の浮橋」だとしても。一葉は、現実世界をこのように認識した証しとして、「空蟬」と「夢の浮橋」という『源氏物語』の巻の名前を二つも織り込んだ歌を、末尾に書き添えずにはいられなかったのだろう。

菊坂町時代の最後の日々

　この長い序文に続く、菊坂町時代の最後の日々を眺望し、一葉の心の言葉に耳を傾けたい。

【七月一日】　来訪した同郷の芦沢芳太郎に、商いの資金を借りる手紙を書くように頼む。

【七月二日】　芳太郎の異母兄芦沢（広瀬）伊三郎、浅草で商売をする家探しのため来訪。

【七月三日】伊三郎の家探しに一葉の母も同道し、浅草田原町に気に入った家を見つける。
【七月四日】父遺愛の書画類を預けて、商いを始める資金を借りようとするが、折り合わず。
【七月五日】「恋は」という題で、『枕草子』の列挙章段のスタイルで恋愛の諸相を記す。
【七月十日】衣類を売り尽くして、資金を捻出する。一葉の「萩の舎」用の着物も売る。

一葉たちが商いを決心した折も折、旧知の広瀬伊三郎が、浅草で商売をするために上京し、菊坂町を訪れたというのは、偶然の出来事であったと思われる。けれども、伊三郎が浅草田原町で商売を始めたことは、一葉たちが、田原町からも近い龍泉寺町に転居して、荒物店を開業することにつながったのであろう。衣類の売却は、「萩の舎」の稽古や歌会に出席しない決意の表れであり、新しい生活への急速な気持ちの傾斜が窺われる。しかし、そのような時期に、まるで恋歌の歌題のような、忍ぶ恋や相思相愛など、恋の種々相を列挙しているところに、一葉の心の深層が垣間見られる。しかも、そこでは恋を「いと浅し」と否定するなど、一葉が恋というものと向かい合って、「恋」の実体を見出そうとしている姿を反映している。

七月十二日の日記には、人生と向き合って、「十八といふ歳、父に後れけるより、渚の小舟、波に漂ひ初めて、覚束無き世を倦み渡ること、四年余りになりぬ」、「実に、斯かるこそ、浮世なりけれと、昨日今日ぞ、漸う思ひ知らるる。是非の目印あらざらむ世に、猶、漂ふ身ぞかし。寄せ返る波は、高し。我が身は、か弱し。折々には、巻き去られむとするこそ、悲しけれ」という感懐を記している。一葉の心からの思いであろう。

小野小町の「海人の住む浦漕ぐ舟の楫を無み世を倦み渡る我ぞ悲しき」（「倦み」と「海」の掛

詞）を踏まえるだけでなく、寄る辺なく漂う「浮舟」＝「一葉舟」のような我が身を、しっかりと見据えている。

2．下谷龍泉寺町での暮らし

「塵之中」へ

一葉たち一家が、下谷区下谷龍泉寺町に転居したのは、明治二十六年七月二十日だった。十七日に、母と二人で下谷あたりを探し、龍泉寺町に気に入った家を見つけた。十八日には、「よろづ好都合に、収まりたり」ということで、転居が決まった。

七月十五日からの日記は、「塵之中」と題されている。二十日の日記には、「薄曇り。家は、十時といふに、引き払ひぬ。この程のこと、すべて書き続くべきにあらず」と書いただけだった。ただし、一行空けて、次のように龍泉寺町の家の立地や周囲の様子を描写している。それに続けて、半井桃水への胸の内を、ふと書き綴っていることにも注目したい。

> この家は、下谷より吉原通ひの、唯一筋道にて、夕方より轟く車の音、飛び違ふ燈火の光、喩へむに言葉無し。行く車は、午前一時までも絶えず。帰る車は、三時より響き始めぬ。もの深き本郷の静かなる宿より移りて、ここに初めて寝ぬる夜の心地、まだ生まれ出でて覚え無かりき。家は、長屋建てなれば、壁一重には、人力引く男ども、住むめり。（中略）井戸は、良き水なれども、深し。何事も慣れなば、斯く、心細くのみあるべきならず。（中略）ただ、斯く、落ち放れ行きての末に、浮かぶ瀬無くして、朽ちも終はらば、終の世に、かの君に

面を合はする時も無く、忘られて、忘られ果てて、我が恋は、行く雲の上の空に消ゆべし。
（下略）　　《「筑摩全集」第三巻（上）、三〇三～三〇四頁による》

下谷龍泉寺町での暮らしが、こうして始まった。その二日後の日記には、「二十二日　晴れ。今日は、土曜日なり。小石川の稽古日、いかならむ、と思ひ遣らる」という記述もある。一葉にとっての桃水と「萩の舎」は、疎遠にならざるを得なかったとしても、心のよりどころであり、いつの日にか再び、という思いはあったであろう。

龍泉寺町の日々

商いを始めるにあたり、下谷区役所からの「菓子小売り」の鑑札を受ける手続きと並行して、開店の準備に忙しい日々が続いた。日本橋で商売をしている父親の時代からの知り合いに、店に置く品物を見繕うべく、問屋に連れて行ってもらった。品物を整えるための資金も新たに必要で、苦しい金策に追われながらの毎日であった。それでもようやく、八月六日に、店を開くことができた。七月二十日に転居してから、二週間余り経っていた。日記には、「向かひの家にて、直ちに買ひに来るも、なかなかに、をかしきものなり」と書いている。

一葉たちが開いた店については、荒物屋、雑貨店、駄菓子屋など、いろいろな呼び名があるが、荒物に対して「小間物」と総称される糸や針なども置いていた。櫛や髪飾り、紅や匂袋なども扱ったようだ。それらは、どこからか運ばれてくる物ではなく、一葉と邦子の姉妹が買い出しに行き、背負って持ち帰り、店に並べるのである。紙類、蠟燭、石鹸、豆や煎餅などの菓子類、紙風船、めんこ、おもちゃなど、それぞれの品を買い出しに、神田や小石川など、あちこちの店に行っている。菓子やおもちゃ類は、邦子の友人の北川秀子の父から、問屋を紹介してもらっている。

商売に少しずつ慣れてくると、店は邦子に任せて、一葉は買い出しにでかける、という分業体制になり、商いも順調だったようだ。十月九日の日記には、次のようなことも書かれている。龍泉寺町に引っ越してから、早や三箇月近くが経っている。

> 自づからに任せて商ふものから、店を預かる邦子に、運といふ物の有ればなるべし。我は、何事も打ち任せて、さるべき処々へ、買ひ出しといふ事に行く外は、勘定も工夫も知らず。ただ、二間なる家の奥に籠もりて、書を読み、文を作る。店は、二厘・三厘の客、群がり寄りて、「ここへも」「かしこへも」と呼ばはる声、蟬の鳴き立つにも喩へつべし。障子一重なる我が部屋は、和漢の聖賢、文墨の士、来り集まつて、仙境をなす。虀中に清風を生じ、清風、自づから虀中に通ず。我が浮草之舎も、また、一奇ぞかし。
>
> 《「筑摩全集」第三巻（上）、三二九～三三〇頁による》

ここには、塵の中にあってなお、自らの世界を持ち、「見ぬ世の人を友とする」という『徒然草』第十三段にも通じるような、心の充実を描いている。このような生活を「浮草之舎」と名付けているのも、風雅な萩が植えられて美しい小石川の歌塾「萩の舎」が別天地であったように、浮草暮らしの生活とは言え、書物の中に一時の仙境を見出す点で、ここもまた別天地たり得る。

「浮草之舎」とは、不安定な生活を嘆く命名ではないだろう。聖賢文人たちが、何人もここを訪れてくれるのであって、一葉は、書物の中に逃避しているわけではない。一葉の闊達な精神の表れとして、この記述を読みたい。

3．再び執筆への道を求めて

平田禿木との再会

明治二十六年十月に入ってから、一葉は再び、図書館通いを始めている。そのような中、『文学界』の平田禿木が、初めて龍泉寺町を訪ねてきた。十月二十五日の日記に、「七月以来、初めて文海の客に逢ふ。いと嬉し」と書いている。禿木は『文学界』第十一号に、ぜひ寄稿してほしいと頼みに来たのだった。その後、程なく、三十一日には、『文学界』最新号である第十号が、第五号以来の分も合わせて、送られてきた。

このような『文学界』側からの積極的な働きかけに応じて、一葉も、再び執筆生活に入った。十一月の日記から、文学関係の主な記述を抽出してみよう。

【十一月四日】「図書館に、書物見る。本日、平田君より書状来る」。この「書状」には、十月の龍泉寺町訪問のお礼と、自分は日暮里の妙隆寺に下宿しているので、図書館の帰りにでも立ち寄ってほしいこと、および今月の寄稿だけでなく、『文学界』の作品掲載を拡張したいので、その次の第十二号にも引き続き寄稿を願いたい、などと書かれていた。この「書状」は、『樋口一葉来簡集』によると、葉書である。禿木は、「久々にて拝眉を得、誠にうれしく御もの語り致し候。何も遠慮を知らず、思ひし事ども言ひ捨て候へば、御許し下されたく候」と書いており、一葉との遠慮のない楽しい語らいが窺われる。

【十一月六日】「図書館に行く。本日より十二日まで、虫干しのため、閉館の由。止むを得ず、帰る。今日も、買ひ出し多し」。つい昨日までは開館していたのだから、さぞ残念だったであろう。店に置く商品の仕入れが多かったのは、売れて品薄になったことを示している。

【十一月十五日】「師の君を、小石川に訪ふ。七月の十九日に別れけるより、今日を初めてなり」。「思ひ迫りては、涙さへさしぐみて、頓には言葉も出でず」と日記に書いている。その一方で、中島歌子が生活の安心のために「金剛石」がほしいと語ったことに対して、一葉は、心の中の金剛石をこそ磨くべきであろう、と批判している。そうかと思えば、かつては「萩の舎」の後継者に目されたことなども追懐し、そこからさらに半井桃水への悲恋も述懐して、「苦中の奥が、即ち、楽なり」と結論付けた。

【十一月十六日】「雨　図書館に行く」。

【十一月十八日】「晴　禿木子、来訪。文界の事につきて、話多し」。

【十一月十九日】「文学界に出だすべきものも、いまだ纏まらざる上に、昨日今日は、商用、いと忙しく、煩はしさ耐へ難し」。

【十一月二十三日】「星野子より、文学界の投稿、促し来る。いまだ纏まらずして、今宵は、夜すがら起き居たり」。

小説執筆の苦労

『文学界』に出す原稿は捗らなかった。平田禿木だけでなく、『文学界』の編集長である星野天知からも、原稿の催促が来るようになった。翌日と翌々日の日記には、その苦しい状態が、リアルに記されている。少し長くなるが、この二日間の日記の全文を「連続読み」してみよう。用字や句読点は、わかりやすくしてある。小説家樋口一葉の真実が、ここにある。

【十一月二十四日】　終日、努めて猶、成らず。又、夜と共にす。女子の脳は、いと弱きものかな。二日二夜が程、つゆ眠らざりけるに、眼は、いとも冴えて、気は、いよいよ澄み行くものから、筆執りて何事を書かむ。思ふ事は、ただ、雲の中を分くる様に、奇しう、一つ処をのみ行き帰るよ。「いかで、明くるまでに綴り終はらばや。これ、成らずんば、死すとも止めじ」と、ただ、案じに案ず。斯くて、二更の鐘の声も聞こえぬ。気は、いよいよ澄み行きぬ。差し入る月の影は、霜に煙りて、朦々朧々たる気色、真に、深夜の風情、身に迫りて、眼は、いとど冴えゆきぬ。斯くても、文辞は筆にのぼらず。とかくして、一番鶏の声も聞こえぬ。大路行く車の音、聞こえ初めぬ。心は、いよいよ忙しく成りて、あれより、これに移り、これより、あれに移り、筆は、更に動かむともせず。かくて、明け行く夜半も著く、向かひなる家、隣などにて、戸開くる音、水汲むなど、聞こえ初むるままに、ただ、雲の中に引き入るる如くなりて、寝るともなく、暫し、臥したり。

【十一月二十五日】　晴れ。霜、いと深き朝にて、ふと見れば、初雪降りたる様なり。眠りけるは、一時ばかりなりけむ。今朝は、また、金杉に、菓子卸しに行く。寒さ、物に似ざりき。暫しにても、魂を休めたれば、今日は筆の安らかに取られて、午前の内に、清書も終はりぬ。郵書に成して、星野子に送りしは、一時頃なりしか。

《「筑摩全集」第三巻（上）、三四三〜三四四頁による》

この二日間の日記を読むと、一葉が小説『琴の音(ね)』の執筆に、いかに苦労していたかが伝わってくる。明け方まで筆が進まず、いつの間にか眠りに落ちて目覚めると、まるで初雪が降ったかのように霜が降(お)りていた、という情景は印象的である。一晩寝て、午前中に店で売る菓子の買い出しに行き、帰宅するとすらすら筆が進んで清書して、それを午後一時には星野天知に郵送した。

一葉はどれほど辛く絶望的な状況に立ち至っても、一日後には、状況を好転させるような反転力を持っている。「暫(しば)しにても、魂(たましひ)を休(やす)めたればにや」という一言も、状況把握の正確さを示す。

以上、『琴の音』完成までの日記を辿った。最初の依頼が十月二十五日だったので、ちょうど一箇月間で、短編小説を一編完成させたことになる。

明治二十六年の年末まで、さらに日記の概観を続けよう。

批評精神の活性化

十一月二十七日と二十九日に、星野天知と平田禿木から相次いで、『琴の音』の原稿を受け取った旨の手紙が来た。天知は世慣れた書きぶり、禿木はまだ若く柔らかく愛敬があると、一葉は、二人のそれぞれの個性を対比している。

十二月一日に、『文学界』第十一号が送られてきた。一葉の『琴の音』は、掲載に間に合わなかったが、掲載されている三宅花圃の人物略伝『山(やま)の井勾当(いこうとう)』と、馬場孤蝶(ばばこちょう)の長篇詩『酒匂川(さかわがわ)』を論評している。花圃は「文辞、いたく老成」して「調(ととの)ひ行(ゆ)きぬ」、孤蝶は「浄瑠璃に似て、散文体にもあり。今一息(いまひといき)と見えたり」と評した。「萩の舎」時代の難陳歌合(なんちんうたあわせ)における一葉の判詞(はんし)を彷彿させる。花圃の文章は琴の名人の晩年、孤蝶の詩は青年と少女の悲恋を描く。

この作品評の後に、行を改めて、文学論を書いている。これは、孤蝶の七五調の長詩を、「今一息」と評したことから、おのずと展開してきた文学論である。一葉は当時の韻文の潮流を、「短か歌」、すなわち「短歌」（和歌）と、「新体」（新体詩）とに分類し、両者を比較する。新体詩を若い人が作ると、「好みに偏り、数寄に偏して、奇しう、異様の物」になる。かと言って、汽車汽船の時代に、「牛車」のままというわけにもゆくまい、と自分の考えを述べている。「いかで、天地の自然を基として、変化の理に従ひ、風雲の捉へ難き、人事のさまざまなる、三寸の筆の上に呼び出だしてしがな」という願いは、近代文学をどのような言葉と文体で書いたらよいか、という思索である。古典和歌と古典物語に親しんできた一葉ならではの、苦悩である。

その苦悩の告白は、『琴の音』の執筆に難渋してきた自分自身の文学意識を解説する「自注」となっている。

このような意識の高まりは、翌日の十二月二日にも続いている。そこでは、「当世の有様を思へば、哀れ、如何様に成りて、如何様に成らむとすらむ」という、政治や社会のあり方への危機感が表明されている。「斯かる世に生まれ合はせたる身の、する事無しに終はらむやは。成すべき道を尋ねて、成すべき道を行なはむのみ」と書いている。これらの文学論や社会論は、『文学界』から寄稿を求められ、執筆に苦労しながらも小説を完成させた体験から浮上してきたものであった。

年末年始の暮らしと小説の執筆

明治二十六年の暮れも押し詰まった二十七日に、星野天知から、『琴の音』の原稿料を明日送るという葉書が来た。二十八日の日記に、「金一円半、送り来る。『文学界』十二号に出だしたる『琴の音』の原稿料なり」とある。「三十日、餅をつく。金一円」。「三十一日、商ひ多し、二時まで起き居る」。こうして、龍泉寺町での新しい生活も、大晦日を迎えることができた。

ちなみに、一葉は一年前の同じ日に、金港堂から『都の花』に掲載した『暁月夜』の原稿料を受け取っていた。その時は、三十八枚で十一円四十銭、四百字あたり三十銭の原稿料だった。『琴の音』の原稿料が一円五十銭なのは、かなり少ないように思われる。『文学界』第十二号の復刻版を見てみると、『琴の音』は二段組みで、十二ページから始まって十五ページの上段まで、四百字詰めで約七枚半になる。したがって、『文学界』における一葉の原稿料は、四百字あたり二十銭だったのではないだろうか。『文学界』は同人雑誌で、原則として原稿料は出さなかったようだ。商業雑誌の『都の花』と比べると、一枚当たりの原稿料は少ないが、『文学界』としては一葉に原稿料を支払うという約束を守った。

相次ぐ『文学界』からの寄稿要請

明治二十六年の十一月二十五日に『琴の音』を完成させて、『文学界』の第十二号に掲載されて以来、少しの間は執筆を休める時間が取れたであろうか。しかし、年が明けて、早くも明治二十七年一月十日、平田禿木からの葉書に、「今月の双紙へも、ぜひとも何か御寄せ下されたく、廿日頃までに、御送りを願ひ候」、「なほ、古藤庵島崎事（こと）、唯今（ただいま）、三ノ輪（みのわ）なる家に、これ在り。近ければ、御伺（うかが）ひ申し上げたき様（やう）、申しをり候。よろしく願ひ上げ候」と書かれている。「古藤庵島崎」とは島崎藤村で、初めてその名前が出てくる。結局、龍泉寺町時代に、藤村は訪ねて来なかった。島崎藤村は、平田禿木や馬場孤蝶たちと同様、『文学界』の創立メンバーで、藤村はほとんど毎号に作品を出していた。

一月十三日に、星野天知が初めて龍泉寺町を来訪した。初対面の印象は、「いと物慣（ものな）れ顔（がほ）に、慣（な）れ易（やす）げの人なり」と書いている。ただし、「物語、多かりしが、さのみはとて」と、この日の日記を結んでいる。禿木との初対面の時と比べると、淡々としている。禿木（一八七三生まれ）は、一葉（一八七二年生まれ）と同世代だが、天知（一八六二年生まれ）は十歳年上であった。ちなみに、半井桃水（一八六〇年生まれ）と天知は同世代だった。

禿木からは一月十五日に葉書が来て、「昨日は星野様と盛（さか）んなる御もの語り、これあり候（さうら）ふ由（よし）。近きに、御伺ひ申し上げたく存じをり候」と書いてあり、一月二十日に禿木は来訪した。一葉の日記に、「午後、平田君来訪。『文学界』寄稿のこと、尋ねになり」と書かれている。その後に、「露伴子作『五重塔』」とだけ書かれているのは、禿木との談話の中で、このことが話題になったということだろうか。禿木は、『文学界』への原稿依頼や催促などの手紙を寄越すだけでなく、しばしば一葉の家を訪ねて、文学談義をしている。

二月十七日には、禿木と天知のそれぞれから、『文学界』への催促があった。「十八日十九日　執筆、忙し。小説『花ごもり』、四回分、二十枚ばかり成（な）る」、「二十日　清書（きよがき）。午後、平田君に向け、出（い）だす」とある。〆切りに間に合い、『文学界』第十四号（二月二十八日）に掲載された。

この後、『花ごもり』は、三月二十三日までに後半部が完成して、『文学界』第十六号（四月三十日）に掲載された。

4．『琴の音』と『花ごもり』の新機軸

『琴の音』のあらすじと趣向

『文学界』の第十二号に掲載された『琴の音（ね）』は、上・下の二節から成る小説で、分量としては、四百字詰め原稿用紙で七枚半ほどの短編で、『雪の日』とほぼ同じ長さである。『雪の日』が節に分

けずに一続きで書かれているのに対して、『琴の音』は「上」で、渡辺金吾（わたなべきんご）少年の生い立ちと現在を書く。「下」では、下谷根岸に独栖（ひとりずみ）する琴の名手、森江しづ（「お静」）の暮らしぶりと人生観を書く。この二人は、作品の最後まで、ついに面晤（めんご）の機会はなく、末尾の場面で、金吾少年がお静の琴の音に心が洗われて、それまでの拗（ねじ）け心から脱皮する、というのが全体のストーリーである。ただし、「下」の冒頭でお静の家の近くを徘徊している者がいるらしいという噂を出し、お静も夜などに、物の気配を感じることがあると、短く言及し、謎めいた書き方である。

『琴の音』は、不幸な生い立ちの少年が、美しい音楽を聴（き）いて深く感動し、浄化されるという、「音楽小説」、あるいは「芸術小説」と言ってよい。作品としては、前半の金吾少年の生い立ちにかかわる両親の生き方と、社会の荒波を正面から描いた点に、それまでの一葉小説になかった構想が見られる。このような構想は、その後の一葉小説で、とりわけ『わかれ道』における少年と若い女性の関係性とその破綻という、さらに踏み込んだ展開になってゆく。

「独栖（ひとりずみ）」のお静の経歴は、『琴の音』では、ほとんど語られていないが、これ以前の『経づくえ』や『暁月夜』などに見られた、自分が思い定めた道を生きる女性、という人物造型である。このような女性の描き方の型が破られるのが、次章で取り上げる『やみ夜』である。

『花ごもり』のあらすじと趣向

『花ごもり』は、『文学界』第十四号（明治二十七年二月）と第十六号（同年四月）に掲載された一葉の小説である。瀬川与之助（せがわよのすけ）は、両親を早くに失った従妹（いとこ）の「お新（しん）」と一つ屋根の下で暮らし、互いに「兄」と「妹」のように親しんでいる。与之助の母親の「お近（ちか）」は、二人の相思相愛に気づき、できることならば添い遂げさせたいとは思うけれども、それより息子に青雲の志を遂げさせ、立身出世させたいという気持ちが強い。そして、地位と財力のある田原(たはら)家の令嬢と与之助の縁談をまとめようとする。

お新を愛する与之助は、田原家との縁談を断ろうとして、仲人(なこうど)の「お辰(たつ)」を訪ねるが、成り行きで田原家の娘のお広と結婚することになった。与之助と結婚できなかったお新は、画家の黒沢夫婦が郷里の甲斐（山梨）に戻るのに同行して、東京を離れるのだった。

『花ごもり』は与之助とお新の二人を紹介する際に、「筒井筒(つつゐづつ)の昔」、「振分髪(ふりわけがみ)」などという言葉を用いており、『伊勢物語』第二十三段を彷彿させる。一葉の代表作の『たけくらべ』も、幼(おさな)なじみの少年少女を描いており、『伊勢物語』第二十三段との影響関係が、つとに指摘されている。ただし、ここでは、『花ごもり』の発想基盤として、『伊勢物語』第四十段に注目したい。

この段は、古来、さまざまに解釈されてきた。現在では、「男が自分の家に仕(つか)えている女性を好ましく思い、いつしか愛し合うようになった。それを男の母親が引き裂こうとして、その女性を家から追い出した」と解釈されている。けれども、『伊勢物語』の本文は簡潔であるので、さまざまな読み方が可能である。一説では、「叔父(おじ)と姪(めい)が、兄と妹であるかのように養育され、いつしか本当の愛情が芽生えた。それを心配した母親が引き裂こうとする」という読み方がある（『和歌知顕集(わかちけんしゅう)』の解釈）。これなどは、『花ごもり』のストーリーと類似する。『伊勢物語』第四十段で、幼なじみの男女を引き裂いた「賢(さか)しら」な母心については、「猶(なほ)、思ひてこそ言ひしか」とある。つまり、母は、子どもの将来を思って、別れるように迫ったのである。『花ごもり』でも、お近が息子の立身出世を、彼の最高の幸福と信じて、縁談を進めた。王朝物語と近代小説。二つの作品の構造には普遍性がある。

『花ごもり』の新しさ

それでは、『花ごもり』の新しさは、どこにあるのだろうか。明治の時代を生きる一葉が生み出した『花ごもり』の人物造型に、注目しよう。お近は、「寄る辺なくして波に漂ふ苦しさは、いかばかりぞ」という現実認識を持っている。現在、自分たちが置かれている不如意な状況は、どんなにあがいても簡単には打破できない。この過酷なまでの現実認識が、お近の行動指針である。一葉は、お近を、決して「賢しら」などとは思っていない。寄る辺なく漂う苦しさにもがく人間の、心の闇を見据えた人物造型である。

お新の心理描写にも、注目したい。そこにも、一葉の新機軸がある。黒沢家に奉公して、山梨に去ろうとする彼女の真意を探る与之助に向かって、お新は、「うき世といふ物の力は、いかほどの物やら目には見えねど」、「愁き時は愁きことの来りぬと思ひ、嬉しき時は、嬉しき時と思ふ。その外には、何ともされぬでは御座りませぬか」と答える。お新は、「寄る辺なくして、波に漂ふ苦しさ」を我が身に引き受け、苦しみながらも懸命に明治の日本社会を生き抜こうとしている。一葉は、そこに自分と同時代の女性の主体的な生き方を示したのである。

引用本文と、主な参考文献

・「筑摩全集」第一巻。
・新日本古典文学大系・明治編『樋口一葉集』（菅聡子・関礼子校注、岩波書店、二〇〇一年）。

発展学習の手引き

『花ごもり』（一八九四年）と、二葉亭四迷（ふたばていしめい）の『浮雲（うきぐも）』（一八八七〜八九年）とは、類似する側面がある。この二作を読みながら、近代日本における男性の苦悩と、女性の苦悩とを比べてみよう。

第六章以来、取り上げてきた一葉の小説の数も、十編となった。それぞれが独立した短編であり、同じ登場人物が、異なる作品に登場することはない。それに対して、森鷗外の短編小説には「五條秀麿」という同一人物が登場する複数の短編、たとえば、『かのように』や『藤棚』などがある。一葉の場合は、登場人物の家庭環境や人生観、価値観などに注目すると、人物名は異なっていても、共通性が見られる作品があるように思われる。今後、作品を読む際に、人物造型の類似性の有無という点に注目してみよう。

今回取り上げた『琴の音』も『花ごもり』も、それぞれが、今後の作品の中に、響き合うものを持っている。また、誰にも似ていない登場人物が描かれているとすれば、そこに一葉の創作の転換点を見ることができよう。

10 本郷丸山福山町時代の文学開花

《目標&ポイント》 明治二十七年五月に本郷丸山福山町に転居した一葉は、『文学界』に『やみ夜』と『大つごもり』を発表した。明治二十八年一月からは、新聞紙上に小説や随筆を発表するなど、次々と作品が掲載されてゆく。その経緯を辿る。

《キーワード》「水の上」日記、『やみ夜』、『大つごもり』、『軒もる月』、『うつせみ』

1. 再び本郷へ

下谷龍泉寺町から本郷丸山福山町へ

前章では、明治二十七年二月二十日に『花ごもり』の四回分までを仕上げて、『文学界』の編集を手伝っていた平田禿木に郵送したところまでを取り上げた。この日以降、本郷丸山福山町(ほんごうまるやまふくやまちょう)に転居するまでの日々を、日記の記述から概観したい。

この間の最大の出来事は、下谷龍泉寺町で開業した荒物店を切り上げ、明治二十七年五月一日から、再び本郷での母子三人暮らしが始まったことである。その転居を促した諸事情は、日記の記述から窺われる。日記には、商売が振るわないという記述はほとんど書かれておらず、ある程度商売は順調であったかと思われる。けれども、親類縁者や友人から借金せざるを得ない生活であることは、龍泉寺町に転居する以前と変わらなかった。商売を始めたことが、家計を好転させるには至らなかった、というのが現実であろう。

　そのような中で、一葉は現状を打開すべく、一面識もなかった天啓顕真術会（てんけいけんしんじゅつかい）の久佐賀義孝（くさがよしたか）を訪ねて、人生指南を求めたりした。当時、久佐賀は本郷真砂町（まさごちょう）に本部を置いて、占いや相場の指南などで人気を博していた。二月二十三日から始まる久佐賀とのやり取りは、手紙や訪問などにより、明治二十八年五月頃まで何度か続いたが、経済的な援助は実現しなかった。

　さて、明治二十七年の二月から三月にかけての時点に戻ると、一葉は、「萩の舎」の親しい友人である田中みの子を訪ねて、中島歌子の指導者としての求心力の低下などを論じ合った。二月二十七日には、「いかで、万障（ばんしやう）を擲（なげう）ちて、歌道に心を尽くし給はずや」と、田中みの子を励ますうちに、一葉自身も和歌の世界に力点を置きたいと思い始めた。後に、中島歌子からも「萩の舎」の助教として、月に二円の報酬で手伝いに来てほしいと頼まれ、四月から歌の稽古や古典を教えることになった。

　また、この頃、思いがけず、旧知の山下直一が急死し（三月十一日）、一葉は同世代の青年の死に直面して、衝撃を受けた。その翌日の三月十二日には、馬場孤蝶（こちょう）が平田禿木に連れられて、初めて一葉と対面した。逝（ゆ）く人、来る人。別れと出会いが隣接するのも、浮世の現実である。三月十四日から始まる「塵之中日記（ちりのなかにっき）」に、一葉は次のような言葉を書き留めている。

　日々に移りゆく心の哀（あは）れ、いつの時にか真（まこと）の悟りを得て、古潭（こたん）の水の月を浮かべる如（ごと）ならむとすらむ。愚かなる心の慣らひ、時に順ひ、事に移りて、悲しきは一筋に悲しく、をかしきは一筋にをかしく、来し方を忘れ、行末をも思はで、身を振る舞ふらむこそ、うたても有りけれ。心は、徒に雲井にまで昇りて、思ふ事は清く、潔く、人は恐るらむ死といふ事をも、唯、風の前の塵と明らめて、山桜散るを理と思へば、嵐も、さまで恐ろしからず。唯、この死といふ事をかけて、浮世を月・花に送らむとす。

《「筑摩全集」第三巻（上）、三七二頁による》

このように達観した人生観を、一葉は、日々の体験の中から明確化していった。「塵中につき」の冒頭部に、「いで、さらば、分厘の争ひに、この一身を繋がるるべからず。去就は、風の前の塵に等し。心を痛むることかはと、この商ひの店を閉ぢむとす」と書いた。母と邦子も、店を閉じることに賛成した。明治二十七年三月末頃のことである。

この一葉の決心は唐突にも見えるが、日記を「連続読み」してくると、一葉の心の変化が一続きのものとして理解できる。

本郷への転居

四月に入ってから、転居費用の工面もつき、転居先も決まった。「いよいよ、転居の事、定まる。家は、本郷の丸山福山町とて、阿部邸の山に沿ひて、細やかなる池の上に建てたるが、有りけり。守喜と言ひし鰻屋の離れ座敷なりしとて、さのみ古くもあらず。家賃は、月三円也。高けれども、此処と定む」と、日記に書いた。この後に、付け足しのようにして、「店を売りて、引き移る程のくだくだしき、思ひ出だすも煩はしく、心憂き事、多ければ、え書かぬなり」という、率直な吐露を書いている。

「五月一日　小雨なりしかど、転宅。手伝ひは、伊三郎を呼ぶ」とあり、ここに下谷龍泉寺町時代は閉じられた。この後の一葉日記は、途中、空白期は何度かあるが、「水の上」日記と総称され、一葉が亡くなる四箇月前まで書かれることになる。

2．本郷での再出発と、『やみ夜』『大つごもり』の執筆

『文学界』と新聞という、二つの舞台

下谷龍泉寺町時代に、一葉が発表した作品は、『文学界』に掲載された『雪の日』と『琴の音』の二作の短編小説であった。本郷丸山福山町に転居してから明治二十七年の年末までには、『文学界』に『やみ夜（よ）』と『大（おお）つごもり』が掲載された。年が明けた明治二十八年の一月からは、『たけくらべ』の断続的連載が『文学界』誌上で一年間続く。

『たけくらべ』の断続的連載と並行する時期には、『文学界』以外への作品掲載も相次ぎ、新聞連載小説だけでなく、新聞紙上の随筆の発表もある。思えば、「武蔵野三部作」以来、本郷は一葉文学の揺籃（ようらん）の地であった。今、再び本郷に戻ってきた一葉は、ここを終焉（しゅうえん）の地として、みずからの文学を十全に開花させた。同人文芸誌である『文学界』と、多くの読者を擁する「新聞」という、二つの対照的な舞台での作品発表がなされた時期である。本章では、『文学界』に掲載された『やみ夜』と『大つごもり』の二編と、新聞に掲載された『軒（のき）もる月（つき）』と『うつせみ』の二編を取り上げる。

さらには、博文館の雑誌への小説掲載も始まるが、博文館とのつながりについては第十一章で取

り上げる。また、新しい雑誌に掲載された小説は第十二章で、『たけくらべ』については第十三章で取り上げたい。

なお、一葉の書き下ろし書簡文例集は第十四章で、新聞や雑誌に掲載された一葉の随筆は第十五章で取り上げたい。

同人雑誌『文学界』と一葉

一葉と『文学界』とのつながりは、本郷菊坂町時代の明治二十六年三月に、『文学界』同人の平田禿木が来訪して、『雪の日』が掲載されてから始まった。七月に、一葉一家は下谷龍泉寺町に転居して荒物屋を開店したので、文学活動から遠ざかったかと思われた。けれども、再び禿木が来訪して一葉に寄稿を求め、『琴の音』と『花ごもり』が『文学界』に掲載された。『文学界』からの原稿依頼は、途切れることなく続いた。

日記を読んでゆくと、毎月二十日頃が『文学界』の〆切のようで、一葉が〆切までに寄稿すると、月末の発売号に掲載されている。原稿依頼と催促、原稿の清書と投函、『文学界』への掲載、というサイクルである。一葉にとって、『文学界』の存在は大きかった。恒常的に原稿を書き上げる苦労はあったとしても、原稿を書いても発表場所がないという不安はなかった。しかも『文学界』は、一葉と同世代の若い文学青年たちの文学同人誌であり、内容や文体・表現などに注文を付けられることもなく、一葉にとっては、自分が書きたいことを書ける、自由な文学雑誌だった。

『やみ夜』を読む

『やみ夜』は、本郷丸山福山町での第一作である。全十二節から成る。『文学界』では三回に分けて掲載された。

①「一から四」は、第十九号（明治二十七年七月三十日）。
②「五から六」は、第二十一号（明治二十七年九月三十日）。
③「七から十二」は、第二十三号（明治二十七年十一月三十日）。

『やみ夜』は、完結して一年後の明治二十八年十二月、書き下ろしの『十三夜』とともに、『文芸倶楽部』に一括掲載された。

まず、『やみ夜』のあらすじを紹介しよう。広大ではあるが、荒れ果てた松川屋敷に、「お蘭」という女主人が、古くから仕えている佐助夫婦と、三人で暮らしている。お蘭の父は、投機の失敗により、自分の屋敷で自殺した。父の生前には婚約者だった波崎漂が変心したことを、お蘭は深く怨んでいる。ある日、お蘭の屋敷の前で、高木直次郎という若者が、波崎の人力車に跳ねられた。傷の手当てをしてもらい、屋敷で静養させてもらった直次郎は、お蘭に恋し、波崎への復讐を志した。襲撃を決行するが失敗する。波崎はますます繁栄し、松川屋敷の人々のその後は不明。松川屋敷とその廃園が整備されつつあることが書かれて終わる。「筑摩全集」で三十ページ余りの分量で、一葉文学の中では長編である。

この小説は、破滅へと向かう劇的な展開が特徴で、お蘭の人物造型の「冷ややかさ」に、新機軸が見られる。松川屋敷は、駒込の染井の近くであるようだが、場所は特定されていない。そのことも、荒廃した邸の雰囲気を、いっそう謎めいたものにしている。お蘭が高木直次郎に語る言葉も、ほのめかしが多い。お蘭の父が屋敷の池で入水した真相と、波崎の関わりも謎である。直次郎を轢いた人力車の持ち主の特定など、徐々に謎が明らかにされる書き方は、ミステリアスで奥深い。けれども、小説の結末場面に至っても、直次郎のゆくえと、お蘭と佐助夫婦のゆくえ、そして松川屋敷を買い取って新しい住まいとする人物への言及はない。それらは、謎のまま残されている。

『やみ夜』の文体と人物造型

『やみ夜』は、どのような文体で書かれているのだろうか。まず、冒頭部分を読んでみよう。いかにも謎めいた内容にふさわしい文体である。

> 取まはしたる邸の広さは、幾ばく坪とか聞えて、閉ぢたるまゝの大門は、いつぞやの暴風雨をそのまゝ、今にも覆へらん様あやふく、松は無けれど、瓦に生ふる草の名の忍ぶ昔はそも誰れとか、男鹿やなくべき宮城野の秋を、いざと移したる小萩原、ひとり錦をほこらん頃も、観月のむしろに雲上のたれそれ様つらねられける袂は夢なれや、

『文芸倶楽部』の表記通りで引用したが、ルビは適宜省略し、読点を補った。「瓦の松」は、『枕草子』の「返る年の二月二十五日に」の段を踏まえ、『白氏文集』とも関わる。瓦に松が生えることはないが、荒れ果てた屋敷なので「忍ぶ草」が軒ならぬ瓦に生えて、華やかだった昔を偲んでいるようだ、というのが、『やみ夜』の文脈である。荒廃した屋敷の描写は、『源氏物語』の末摘花巻や蓬生巻を踏まえている。古典的な表現が重層しており、力感と気韻に溢れている。

一方で、『やみ夜』の末尾は、がらりと舞台が変わったように、現実世界に引き戻して、社会批判が顕著となる。

> 才子の君、利口の君万々歳の世に又もや遣りそこねて身は日陰者の此世にありとも天地ひろ

> からぬ直次郎はいかにしたる、川に沈みしか山に隠くれしか、もしくは心機一転誠の人間に成しか、夫れより怪しきは松川屋敷の末なり、此事ありて三月ばかりの後、門は立派に敷石のこわれも直りて、日毎に植木や大工の出入りしげきは主の替りしなるべし、されば佐助夫婦おらんも何処に行きたる、世間は広し、汽車は国中に通ずる頃なれば。

学校を出た小利口な人間ばかりが栄える世の中にあって、お蘭や直次郎の住む場所は、ますます奪われてゆく。松川屋敷も、主人が替わったようだ。ここには、一葉の社会批判がある。一葉の社会や政治についての関心の高まりが、『やみ夜』の結末にも表れている。当時の世相を批判するリアリティの根源は、意外にも古典文学から発生しているのではないだろうか。

『やみ夜』の人物造型を、古典とのつながりから見てゆこう。直次郎の目から見たお蘭は、「籬は荒れて、庭は野らなる秋草の茂みに、嵐をいたむ女郎花にも似たる、お蘭さまが上、いとしと思ひぬ」、と書かれている。

まず、「籬は荒れて、庭は野らなる秋草」の部分は『古今和歌集』の和歌を踏まえている。「里は荒れて人は古りにし宿なれや庭も籬も秋の野らなる」（『古今和歌集』僧正遍照）。また、「野ら」という言葉は、『源氏物語』蓬生巻で、末摘花が住む廃屋について、「八月、野分荒らかりし年、廊どもも倒れ伏し」、「かく、いみじき野ら藪なれども」とある箇所を連想させる。一葉は、『古今和歌集』と『源氏物語』によって、廃園に住む薄幸のヒロイン像を造型している。

一葉は、この小説の構想をどのように具体化したのだろうか。「廃屋に住む、世間から隔絶した生き方の女性」という主人公を造型しようとして、まず『源氏物語』の蓬生巻が思い浮かび、ヒロインの容姿や振る舞いや心情は、『源氏物語』の末摘花を反転させて造型したのではないだろうか。その際に、『古今和歌集』のしみじみとした和歌も、ヒロイン像に陰翳を添えた。

次に、「秋草の茂みに、嵐をいたむ女郎花」の部分であるが、和歌と言うよりは、漢詩の雰囲気が漂っている。「蘭」という花の名前には、中国的なイメージがある。中国絵画では「四君子」と讃えられる「梅・菊・蘭・竹」にも入っている。そうなると、和歌よりも漢詩の世界に近くなる。『和漢朗詠集』に次のような詩句がある。

蘭蕙苑の嵐の紫を摧いて後　蓬莱洞の月の霜を照らす中　菅原文時
叢蘭豈に芳しからざらんや　秋風吹いて先づ敗る　兼明親王

『やみ夜』のヒロインの「お蘭」という名前は、「秋草の茂みに、嵐をいたむ女郎花にも似たる、お蘭」という文章に由来している。その文章の背景には、漢詩文が揺曳していた。「お蘭」の「蘭」は、高潔で凛としたイメージである。美しい蘭に、激しい風が吹き付けて翻弄している。この風に蹂躙される「蘭」を、和歌的な傷つきやすい「女郎花」に重ねて表現したのが、「秋草の茂みに、嵐をいたむ女郎花」という一文だったのである。ダブル・イメージに注目したい。

唐の時代に成立した政道書である『帝範』には、「叢蘭、茂らんと欲し、秋風、之を敗る。王事、章れんとすれど、讒臣、国を乱る」という言葉がある。鎌倉時代初期の説話集である『古事談』には、藤原道長によって自分が理想と信ずる政治を行えなかった一条天皇の嘆きとして、この言葉が出てくる。

樋口一葉は、『やみ夜』において、正義の人間が苦しみ、国を乱れさせる讒臣ばかりが栄える明治の日本国家を、すさまじい秋風に吹き破られてしまった蘭（＝ふじばかま）と女郎花の視点から批判している。「お蘭」というヒロインの名前が、漢詩に由来する政治批判だったと考えて初めて、『やみ夜』という小説に込めた作者のメッセージも明確になってくる。

樋口一葉は近代人であるが、一葉が身に付けていた古典文学に対する深い教養が、小説の中に反映している。ほんの一言にも『源氏物語』の蓬生巻や、『帝範』『和漢朗詠集』などとの関連性が見られる。ただし、近代社会の病弊を描くには、古典文学の言葉だけでは十分ではない。和歌や漢詩を用いて近代小説を書き、なおかつ、近代を生きる老若男女の心の痛みや悲しみをどのように掬い取って、読者に訴えるか。その模索が、樋口一葉の作家活動を貫く課題だった。時代の過渡期に生まれ合わせた文学者にとって、このことは普遍的な課題なのでもある。

『大つごもり』のあらすじと新機軸

『大つごもり』は、『文学界』第二十四号（明治二十七年十二月）に掲載された。（上）と（下）から成る二部構成である。「大つごもり」は、大晦日のこと。井原西鶴の『世間胸算用』のように、お金の貸し手と借り手の双方の思惑が交叉するドラマティックな日である。一葉の『大つごもり』は、お金を貸す側の裕福な「山村家」が舞台である。その家で奉公している「お峰（お峯）」が、ヒロイン。病弱な伯父のためにどうしてもお金が必要になり、山村家の「御新造」（後妻という設定）に借金を申し込むが、意地悪ですぐ気が変わる御新造は、いざとなると言を左右して、貸してくれない。困り果てたお峰は、覚悟を決めて御新造のお金を盗む。それを見ていた前妻の子である「石之助」は、自分がお金をもらって持ち出したという書き置きを残して、大晦日の巷に遊びに出た。お峰の窮地は救われた。

以上、『大つごもり』のあらすじを述べたが、小説の設定は白金台町の家庭で、時代は現代である。一箇月前の『やみ夜』では、耽美性と怪異性を帯びた物語的設定だったので、大きく転回している。

『やみ夜』と『大つごもり』は、人物造型も結末も対照的である。どこにもいないようなお蘭と、どこにでもいるような、山村家の俗物的な人々。零落して貧窮の中に暮らしている、お峰の伯父の家族。山村家と伯父の家という、二つの世界に引き裂かれているお峰の打開しようのない現実が書かれている。

伯父夫婦には、八歳になる「三之助」という子どもがいる。彼がお峰からお金を受けとるために、山村家の屋敷を訪ねてくる場面など、「子どもの情景」がいじらしく描写されている。後の『たけくらべ』につながる。

『大つごもり』の文章を、少し引用してみよう。お峰が伯父の家を訪問する場面である。

> お峰は車より下りて其処此処と尋ぬるうち、凧・紙風船などを軒につるして、子供を集めたる駄菓子やの門に、もし三之助の交じりてかと覗けど、影も見えぬに落胆して思はず往来を見れば、我が居るよりは向ひのがはを痩ぎすの子供が薬瓶もちて行く後姿、三之助よりは丈も高く余り痩せたる子と思へど、様子の似たるにつか〱と駆け寄りて顔をのぞけば、やあ姉さん、あれ三ちやんで有つたか、さても好い処でと伴はれて行くに、酒やと芋やの奥深く、溝板がた〱と薄くらき裏に入れば、三之助は先へ駆けて、父さん、母さん、姉さんを連れて

帰つたと門口より呼び立てぬ。

《「筑摩全集」第一巻、三八二頁による》

三之助の喜びようが、かわいらしい。それだけでなく、幼い子どもが、いつの間にか背丈も伸びて、体型が変わってゆく過程も書き込んでいる。会話文が、明治時代の言葉で、明治時代の風俗を写し取っている。ここで特に注目したいのは、「凧・紙風船などを軒につるして、子供を集めたる駄菓子や」という表現である。これは、一葉が下谷龍泉寺町で開いていた店の姿そのものではないか。ついこのあいだまで暮らしていた店にやってきた少年たちのことが、ありありと心に浮かんだのだろう。このことが、後の『たけくらべ』執筆の道を大きく開くことになる。

何よりも、物語的な『やみ夜』と、世俗的な『大つごもり』が、どちらも『文学界』に掲載された点に着目したい。これは、一葉の小説世界の振幅の大きさを示すだけでなく、そのどちらをも受け入れて、一葉の文学を開化させた『文学界』の果たした役割の大きさを物語っている。

3．新聞掲載というスタイルと、『軒もる月』『うつせみ』

「奇蹟の年」

かつて日夏耿之介は、『にごりえ』や『たけくらべ』が書かれた明治二十八年を指して、「奇蹟の年」と呼んだ（『明治文学襍考』昭和四年五月所収の「一葉の日誌文学」）。まさに明治二十八年は、『にごりえ』と『たけくらべ』にとどまらぬ、多様な作品発表の年であった。

この年、一葉の作品が久しぶりに新聞に掲載された。『軒もる月』が「毎日新聞」に、そして『うつせみ』が「読売新聞」に掲載された。樋口一葉の文学世界の展開性を辿るうえで、価値のあることであろう。

明治二十五年の『わかれ霜』の場合、「改進新聞」への橋渡しは半井桃水だった。また『経づくえ』の場合は、樋口家と同郷で交流もあった野尻理作からの依頼で「甲陽新報」に寄稿したのだった。本章で取り上げる二作は、どのような経緯だったのだろうか。

「毎日新聞」掲載への道

『軒もる月』は、明治二十八年四月三日と五日の二回にわたって、「毎日新聞」に掲載された短編小説である。分量はごく短く、「筑摩全集」で六ページ弱である。一葉は、この頃すでに、下谷龍泉寺町を離れて、本郷丸山福山町に移り住み、「水の上」という言葉をタイトルとする日記帖を書いていた。けれども、その日記には、明治二十七年十一月十三日以後、明治二十八年四月十六日以前までの期間が欠落している。したがって、掲載の詳しい経緯は不明である。

ただし、明治二十八年の一月二十日に、戸川残花（とがわざんか）の訪問を受けて、「毎日新聞」への掲載を依頼されたことが、「しのぶぐさ」と題された記述の中に書かれている。

（明治二十八年一月）二十日、（戸川）残花（ざんくわ）君に訪（と）はる。（森鷗外の）『水沫集（みなわしふ）』一冊、「これ、見よ」とてなり。なほ、「毎日新聞が日曜附録にも、載（の）せよ」と頼まる。「稿をば、二十六日までに」と言ふ。

《「筑摩全集」第三巻（下）、七六三頁による》

ごく短い記事であるが、この日、戸川残花が一葉に「毎日新聞」への寄稿を求めた。〆切まで一週間もない、急な話である。彼が、三年前に刊行された森鷗外の創作小説や翻訳小説を集めた

『水沫集』を持って来て、これを読むようにと言ったのも、やや唐突な印象を受ける。残花の発言の背景を推測してみたい。

戸川残花（一八五五〜一九二四）は、詩人・評論家として活躍した。『文学界』に、評伝や評論、新体詩や短歌などさまざまな作品を寄せている。たとえば『文学界』第十号（明治二十六年十月）には、『新方丈の室』という題で、自分が理想とする住まいのあり方を、ギリシャ風のシャンデリアや暖炉、漢詩の掛軸や尾形光琳の四季草花屛風など、美的な室内調度を挙げて書いている。戸川残花は和漢洋にわたる広い教養を持つ人物なのであろう。

なお、残花の長女・達子（結婚後は疋田姓）は「萩の舎」で学んでいた。「筑摩全集」第一巻と第二巻の月報に、疋田達子談「樋口一葉　生活苦を越えて一筋の道に生きたお夏さん」が掲載されていて、貴重な証言である。この談話には「萩の舎」に集う上流の令嬢や令夫人たちの美しい衣裳と比べて、「その中で『東京毎日新聞』の記者で学者貧乏の戸川残花の娘である私だけが粗末な綿銘仙の着物を着てをります」とある。

一葉は、日本の古典文学や書道に、深い教養を持っていた。そうであればこそ、残花は、さらに西欧の文化や文学にも触れてほしいと願って『水沫集』を一葉に勧めたのではないだろうか。

残花訪問の数日前に、今触れた残花の娘・達子が一葉の家を初めて訪れている。一葉は、彼女に古典の講義をした。娘から一葉の学識や教養を聞いた残花が、一葉を訪問して、原稿依頼となったのだろう。

『軒もる月』のあらすじと趣向

『軒もる月』というタイトルからは、幸福だった昔を偲んで泣いている女がイメージされるだろう。こぼれ落ちる涙が、女の袖を濡らしている。そこへ、軒から室内に漏れ入ってきた月が宿る、という趣向である。「袖」と「月」は縁語であり、まさに、和歌的な世界である。

『軒もる月』のあらすじを書いておこう。ヒロインの名前は、「袖」。彼女は、かつて「桜町」という上流階級の家で、小間使いとして働いたことがあった。袖は、主人である「桜町の殿」から寵愛されていた。結婚して勤めを辞めた今になっても、殿から多くの手紙をもらっている。ただし、その手紙は、読んでいない。夫は工場で働いており、この上もなく優しい人物である。幼いわが子も、かわいい。ただし、貧しい今の暮らしを「地上」だとすれば、桜町家での日々は「天上」であったと、袖は思う。夫の帰りが遅くなったある夜、袖は殿からの手紙を初めて読み通したとあるが、手紙の内容については「血の涙」「胸の炎」などと紹介するのみである。

華族と思われる桜町家の優雅な世界と、勤勉に働いても貧しい今の暮らし。この対比の中に、樋口一葉は、「古典」と「近代」の二つの世界を描きだした。「読まれなかった手紙」を初めて読むという展開は、ミステリー仕立てである。袖が殿を恋い慕う気持ちは、この小説の中で、彼女の心に潜む「悪魔」と表現されている。小説『雪の日』で、桂木への愛ゆえに故郷を捨てた「珠」の心を捉えた「禍ひの神」も同じ「悪魔」だったろう。『軒もる月』は『雪の日』への、一葉自身が出した答えだったのかもしれない。

袖は、珠と違って、恋心という煩悩・執着に、囚われなかった。だから、殿からの手紙も焼き捨てた。奥方のいる殿との関係を夢想することは、愚かなことである。それが結論である。けれども、正直で勤勉な夫も、かわいらしくお乳を求めるわが子もまた、愛情の縄にからめ取られたならば、「執着」であり、「悪魔」でしかない。そう気づいた袖は、高く笑うしかなかった。

袖の高笑いは不可解な謎とも読めるが、笑うしかなかった袖が出した「殿、我良人、我子、これや何者」という結論は、痛切である。一葉にもまた、「桃水、萩の舎の人々、編集者、母と妹、『文学界』の若者、これや何者」と、笑い捨てたいものがあったのだろうか。ただし、袖にはないものが、一葉には残されていた。それが「小説を書くこと」にほかならない。

「読売新聞」掲載への道

『うつせみ』は、「読売新聞」の「月曜附録」を担当していた関如来（関厳次郎）からの原稿依頼によって書かれた小説である。ただし、『うつせみ』は、「月曜附録」でなく、「読売新聞」本紙に、明治二十八年八月二十七日から三十一日まで、五回にわたって連載された。「読売新聞」の方に掲載されたのは、八月二十五日まで連載中だった斎藤緑雨の『門三味線』が、緑雨の急病により一旦休載したからである。九月一日から再開するという社告が「読売新聞」に出ており、その間の時期を補うためであった。ただし、緑雨の連載は再開されずに終わった。

関如来は、一葉の日記や『樋口一葉来簡集』などによれば、かなり熱心に一葉の原稿を掲載したがっており、それは仕事柄というよりも、一葉の作品と人間性に強く共感していたからのようである。ちなみに、「読売新聞」の「月曜附録」には、一葉の小説ではなく、「筆跡」が掲載された。

『うつせみ』のあらすじ

『うつせみ』は、全編がミステリー仕立てであるが、「謎解き」は、登場人物の誰かが解くのではない。また、作者が読者に向かって、直接に謎を解いてみせるのでもない。作者自身は、最後まで「謎」に答えを出していないので、読者が「真実はこうなのだろうか」と、さまざまに考えをめぐらせるしかない。その意味で、読者を作品の中に招き入れるタイプのミステリーである。

『うつせみ』を読み進める読者は、朝霧の絶え間から少しずつ周囲の景色が見えてくるように、複雑怪奇な人間関係の「秘密」に近づいてゆくほかはない。「雪子」という娘が、悲恋の衝撃で、心が体から遊離した状態になっている。それを、蟬の脱殻である「空蟬」に喩えているのが、タイトルなのである。

雪子には、正雄という兄がいるが、正雄は養子で、雪子の許嫁である。雪子は、学校で一番の秀才である植村録郎と相思相愛の仲になるが、自分と正雄の関係を告げていなかった。そのことを知った録郎は、自ら命を絶った。録郎への恋心と、彼を死なせた罪悪感から、雪子は「うつせみ」のようになってしまった。その雪子の死が近づいている場面で、作品は終わる。

雪子も、正雄も、録郎も、さらには雪子の両親も、皆、良い人間ばかりである。にもかかわらず、全員が不幸になる。意識が朦朧としている雪子は、脈絡のない言葉を口にして、周囲を翻弄する。

「早く良くなってくれ」と頼む正雄に向かって、雪子は、「花は盛りに」と、意思の疎通が成立していない短い言葉を口にした。けれども、この言葉には、雪子の心の奥底の思いが表れている。樋口一葉が愛唱している『徒然草』の第百三十七段の冒頭部分を引用しよう。

花は盛りに、月は隈無きをのみ見る物かは。雨に向かひて月を恋ひ、垂れ籠めて春の行方知らぬも、猶、あはれに情け深し。（中略）

万の事も、初め終はりこそ、をかしけれ。男・女の情けも、偏に逢ひ見るをば言ふ物かは。逢はで止みにし憂さを思ひ、徒なる契りを託ち、長き夜を一人明かし、遠き雲井を思ひやり、浅茅が宿に昔を忍ぶこそ、色好むとは言はめ。

雪子が「花は盛りに」と口にした時、彼女の心の中では、「逢はで止みにし憂さを思ひ」という言葉が湧き上がってきていた。雪子は、今、死せる録郎と「真実の恋」を生きている。思えば、一葉は、『徒然草』第百三十七段に、半井桃水への結ばれない恋心を託したこともあった。そうであるならば、雪子は「もう一人の一葉」であり、そうなってはならない「鏡像」だったのかもしれない。

兼好の時代には「色好み」の理想であった生き方が、明治の時代では「病」になってしまう。『軒もる月』のヒロインである袖の高笑いと、『うつせみ』のヒロイン雪子の哀しい姿は、近代社会に翻弄される女の二つの姿を見せている。

引用本文と、主な参考文献

・「筑摩全集」の第一巻に、本章で取り上げた小説が、第三巻（上）に、本章で取り上げた時期の日記が収められている。つきあわせながら読むと、謎に満ちた一葉の心の真実が、少しずつ見えてくる。
・『樋口一葉来簡集』（野口碩編、筑摩書房、一九九八年）五〇九頁に、戸川達子の略伝がある。
・新編日本古典文学全集『和漢朗詠集』（菅野禮行校注・訳、小学館、一九九九年）

『やみ夜』については、拙著『国文学研究法』（放送大学教育振興会、二〇一五年）の第六章「3．散文の表現研究」で取り上げたことがある。参照して頂ければ幸いである。

『やみ夜』と『大つごもり』の二編に関する「発展学習」として、『樋口一葉来簡集』に収められている平田禿木の手紙が参考になる。明治二十七年九月の手紙で禿木は、『やみ夜』の続稿を切望したり、「いよいよ佳境に入ることと」楽しみにしている。十月の葉書で「御約束の、鶴（西鶴）全集、近きに持参いたすべく」と書いているのも、一葉との間で共通の話題として井原西鶴のことが出ていたのであろう。十二月の手紙には、『やみ夜』の「お蘭さまは、確かにその面影と存じられ候」とあり、お蘭と一葉を重ねて読んでいる。一葉にとって、直接に作品評を聞くことができる愛読者が身近にいることは、心強かったであろう。

西鶴の『世間胸算用（せけんむねさんよう）』は、新編日本古典文学全集『井原西鶴集①』に、現代語訳付きで収められている。『大つごもり』の「発展学習」として、一読を勧めたい。

11 博文館とのつながり

《目標&ポイント》 明治二十八年五月に、一葉の小説『ゆく雲』が博文館の雑誌『太陽』に掲載された。これを契機として、以後、一葉が亡くなるまで、博文館は一葉作品発表の舞台として、大きな役割を果たすことになる。博文館の雑誌に掲載、あるいは一括再掲された数々の一葉作品の中から、明治二十八年の発表作品を中心に取り上げる。

《キーワード》 博文館、大橋乙羽、『ゆく雲』、『にごりえ』、『十三夜』、『われから』

1．博文館への登場と『ゆく雲』

まず最初に、一葉と博文館との関わりを、順に一覧しておこう。便宜上、番号を付けた。

大橋乙羽の炯眼

①【明治二十八年五月】『太陽』に、『ゆく雲』を掲載。半井桃水からの紹介で、乙羽が依頼。

②【明治二十八年六月】『文芸倶楽部(ぶんげいくらぶ)』に、『経づくえ』の一括再掲。
（初出は「甲陽新報」、明治二十五年十月に七回連載）

③【明治二十八年九月】『文芸倶楽部』に、『にごりえ』掲載。

④【明治二十八年十二月】『文芸倶楽部』第十二編臨時増刊「閨秀小説」に、『十三夜』と、再掲の『やみ夜』（初出は『文学界』明治二十七年）の二編が同時掲載。

⑤【明治二十九年二月】『太陽』に、『大つごもり』再掲。
（初出は『文学界』明治二十七年十二月）

⑥【明治二十九年四月】『文芸倶楽部』に、『たけくらべ』を一括再掲。
（初出は『文学界』に明治二十八年一月から二十九年一月まで、断続掲載）

⑦【明治二十九年五月】『文芸倶楽部』に、『われから』掲載。

⑧【明治二十九年五月二十五日】博文館より『日用百科全書』第拾弐編『通俗書簡文』刊行。

⑨【明治二十九年七月】『文芸倶楽部』第二巻第九編臨時増刊「海嘯義捐小説」に、随筆『ほとゝぎす』掲載。六月十五日の三陸大地震による大津波被害の支援のため企画された。

⑩【明治三十年一月】『文芸倶楽部』臨時増刊号に、『うつせみ』再掲。
（初出は「読売新聞」明治二十八年八月）

⑪【明治三十年】一月『一葉全集』（大橋乙羽編）、六月『校訂一葉全集』（斎藤緑雨校訂）

⑫【明治四十五年五月・六月】『一葉全集』前編・後編（馬場孤蝶の跋文あり）

⑬【大正元年十一月】『一葉歌集』（佐佐木信綱編）

以上が、博文館発行の一葉生前の作品、および没後の全集類である。本章では①③④⑦を取り上げ、⑧については第十四章で概説したい。⑪から⑬については本書の第一章で触れた。

この一覧からわかるように、博文館は、一葉作品の発表場所として大きな役割を果たした。掲載の仕方は二種類ある。初出作品を一回で掲載した場合と、すでに他の雑誌や新聞に掲載されたものを一括再掲する場合がある。

とりわけ、『文学界』に一年かけて、断続的に連載されてきた『たけくらべ』を、一括掲載した意義は非常に大きい。これによって、『たけくらべ』の全編を一気に連続読みすることが可能となったからである。そのことが、『めさまし草』（『めざまし草』）の「三人冗語」で取り上げられ、森鷗外たちに絶賛される契機となった。大橋乙羽の炯眼が光っている。

総合雑誌『太陽』への登場

一葉と博文館との最初のつながりは、半井桃水によってもたらされた。大橋乙羽から一葉に初めての手紙が来たのは、明治二十八年三月二十九日だった。桃水や、『都の花』の藤本藤蔭から、あなたの話を聞いていたので、当館、すなわち博文館の『文芸倶楽部』に、二、三十枚の小説を一編ぜひ書いてほしい、という原稿依頼だった。ただし、実際に掲載されたのは、博文館の総合雑誌『太陽』だった。掲載誌が手紙と異なった理由は、『ゆく雲』の内容による判断であろうか。

『ゆく雲』のあらすじと新機軸

『ゆく雲』は、（上）（中）（下）の三部構成の短編小説である。東京の親戚宅に寄宿して書生生活をしている甲斐出身の野沢桂次と、この家の娘「縫（お縫）」とのつながりが、桂次の帰郷によって途切れるというのが骨子である。ただし、この二人のつながりは、これまでの一葉小説に見られたような、劇的で運命的なものではない。お縫は、母の死と父の再婚によって、継子という立場に置かれている。継母による辛い仕打ちに苦悩の限りを体験したうえで、自己形成を遂げた若い女性という設定である。それに対して、桂次青年のお縫への思いは、この小説の全体を通して、表層的に描かれるに留まる。その点に新機軸がある。

（上）の書き出しは、野沢桂次の故郷までの主な地名を列挙して、東京からの距離の遠さを印象付けている。「歌枕」を列挙する「道行文」のスタイルである。桂次の故郷は、甲斐の大藤村中萩原で、一葉の両親の出身地である。本書の第二章で、樋口家の故郷に触れた際に、この『ゆく雲』から、大藤村の風景を引用した。「野沢桂次」という名前は、同郷の野尻理作を連想させる。

野沢桂次の経歴は、貧しい農家の息子だったが、土地の名士で造り酒屋である野沢家に見込まれて養子となり、その家の娘「お作」を許嫁とした。ゆくゆくは結婚し、家督相続するという人生のレールがすでに敷かれている。けれども、その書き方は、単に人物紹介を「履歴書」のように書き連ねているのではない。そうではなく、郷里の番頭からの情理を尽くした手紙によって、野沢家の当主の健康問題や、桂次の置かれている立場を明確に示すのである。その手紙文の登場のさせ方もごく自然な書き方で、それを読んだ桂次自身の幼年期以来の述懐もおのずと引き出される。後に、一葉は博文館から手紙文の模範文例集の執筆を依頼されて、『通俗書簡文』を書いている。

（上）の後半部で、桂次が寄宿している上杉家の内実が明らかにされる。妻を亡くして再婚した会社員の当主、前妻との間に生まれた「お縫」という娘、そして後妻から成るのが、上杉家だった。お縫は、小利口で人柄の良くない後妻によって厳しい扱いを受けて、ひっそりと暮らしている。上杉家に寄宿している桂次も、この後妻から見下されている。桂次は、お縫に同情する気持ちから、居心地が悪くとも、上杉家から離れられないでいる。上杉家の後妻の人物造型は、『大つごもり』の山村家の「御新造」と通じる。

（中）では、お縫の内面が描かれる。桂次とお縫の対話によって構成されているのが新機軸である。だが、二人の対話は噛み合わない。その原因は、桂次が一方的に自分の悲運を嘆き、お縫から深い同情の言葉が聞かれない、と拗ねているからである。桂次の未成熟とも言えるような気持ちに対して、お縫が落ち着いて対応する場面を描き、言葉のやり取りのリアリティが際立つ。

お縫は亡き母の墓参りに行くたびに、日頃胸の奥に押さえつけている寂しさと辛さが堰を切って溢れ出し、号泣し、寺の井戸に身を投げようとしたことも一度ならずあったと、読者に明かされる。けれども、そのことを知る由もない桂次。そして何よりも、お縫いの本当の心の中を知ろうともしない桂次は、お縫の態度を冷ややかだと感じて、噛み合わない。

（下）では、桂次が大藤村に帰る日が決まり、彼が「土産物」として買い求めた品物が列挙されている。「羽織の紐、白粉かんざし桜香の油」、「香水、石鹸」などは、一葉が下谷龍泉寺町の店で商っていた品物であろう。これらの何気ない記述も、作品にリアリティをもたらしている。大藤村に帰郷してからは、最初は月に何度も来ていた手紙が、月に一度、三月に一度となった。年始状と暑中見舞いだけの交際になることが見越されている。

結末は、余韻を残すように、お縫いがいつまでもこのまま上杉家で父と継母に仕えて過ごすのか、それもむずかしいのではないかと、締め括られている。一葉の胸には、次なる小説の構想が生まれつつあるのだろう。

『ゆく雲』というタイトルは、桂次が東京を離れる場面に、「春の夜の夢のうき橋、と絶えする横ぐもの空に東京を思ひ立ちて」とある箇所と、深く関わっている。ここには、藤原定家の歌が引用されている。

春の夜の夢の浮橋途絶えして峰に別るる横雲の空（『新古今和歌集』）

この和歌は、山の女神が男のもとを訪れて夢の中で契り、朝に帰ってゆくという、中国の「巫山の夢」を基にしている。女が山にかかる雲なのである。一葉の『ゆく雲』では、男の桂次が、山梨から東京へ来て、また山梨に戻ってゆく様子を、「ゆく雲」に喩えている。継子という苦しい状況の中で、動かずに耐え続けている「お縫」が「山」である。女は動かない。いや、動けない。

けれども、この小説は女の生き方を追究し、突き詰める書き方にはなっていない。むしろ、一葉は、ありふれた若い男の描き方の新機軸として、この小説の構想を打ち出している。東京での自由な書生生活を終えて郷里に戻り、世間普通の家庭生活に入ってゆく男の人生。それが描かれている作品であると博文館は位置づけ、総合雑誌『太陽』に掲載したのではないだろうか。政治や社会の現状や、それらに対する批判や提言などが誌面に並ぶ総合雑誌『太陽』。そのような雑誌の読者たちは、おそらく当時としては進んだ考え方を持っていただろうが、男女の恋愛感情や家庭生活に対しては、常識的な人々だったと思われる。そのような読者にも共感可能な作品でありつつ、女性の生き方を問おうとする結末は、翻って男性たちにも多くのことを問いかけている。『太陽』に掲載された意義は大きい。

けれども、一葉自身は『ゆく雲』の世界を大きく反転させて、次なる作品、『にごりえ』を完成させる。

なお、『ゆく雲』には樋口家の故郷「中萩原」のことだけでなく、本郷六丁目の「桜木の宿」近くの寺の境内も書かれている。一葉ゆかりの場所が二箇所、描き込められているのである。

2.『にごりえ』のあらすじと、「語る女」の登場

『にごりえ』のあらすじ

『たけくらべ』と並び、一葉文学の代表作とされることも多い『にごりえ』は、『文芸倶楽部』明治二十八年九月号に掲載された。一葉作品の中では分量も長く、中編と言ってよい。

「にごりえ」という言葉は、和歌では淀んで濁った水の意味である。ここでは、近代社会で貧しき人々の住む世界を意味している。「菊の井」という店の「酌婦」である「お力」がヒロインと目されるが、同じ「菊の井」の「お高」、お力のかつての馴染み客である蒲団屋の「源七」、その妻の「お初」、源七とお初の間の子ども「太吉」（太吉郎）など、近代日本の「濁り江」に浮かびつ沈みつしている人々の個性が、見事に書き分けられている。「泥中の蓮」のような、濁りに染まらぬ清い生き方などできず、貧しさに付きまとわれてしまう人々の内面が、それぞれに描かれる。この濁り江に、たびたび足を踏み入れるのが、「結城朝之助」という富裕階級の男である。お力は、朝之助に、自分の父と祖父の哀しい一生を語り、自分もこの濁り江で生きるほかない覚悟を語る。

お初は、源七との家庭を壊したお力を、「鬼」のように嫌っている。その夫婦の諍いの果てに、『にごりえ』は、源七とお力の二人の死という結末を迎える。ただし、二人の死の真相は、明らかにされない。

これが、『にごりえ』のあらすじである。一葉が転居した本郷丸山福山町の近くの新開地を舞台に、「酌婦」として生きるしかなかったお力が中心だが、彼女を取り巻く人々もリアリティがある。たとえば、川端康成の『雪国』と響映させてみよう。温泉芸者の「駒子」（お力）には、上客であ

る「島村」（朝之助）がいる。駒子には「行男」（源七）という幼馴染みがいて、駒子の許嫁ではないかと噂されている。行男は病死するが、彼を慕う「葉子」（お初）と、葉子の弟の「佐一郎」（太吉）も登場する。

『にごりえ』と『雪国』には、直接の影響関係はないだろう。けれども、結城朝之助の人物造型を考える際には、「駒子にとっての島村とどこが同じで、どこが違うのだろう」と考えることも、『にごりえ』の本質に迫る一つのアプローチではないだろうか。『雪国』では、行男を慕う葉子が火事で悲劇に遭い、駒子は死ななかった。では、なぜ、『にごりえ』では、お力が死ななければならなかったのだろうか。

また、永井荷風『濹東綺譚』と『にごりえ』を響き合わせても、それぞれの作品の個性が浮かび上がってくるだろう。『濹東綺譚』の大江匡と、玉の井の「お雪」の関係は、朝之助とお力の心を照らしだす側面がある。

『にごりえ』の文体

『にごりえ』は、会話文や心の内の言葉にリアリティがある。今の自分の生き方を嫌っているお力が、自分はやはり「お力」としての生き方を貫くしかない、その結果、破滅したとしても後悔しないと決心する場面がある。一人称の語りには、読者とお力をつなげる力がある。

> お力は一散に家を出て、行かれる物ならば、此まゝに唐天竺の果までも行つて仕舞たい、あゝ嫌だ嫌だ嫌だ、何うしたなら人の声も聞えない物の音もしない、静かな、静かな、自分の心も何もぼうつとして物思ひのない処へ行かれるであらう、つまらぬ、くだらぬ、面白くな

い、情ない悲しい心細い中に、何時まで私は止められて居るのかしら、これが一生か、一生がこれか、あゝ嫌だ〳〵と道端の立木へ夢中に寄かゝつて暫時そこに立どまれば、渡るにや怕し渡らねばと自分の謳ひし声を其まゝ何処ともなく響いて来るに、仕方がない矢張り私も丸木橋をば渡らずはなるまい、（中略）ゑゝ何うなりとも勝手になれ、勝手になれ、私には以上考へたとて私の身の行き方は分らぬなれば、分らぬなりに菊の井のお力を通してゆかう、（下略）《「筑摩全集」第二巻、二一～二二頁による》

このお力の「一人称」には、強い発語性がある。また、源七とお初の息詰まる言葉のぶつけ合いにも、迫力がある。『にごりえ』は、このような一人称だけでなく、二人称や三人称の文体も重層しており、人間社会の総体を写し取っているのである。

お力の述懐であるが、「何うしたなら人の声も聞えない物の音もしない、静かな、静かな、自分の心も何もぼうつとして物思ひのない処へ行かれるであらう」の部分には、『古今和歌集』読み人知らずの、「いかならむ巌の中に住まばかは世の憂きことの聞こえ来ざらむ」という歌が響いている。「丸木橋」は、直接には端唄の「我が恋は細谷川の丸木橋」を踏まえるが、「丸木橋」は、「まろきばし」とも発音され、『平家物語』や『源平盛衰記』でも詠まれている。いつの時代にも変わらない人間存在の危うさを、さらにくっきりと明確に描いたのが、一葉の『にごりえ』である。

『にごりえ』で、果てまで突き進められた生き方の選択は、再び一葉の中で検証し直され、次なる新たな作品が生み出される。それが『十三夜』である。『にごりえ』と『十三夜』は、連続読みすることで双方の世界が互いに照らし出される。

3.『十三夜』のあらすじと、家族のしがらみ

『十三夜』のあらすじ

『十三夜(じゅうさんや)』は、『文芸倶楽部』明治二十八年十二月号に掲載された。(上)(下)から成る。

高等官僚である原田勇(はらだいさむ)の妻「お関(せき)」は、美しく人柄も良く、「太郎」という子も授かった。ある日、突いていた白い羽が原田の乗った人力車の中に落ちたことが縁で見初(みそ)められ、結婚したのである。けれども、七年間の結婚生活は苦しく、夫は「鬼」であった。我慢できずに、旧暦十三夜の夜、お関は実家である斎藤家に戻って離婚の決心を告げる。けれども、弟の亥之助(いのすけ)も、原田の援助を受けている。親のため、子のため、弟のため、我慢してくれと言われ、お関は、泣く泣く原田家への帰途に就(つ)く。その時に乗った人力車の車夫は、何と、お関の幼馴染みで、原田と結婚する前までは、この人と結婚したいと思っていた高坂録之助(こうさかろくのすけ)であった。彼は相思相愛のお関が原田と結婚したことに絶望し、身を持ち崩していた。録之助は結婚したものの、家庭は続かなかったと語る。お関と録之助は、上野広小路の分かれ道で別れたのだった。

旧暦十三夜に起きた、お関と録之助の偶然の出会いと、語り合い、そして別れ。このストーリーには、『小倉百人一首』紫式部の、「巡(めぐ)り会(あ)ひて見しやそれとも分(わ)かぬまに雲隠(くもがく)れにし夜半(よは)の月かな」という和歌が伏流しているように思われる。

お関と録之助の人生には、二つの「岐路」があった。一つは、原田から求婚されて、お関が録之助との結婚を諦めた七年前。もう一つは、この十三夜に偶然に出会って、どちらもが不幸な結婚を

したことを知ったあとで、別々の家へと戻っていったことである。

重層化する一人称の語り口

『十三夜』でも、登場人物たちの思いが、一人称で語られている。直接に口に出した言葉もあるし、心の中で思った言葉もある。お関の「心内語」と言葉の実例を、それぞれ示してみよう。

（お関の心内語）「戻らうか、戻らうか、あの鬼のやうな我良人のもとに戻らうか、彼の鬼の、鬼の良人のもとへ、（以下略）」

（お関が親に語る言葉）「勇が許しで参つたのではなく、彼の子を寐かして、太郎を寐かしつけて、最早あの顔を見ぬ決心で出て参りました、まだ私の手より外誰れの守りでも承諾せぬほどの彼の子を、欺して寐かして夢の中に、私は鬼になつて出て参りました、（以下略）」

さらに、娘の決意を押し戻そうとする父と母の言葉、生きる力をなくしている録之助の言葉、お関との再会で立ち直ってほしいと願うお関の言葉が重層する。ただし、彼ら全員が幸福になることはないだろうと予感せずにいられないのは、一葉の緊迫感に満ちた筆の力である。一葉の文学は、頂点に向かいつつある。

『文芸倶楽部』第十二編臨時増刊「閨秀小説」

この『十三夜』が、再掲された『やみ夜』（『暗夜』）と共に掲載されたのが、『文芸倶楽部』の臨時増刊だった。「閨秀小説」と銘打つだけあって、誌面に工夫がある。

巻頭には、中島歌子の和歌が掲げられ、巻末に、「閨秀小説のおく（＝奥）に」という詞書で、和歌を詠んだのは、西周夫人の升子であった。口絵には、樋口一葉の写真も載っている。同じ口絵ページには、森鷗外の妹である小金井喜美子と、『小公子』の翻訳で知られる若松賤子の写真も載っている。一葉は、この二人と並ぶ評価を得ていた。

この写真によって、樋口一葉のイメージは世間に弘まった。この『臨時増刊　閨秀小説』は増刷するほどに、売れ行きも好調だったという。

なお、『十三夜』には、お関が太郎を寝かせ付けて、これから原田家を出ようとする場面と、お関が録之助と語り合う場面の挿絵が二枚入っている。

4．『われから』をどう読むか

『われから』のあらすじ

『われから』は、『文芸倶楽部』明治二十九年五月号に掲載された。発表の時期からすれば、次章に位置する作品だが、博文館とのつながりを重視して本章で取り上げる。『にごりえ』よりも、少し分量の長い小説である。「われから」と聞けば、多くの人は、『伊勢物語』第六十五段と『古今和歌集』に載る、「海人の刈る藻に棲む虫のわれからと音をこそ泣かめ世をば恨みじ」という和歌を思い出すだろう。海藻の中に「われから」（割殻）という虫が棲んでいるけれども、私は、自分が不幸なのは「われから」（我から、自分のせいで）と思い諦めよう。悪いのは自分で、世の中ではない、という歌である。

一葉の小説『われから』では、ヒロインである金村町子に、いろいろな不幸が襲いかかってくる。美人だった母親の美尾は、良人に飽き足らず、出奔した。衝撃を受けた父親は高利貸しとなって蓄財に励み、「赤鬼の与四郎」と恐れられている。婿養子となった恭助は政治家で、家を留守にしがちである。実は、恭助は他の女性との間に、男の子を生していた。

不幸続きの町子は、病にかかる。病身の町子を、書生の千葉がたびたび介抱するが、それを「不義」と咎めて、恭助は千葉を放擲した。そして、町子には別居を申し渡したのだった。

これが、『われから』のあらすじである。ここまで追い詰められても、町子は、「われからと音をこそ泣かめ世をば恨みじ」という和歌のように、自分が悪いのです、と言うであろうか。夫や世間を恨まないだろうか。そのことを、一葉は読者に問いかけている。

『われから』に対する同時代の批評

先ほど掲げた「あらすじ」は、町子を中心とした要約である。町子以外にも美尾の母親や、町子の使用人の「お福」という口の悪い女などが、それぞれの人生の物語を持っている。

一葉を高く評価していたのは、『文学界』の同人たちである。その『文学界』第四十一号（明治二十九年五月）に、『われから』を論評した文章が載っている。

この書評で注目されるのは、ヒロインである町子に関して、「嫉妬の心」と「気随の性」とがある、と看破している点である。つまり、多くの読者は、主人公に感情移入して小説を読み進める傾向にあるので、「主人公には欠点がない。主人公を苦しめのは悪人である」などと思ってしまいがちである。けれども、夫に対する姿勢、使用人たちに対する姿勢、書生に対する態度などで、町子にも誤解される要素はあったとして、一葉の人間の描き方の特質を明らかにしている。

また、この書評では、町子だけでなく、その母親である美尾の造型も優れている、と評価している。ここから、この書評は、一葉文学を、「明治文壇の誇り」であり、「仏蘭西の小説」にも比肩しうる水準に達している、とまで絶賛する。「其の人の様、事の成り行きを、目のあたり見るが如くならしむ」一葉の文章力に、尋常ならざるものを見て取ったのである。

『われから』のテーマとなっていた、「海人の刈る藻に棲む虫のわれからと音をこそ泣かめ世をば恨みじ」という和歌を、『文学界』の書評も冒頭で引用している。そのうえで、次のように論評する。自分一人だけ、人間一人だけの不幸に泣くのではなくて、社会全体がゆがんでいて、多くの人々を苦しめていると考えて、そのすべてを悲しむのが、大きな苦しみ方である。そういう苦しみ方をする人間は、涙も笑いもなく、かかるものは世の様かとただ沈思せしむるものあるのみであり、一葉の小説は、そこまで到達している。このような捉え方が『文学界』第四十一号の作品評であり、作家評であった。

森鷗外・斎藤緑雨・幸田露伴の批評

『めさまし草』（明治二十九年五月）の「三人冗語」の欄には、森鷗外・斎藤緑雨・幸田露伴による『われから』の書評が載っている。ここでは、二つの点が問題になっている。「町子の物語」が主眼のはずなのに、町子の母親である「美尾の物語」が長すぎる点を、どう評価するか。そして、町子と、書生の千葉との間に、不義の事実があったのかどうかが、もう一点である。

町子と千葉に不義があったとすれば、母親の美尾の出奔の繰り返しとなり、母と娘の二代にわたる悲劇が繰り返されたことになる。

斎藤緑雨は、一葉の家を訪れて直接、「三人冗語」で問題となった箇所について、作者本人の意図を質問している。「みづの上日記」の明治二十九年五月二十九日のくだりである。一葉は明確な返答をしなかった。緑雨は、不義があったと理解する読者が多いけれども、不義はなかったと読んでいる。ただし、あと二箇月くらいこの状況が続けば不義がなされるだろう、と考えていた。

一葉と緑雨は、不義があったことを「実事あり」、なかったことを「実事なし」と言っている。「実事」は、中世に書かれた『源氏物語』や『伊勢物語』の注釈書で用いられた分析用語である。男女関係の有無を、「実事あり」「実事なし」と述べるのである。

私は、この小説のタイトルとなった「われから」という言葉が、『伊勢物語』第六十五段の和歌から取られていたことに注目したい。その『伊勢物語』で重要とされる第六十九段は、「狩の使」のエピソードを語る。在原業平が伊勢に赴き、伊勢の斎宮と交流する。この時、業平と斎宮の間に「実事」があったのか、それともなかったのか、どちらとでも解釈できる曖昧な書き方がなされている。古注釈書でも諸説が入り乱れている。このような『伊勢物語』第六十九段の朧な書き方を、一葉は意識して、『われから』を構想したのではないだろうか。緑雨に対して明瞭な回答を、一葉がしなかったゆえんである。

解釈は、読者に委ねられている。一葉の文学は、読者の参加によって、読者の心の中で完成するのである。

引用本文と、主な参考文献

・「筑摩全集」の第一巻に『ゆく雲』、第二巻に『にごりえ』『十三夜』『われから』が載る。

・『文学界』（臨川書店）と、『文芸倶楽部　第十二編臨時増刊　閨秀小説』（樋口一葉著作物刊行会）には、復刻版が出版されている。図書館等で手に取ると、刊行当時の雰囲気が理解できる。

発展学習の手引き

『ゆく雲』『にごりえ』『十三夜』『われから』を、読んでみよう。特に、『にごりえ』は一葉の代表作の一つであるので、原文に触れてほしい。

新・フェミニズム批評の会編『樋口一葉を読みなおす』(一九九四年、学藝書林)は、一葉の小説群の論文集である。自分の読後感と、ここに書かれている研究論文とを照らし合わせて、各自の解釈を試みてほしい。

12 さまざまな可能性

《目標&ポイント》明治二十九年の一月から二月にかけて掲載された『この子』『わかれ道』『裏紫』の三編を取り上げる。短い期間に次々に発表されたこれらの小説は、どれもが問題作であり、一葉文学の最後の力作群と言える。これらの三編のうち二編は、作品発表の舞台が今までにない出版社である。これまでに『たけくらべ』以外の一葉小説のすべてを概観してきたので、一葉小説の生成と展開についても触れる。

《キーワード》『この子』、『わかれ道』、『裏紫』、一葉小説の概観

1.『この子』の新機軸

唯一の口語体小説

『この子』は、『日本乃家庭』第二号に掲載された。発行は、明治二十九年一月一日である。『日本乃家庭』は、家庭婦人向けの雑誌で、第一号には、津田梅子の文章のほか、後藤宙外や小杉天外の名前も見える。同誌の発行人有明文吉からの明治二十八年十二月九日付けの葉書は、一葉への原稿の依頼である。有明は、第二号掲載予定の小説は、十二月の二十二日までに書き上げてほしいということと、文章はなるべく「平易」に書いてほしい、と述べている。これを受けて、ごく短期

間に、平易な文体で書かれたのが、短編小説『この子』である。

なお、有明は微生物学者で医学にも詳しく、明治二十九年十月二十八日付けの封書では、一葉が胸を病んでいることを仄聞して、「北里（柴三郎）博士」に診断してもらったらよいのでは、と心配している。

一葉が亡くなったのは、この手紙から一箇月と経たない十一月二十三日だった。

この作品は、一葉文学の中で、唯一の口語体で書かれていることが注目される。加えて、一人称の語り口である。夫との不和が原因となっている主人公の苦悩と、子どもの存在という点で、『十三夜』のモチーフと通底している。

『この子』のあらすじと、文体の工夫

小室実子は、「勝気」で、「負けない気」「負けるぎらひ」な性格だった。海軍の関係者や、医学士との縁談もあったが、裁判官山口昇の妻となった。ところが、夫とは性格が折り合わず、冷たい家庭になってしまった。夫婦のすれ違いは、使用人にも伝わり、性格の良くない者ばかりが、勤めたかと思えば辞めてゆき、その都度、家の中から品物が持ち逃げされるのだった。夫は、「つまらぬ妻」と顔を合わせるのに耐えかね、「家を外にするといふ蕩楽もの」になった。実子は、心ここにあらずという迷いの中で生きていた。

ところが、夫との離別を覚悟していた実子に、子どもが生まれた。「この子」が、「美事な宝」であり、「守り神」だった。実子は「この子」の母であることに、喜びを見出した。夫もまた、「この子」が「可愛」くてならず、自分と同じように「この子」を「可愛い」く思う妻もまた「可愛い」、と思うようになった。ここに、夫婦の仲直りは果たされた。

以上が、『この子』のあらすじである。一葉が、これほど楽観的な小説を書けるものだろうかと、驚きを禁じ得ない。しかも、登場人物たちが生きる喜びを見出すという、ハッピー・エンドである。『十三夜』も『われから』も、結末に夫との和解は書かれていない。

文体は、実子の一人称の語り口で統一されていて、読みやすい。「言はれませんかつた」、「出来ませんかつた」という、若松賤子が発明したという、翻訳調の口語も取り入れている。

樋口一葉は、明治二十九年に、数えの二十五歳で亡くなっている。明治二十年の二葉亭四迷『浮雲』が「言文一致」の始まりだとされる。明治の文壇は、この「言文一致」に席巻されていった。ところが、古典和歌と古典物語が深く染みこんでいる一葉の場合には、「会話」の部分は口語であっても、「地の文」は文語体で書かれていた。だから、もしも一葉に、二十五歳以上の人生があったとしたら、言文一致が主流となった明治の文壇で、どのような作品を書いただろうか。『舞姫』の雅文体でデビューした森鷗外は、その後、見事な口語体で『雁』を書いた。けれども、『この子』を読むと、一葉も言文一致に対応できたことがわかる。

> 此坊やの生れて来ようと言ふ時分、まだ私は雲霧につ、まれぬいて居たのです、生れてから後も容易には晴れさうにもしなかつたのです、

「つ、まれぬいて」や、「晴れさうにもしなかつた」あたりに、かすかながら、話し言葉としては生硬さが感じられるものの、文末の「です」を自然に使いこなしている。

おそらく、一葉は、短い期間で平易な、家庭向きの小説を書いてほしいと依頼され、その要件に

沿って、初の口語体を試みたのであろう。「こういう口語体の小説を自分は書くことができる」という、ある程度の手応えはあったかも知れない。けれども、文体は、内容の方向性の決定に関与し、侵食してくるものである。おそらく、一葉の場合、口語体は、深刻な社会批判や人間悲劇を書くには似合わないという感触が残ったのではないか。『この子』と、同年同月に掲載された『わかれ道』は、文体と言い、内容と言い、対極的な作品であり、一葉小説の全体像に照らすならば、『わかれ道』が本流であることが際立つ。

なお、本書では作品を取り上げる際に、原則として、作品が掲載された年月日を優先している。いつ読者たちの前にその作品が登場したかが大切だと考えるからである。ただし、二つの作品を比べると、執筆の開始や原稿が完成された日の前後関係と、発行日の前後関係が逆の場合もある。『この子』と『わかれ道』の場合がまさにそのケースであり、完成は『わかれ道』の方が早かったが、雑誌に掲載されたのは『この子』の方が先である。一葉は『わかれ道』を完成後、口語体の『この子』を執筆したのである。

2.『わかれ道』の現実と哀感

『琴の音』から『わかれ道』へ

『わかれ道』は明治二十九年一月、民友社の雑誌『国民之友』附録「藻塩草」に掲載された。(上)(中)(下)から成る。民友社の国木田収二の依頼による。収二は、国木田独歩の弟である。『国民之友』は平民主義を掲げる雑誌である。

第九章で、『琴の音』という小説を取り上げた。主人公の「渡辺金吾」は天涯孤独の身の上であり、両親の代から貧困に苦しんでいた。ある日、偶然に耳にした美しい琴の音によって、人生に対する希望を取り戻し、再生への道を歩み出したのだった。

『わかれ道』では、社会的貧困に苦しむ少年が、どんなに立ち直ろうとしても立ち直らせてくれない世の中のあやにくさを、安らぎの場所さえも、突然消滅する絶望感によって描き出そうとする。『琴の音』の設定を進め、作品に強いリアリティをもたらしている。

『わかれ道』のあらすじ

『わかれ道』は、短編であるが、（上）（中）（下）の三部から成っている。

父親も母親も知らない「吉三」は、角兵衛獅子の曲芸をさせられていたが、足が痛いと言うと、置き去りにされた。それを哀れんだ「太つ腹のお松」という傘屋の先代女主人が拾って、吉三を傘職人として生きてゆくようにしてくれた。

ところが、お松の死後は、その息子である「半次」や職人仲間から、事あるごとに嫌がらせを受け、嫌われている。吉三の唯一の楽しみは、仕事屋として、裁縫で生計を立てている「お京」の家に入りびたり、世間話をすることだった。お京は、優れた裁縫技術を持っていたが、この仕事をし続けても未来への展望が開けないことに絶望し、金持ちの「お妾」となって安穏な人生を生きる覚悟を固めた。その決意を聞いた吉三は、お京とは二度と会わないと告げる。お京は吉三を抱いて引き留めるが、吉三はなおも出てゆこうとする。

これが、『わかれ道』のあらすじである。タイトルは、吉三とお京の「別離」を意味しているのだろうか。それとも、貧富の差のある人間社会のどこに、貧と富の別れ道があるのか、という問いかけなのだろうか。あるいは、人間にとっての幸福と不幸の別れ道を象徴しているのだろうか。

「一寸法師」と呼ばれる吉三

吉三が初めて紹介される場面には、「一寸法師と仇名のある町内の暴れ物、傘屋の吉とて持て余しの小僧なり。年は十六なれども不図見る処は一か二か」とある。年は十六歳であるけれども、ちょっと見の外見からは、十一歳か十二歳くらいにしか見えない、背の低さであった。そのため、「一寸法師」という仇名で呼ばれていた。その後も、吉三が、半次や職場の朋輩たちから「一寸法師」と嘲られる場面が何度も繰り返される。

樋口一葉は、近代小説である『わかれ道』を執筆するに際して、室町時代の御伽草子である『一寸法師』を骨子として構想を具体化した。『わかれ道』には、御伽草子『一寸法師』が深く影響していると思われる。なお、御伽草子では「いっすんぼうし」である。『わかれ道』では「いっすんぼし」と「いっすんぼうし」が混在している。

まず、吉三が「傘屋」であるという設定である。一寸法師が鬼を退治して獲得したのは、打出の小槌だけではなかった。江戸時代に渋川清右衛門が刊行した版本の『一寸法師』の挿絵には、鬼が残していった宝物の中に、簑と笠が描かれている。「隠れ簑」と「隠れ笠」である。

また、半次たちから背の低さを「一寸法師」とからかわれても、吉三は、自分は背が低いから警戒されず、夜でもお京さんの部屋に出入りすることができる、と言い返す場面がある。これは、御伽草子『一寸法師』で、背が低いため誰からも見咎められずに、姫君の部屋に入ることができたことを踏まえている。御伽草子では、一寸法師が姫君を初めて見たのが十六歳である。お京と出会った時の吉三の年齢が「十六歳」に設定されているのは、このことと深くつながっているのではないか。また、お京が「針仕事」をしているのも、当時の女性の仕事として一般的であるだけでなく、御伽草子『一寸法師』で「針」が重要な素材となっていることからの連想もあろう。

背の低い吉三が、器量よしのお京と親しいことを嫉妬した半次たちが、川を渡る時には普通は男が女を背負うものだが、お前たちの場合は女が男を背負わねばならないだろうと、からかう場面がある。ここには、浄瑠璃の『桂川連理柵』が喩えに出されている。だが、一葉の意識には、御伽草子『一寸法師』で、背の低い一寸法師と、普通の身長の姫君という二人が、舟に乗って淀川を下って行く場面が先にあり、それと同じ趣向の浄瑠璃が意識されたのだろう。

『わかれ道』では、吉三がお京から、仕事道具である「光沢出しの小槌」を打って手伝ってほしいと言われる場面がある。ここも、「打出の小槌」を念頭に置いている。洗い張りをした生地に艶を出す、「光沢出しの小槌」はあっても、事態を一挙に変えてしまう「打出の小槌」など、現実には、特に明治の日本社会には存在しないのだ、という一葉のメッセージが込められている。

お京の過去については、「以前が立派な人」とされている。御伽草子『一寸法師』の姫君も、「三条の宰相殿」の娘ではあるが、継母にいじめられる継子の身の上だった。

吉三は、「己れなんぞ御出世は願はない」と口にしていた。身長を伸ばし、お金も、綺麗な着物も、大きな屋敷も、何でも目の前に出現させてくる「打出の小槌」が、現実世界にはありえないことを、自覚しているのだ。「朝から晩まで一寸法師の言れつゞけで、夫れだからと言つて一生立つても此背が延びやうかい」という吉三の言葉は、痛々しい。

お京もまた、「打出の小槌」によって奇蹟が起きることがない、と自覚している。だから、金持ちの「お妾」となって生きることにしたのだ。

> 最うお妾でも何でも宜い、何うで此様な詰らないづくめだから、寧その腐れ縮緬着物で世を過ぐさうと思ふのさ。
>
> 《「筑摩全集」第二巻、一四一頁による》

この言葉は、吉三との息詰まるような対話の中から、絞り出されてきたお京の本心である。「腐れ縮緬」は「鎖縮緬」のもじりで、水商売などで得た高価な衣服のこと。お京を「お妾」として囲う男は、さしずめ『一寸法師』の姫君を取って食おうとする「鬼」だろう。

一葉の辛辣な社会観察は、「貧富」の二つに分かれている人間社会の「富」の側だけでなく、「貧」の側にも「鬼」がいることを見抜いている。一人で三人前の傘仕事をやってのける吉三に向かい、「一寸法師」と罵り続ける半次たちもまた「鬼」である。

そして、「富の鬼」と「貧の鬼」に取り囲まれて、進退窮まって思いもよらぬ行動に出る吉三も、そしてお京も、「鬼」である。こう考えると、一葉の作品に、「鬼」という言葉が何度も用いられていることに納得がゆく。

文学者である樋口一葉は、荒唐無稽な御伽草子を、リアリティ溢れる近代小説へと変貌させた。一葉は、「筆」という打出の小槌を、手にしていたのだろうか。けれども、一葉が執筆する小説の中の人間模様の多くは、幸福な結末ではなかった。先ほど見た『この子』などを例外として。

また、一葉自身の生きる現実も、貧しさから自由になれなかったし、半井桃水への思いも実ることがなかった。ここで、またしても、「読者」の存在が重要になる。一葉は、自分の書く小説の読者に、「打出の小槌」の発見と獲得を託していたのではなかっただろうか。

だからこそ、『わかれ道』は、言いさしのままで筆が擱かれた。末尾の部分に、会話を示す引用符を付して、引用する。「お妾」になるのは止めてほしいと懇願する吉三へのお京の言葉と、それに対する吉三の返事である。

「私は何うしても斯うと決心して居るのだから夫れは折角だけれど聞かれないよ」と言ふに、吉は涕の目に見つめて、「お京さん後生だから此肩の手を放してお呉んなさい」。（終）

唐突で、いかにも不安定な筆の止め方である。けれども、このような極度の不安の中で、一葉作品の登場人物たちは生きている。いや、生かされている。ここまでが、一葉の筆の力が及ぶ限りの結末であり、幕切れである。一葉にそれ以上、書き進める力がなかったのではない。この幕切れを書いたことが、一葉からの読者に手渡されたメッセージなのであろう。そこから先は、読者の構想力に任されている。強靭な表現力によって、読者たちをここまで連れてきた一葉が、読者たちを解放する瞬間であり、読者たちは我に返る。文学が持つ力を現前させる一葉の世界が、ここに在る。

3.『裏紫』の未完という完成

未完に終わった『裏紫』

『裏紫』は、明治二十九年二月の『新文壇』に、（上）のみが掲載された未完小説である。『新文壇』を編集していた高瀬文淵と鳥海嵩香の二人から、一葉に出された手紙が残っている。鳥海は、一葉の自宅にまで訪ねてきたことが、一葉の日記に書かれている（明治二十九年五月二十八日）。高瀬と鳥海は、熱心に続きの原稿を求めたが、当時、ほかの原稿も抱えていた一葉は、『裏紫』の続稿を書き上げることができなかった。

『わかれ道』は、意図的に「未完成」を装って完成した小説だった。換言すれば、未完成という完成を実現した作品だった。『裏紫』の場合は、多忙によるやむをえない中断だったのだろうか。

『裏紫』を読む

『裏紫』は、なにぶんにも未完成の作品なので、「あらすじ」を書くのがむずかしい。活字となった（上）のみの「内容紹介」になる。富める人に嫁いだ女性の苦しみがテーマである。

裕福な西洋小間物商・小松原東二郎には、自慢の女房「お律」がいる。東二郎は、妻を溺愛している「結構人」（好人物）である。お律も、夫を支える良き妻だと、皆から思われている。ところが、お律には、夫と結婚する以前から深い仲となっていた「吉岡」という秘密の恋人がいる。今日も、お律は、吉岡と密会するために家を出た。妻の秘密を知らない夫は、喜んで妻を送り出す。不義の恋人のもとへ向かうお律の心には、複雑な思いが入り交じっていた。夫に対する申しわけなさ。未来ある若者である吉岡と、これ以上秘密の交際を続けると、いつかは不義が露顕して、自分だけではなく、吉岡までも破滅させてしまうのではないかという不安。

このまま吉岡のもとへ向かおうか、それとも夫のもとへ戻ろうか、悩みに悩んだお律が辿り着いた結論は、吉岡を選ぶことだった。お律の唇には、「冷やかなる笑み」までもが浮かんでいた。

これが、（上）の内容である。このあと、どういう内容が（中）と（下）、あるいは（下）のみに、予定されていたのだろうか。

この時期の一葉は原稿執筆の時間に追われるだけでなく、小説に書く材料も不足しがちであった。『文学界』に少しずつ連載中だった『たけくらべ』が、最後の完結を迎えて、改稿に取りかかろうとしている時期と、『裏紫』の執筆は重なっていた。『通俗書簡文』の執筆もあった。

こういう時、文学者は自分の最も得意とする、そして最も自信のある「材料」を用いて小説を書くのではないだろうか。一葉文学の原郷は古典であった。具体的には、『古今和歌集』『伊勢物語』『源氏物語』『徒然草』などが、汲めど尽きせぬ一葉文学の発想の源であり続けた。この小説が「裏紫」という、明らかに古典和歌を踏まえた命名であることが、その間の事情を示唆している。

とは言え、実は、「裏紫＝うらむらさき」という言葉を用いた和歌は、それほど多くはない。六番目の勅撰和歌集である『詞花和歌集』に収められている次の歌が、最も古く、かつ最も有名である。一葉は、この歌を意識していたと考えられている。

　久しく音せぬ男に遣はしける　　俊子内親王大進

訪はぬ間をうらむらさきに咲く藤の何とてまつに掛かり初めけむ

長いこと訪れが絶えている男に対して、女が恨んで詠んだ歌である。「恨む」と「裏紫」、「松」と「待つ」の掛詞が駆使されている。松の木（男の比喩）に、紫色の藤の花（女の比喩）の蔓がからまるように掛かって咲いている。しかし、女が待ち続けている男は、長いこと訪れもしないので、女が男を恨む気持ちは増すばかり。自分は、どうしてこんな薄情な男を信じて、男の訪れを待ち始めてしまったのだろうか。今となっては、悔やまれる。このような内容の和歌である。

この『詞花和歌集』（一一五一年頃成立）の「うらむらさき」の和歌は、『千五百番歌合』（一二〇三年頃）の「判詞」にも引用されている。また、『平家物語』で、後白河法皇が尼になった建礼門院を大原の里に訪ねる感動的な場面にも引用されている。

一葉は、この和歌を知っていた可能性がある。ただし、この和歌だけでは、先ほど紹介した小説『裏紫』の内容とほとんど重ならない。（上）以後の、書かれなかった部分に、吉岡の裏切りがあって、お律が吉岡を深く恨むという展開になれば、少しは重なるかもしれない。

そこで、『詞花和歌集』のほかに、もう一つ、別の古典を想定してみよう。それは、先ほどの内容紹介と深く関わる作品である。『伊勢物語』第六十五段と言えば、前の章で取り上げた『われから』と深く関わっていた古典である。

本書で取り上げたのは『われから』が先だったが、執筆順で言えば、『裏紫』が先に書かれた。『伊勢物語』第六十五段には、天皇の寵愛を受けている女性が、臣下の男性と道ならぬ関係になり、それが露顕する、という筋である。この天皇は立派な方で、仏様のお名前を心に秘めて、たいそう美しい声で経典をお読みなさる。それを聞いた女は、これほど素晴らしい天皇を裏切ってしまう自分が情けないし、天皇には申しわけないと悲しんで、泣いた。けれども、若い男にほだされて不義を続けた。遂には、その不義の事実が顕れ、男は追放され、女も幽閉された。その時に女が詠んだ歌が、「海人の刈る藻に棲む虫のわれからと音をこそ泣かめ世をば恨みじ」であった。天皇は清和天皇、不義を働いた恋人は在原業平、三角関係で苦しんだ女は二条の后（藤原高子）だと考えられている。

『裏紫』では、お律の夫は富裕な商人で、「仏性の旦那どの」とされているのは、『伊勢物語』第六十五段の天皇像と重なる。お律と吉岡の関係が、お律の結婚以前から始まっていたというのも、業平と二条の后の関係と同じである。お律の夫への気持ちは、「有難い嬉しい恐ろしい、余りの勿体なさに涙がこぼれる」と描写されているが、『伊勢物語』第六十五段で女が泣く気持ちと重なる。さらに言えば、『源氏物語』で、桐壺帝を裏切って、若い光源氏と不義の関係になった藤壺が泣く気持ちとも重なっている。

小説の材料が不足気味だった一葉は、自家薬籠中のものとしている『伊勢物語』の中から、第六十五段を連想して、それを近代日本に移し替え、主要な登場人物の配置を編み出した。そして、「海人の刈る藻に棲む虫のわれからと音をこそ泣かめ世をば恨みじ」という歌の最後の部分にある「世をば恨みじ」（恨みはすまい）とあるけれども、一葉は、女がきっと恨んでいるだろうと考えた。そうすると、「恨む」という言葉を含む、「訪はぬ間をうらむらさきに咲く藤の何とてまつに掛かり初めけむ」という『詞花和歌集』の歌が連想された。そこから『裏紫』という言葉をつかみ取った。藤の花が松に這い掛かっていることから、ヒロインの夫の名前を「小松原」とした。ヒロインの名前が「お律」なのは、自分の心を律し切れていない女へのアイロニーであろうか。

以上が、私の推測である。一葉は、『伊勢物語』第六十五段から、『裏紫』と『われから』の二つの小説を構想したことになる。『裏紫』は未完に終わってしまった。しかし、このようにこの作品の背景を推測してみると、むしろこの作品はこれで完成しているのではないか。だからこそ、これ以上の書き継ぎはなかったのだと思われてくる。

生きがたさの普遍性

『裏紫』のお律は、夫を裏切って不義を働く自分を、深く反省してはいる。

> 思へば私は悪党人でなし、いたづら者の不義者の、まあ何と言ふ心得違ひ、と辻に立つて

歩みも得（え）やらず。（中略）
最（も）う思ひ切つて帰りませう、帰りませう、帰りませう、帰りませう。（以下略）

この一人称の語りの、何と切迫していることか。けれども、お律は、善良な夫に惹かれる気持ちを振り切って、吉岡のもとへと「急ぎ足」で駆け出すのだった。その唇に「冷やかな笑み」が浮かんでいたことは、すでに述べた。このあと、彼らがどういう人生行路を辿るのか。ここでもすべては、読者の想像に託されている。

4．小説家としての歩み

『文学界』の作品批評

本書では一葉の作品を、最初期から順に取り上げてきた。そこから、どのような一葉の歩みが見えてくるだろうか。『文学界』第三十八号（明治二十九年二月）の作品批評を紹介して、本章のまとめとしたい。『文学界』のこの号は、約一年間にわたって連載されていた『たけくらべ』が完結した直後の刊行だった。それを受けて、一葉小説の概観をまとめた、適切な評である。「漫草」というコラム欄に、「たけくらべ」という項目がある。そこで書かれている内容を、私の言葉で嚙み砕いて要約してみよう。

《一葉が次々と優れた小説を発表しているのは、喜ばしい。もともと、一葉の作品には、ある種の「睨（にら）み方（かた）」があった。つまり、一葉独自の世界観と厭世観である。『やみ夜』は、それが直接に強く現れたものである。『にごりえ』は、その厭世観を中核にしつつも、豊富な観察と自在な表現力で包みこんである。ただし、あまりにも作者の世界観が強く表明されすぎていると、ある種の「臭み」が残ってしまうきらいがある。『十三夜』には、『にごりえ』のような、ことごとしさが無く、さっぱりしている。そこに、一葉の作家としての進歩を感じて、喜ばしく思う。最近の作品である『大つごもり』は、『やみ夜』の約一年後に書かれている。その両作を読み比べてみると、『大つごもり』には作者の大きな進歩が見受けられる。『わかれ道』には、一葉特有の「睨み方」があるが、直接に表出していないので、読者に臭みを感じさせない。一葉の描きだす登場人物にリアリティがあって、思想が「借り物」でないからである。このように、作者の思想の一方的な表明でなくなってゆき、世界観と厭世観を昇華させてゆきつつあるのは、喜ばしい。本誌『文学界』に一年近く連載され、完結したばかりの『たけくらべ』もまた、まさに一葉小説の最高の出来映えと言ってよい。場面構成も、書かれている景物も、登場人物の描き方も、新鮮である。なおかつ、人間や社会の観察眼も成熟している。この『たけくらべ』が一括して掲載されて世間の人々に広く知られる日も、近いであろう。》

一葉小説の歩みが、簡潔・的確に整理されている。同時代による優れた批評であり、傾聴すべき文学論であると思う。次の章では、その『たけくらべ』を読もう。

引用本文と、主な参考文献

・「筑摩全集」の第二巻に、本章で取り上げた小説が収められている。また、新日本古典文学大系・明治編『樋口一葉集』に、この三作品の注解がある。

発展学習の手引き

これまで、一葉の小説は読者の心の中で完成されると述べてきた。未完に終わった『裏紫』を完成させるのも、読者である。この作品の書かれなかった部分を想像してみよう。読書の醍醐味は、読み終わった後に、読者の心に広がってゆく余韻にあるのではないだろうか。

13 『たけくらべ』を読む

《目標&ポイント》『たけくらべ』は、一葉文学の代名詞とも言える著名な作品である。『文学界』への連載も、途中の中断期間を含めて、一年に及んだ。ここでは『文学界』に掲載された順に沿って、『たけくらべ』の内容を区切りながら、作品の生成過程を把握し、あわせて当時の『たけくらべ』評にも触れて、この作品の真価を理解する。

《キーワード》『たけくらべ』、『文学界』、「三人冗語」

1．『たけくらべ』執筆の経緯

『たけくらべ』の掲載と、その前後

本書では、樋口一葉の作品を、雑誌や新聞などに掲載された順に取り上げることを基本方針としてきたが、必ずしも厳密な意味での掲載順ではない。作品発表の舞台に注目して、そのまとまりごとに取り上げることを優先してきたからである。初期の作品で言うならば、『別れ霜』は、半井桃水が主宰して創刊した『武蔵野』に掲載された三編の間の時期の作品であるが、「武蔵野三部作」をまとめて取り上げた後に、『別れ霜』を取り上げた。

『たけくらべ』もまた、『文学界』に都合七回にわたり掲載されたが、その間、『たけくらべ』以

外のさまざまな作品も発表している。そのような日々を縫って『たけくらべ』は一年の歳月をかけて完成されたのである。その経緯を改めて概観するために、『たけくらべ』の掲載前後の状況を、作品年表風に示せば次のようになる。

本書の第十一章で示した博文館関係の略年譜と重なる部分もあるが、本章では『文学界』に掲載された『たけくらべ』の掲載状況に主眼を置いた。なお、『たけくらべ』以外の作品は、一字下げによって示した。

【明治二十八年一月】『文学界』第二十五号に、『たけくらべ』（一）～（三）まで掲載。

『文学界』第二十五号以前の一葉作品の掲載は、第三号に『雪の日』、第十二号に『琴の音』、第十四・十六号に『花ごもり』、第十九・二十一・二十三号に『やみ夜』、第二十四号に『大つごもり』が載り、すでに多くの作品が発表されている。『文学界』が月刊の文学同人誌であることを思えば、『やみ夜』の最終掲載号から『大つごもり』へ、そして『たけくらべ』の開始は、舞台設定も内容も全く異なる三作品を、同一の作者が三箇月間連続して発表している。この時期、いかに一葉の執筆が途切れずに続いていたかが窺える。

【明治二十八年二月】『文学界』第二十六号に、『たけくらべ』（四）～（六）まで掲載。

【明治二十八年三月】『文学界』第二十七号に、『たけくらべ』（七）～（八）まで掲載。

【明治二十八年四月】「毎日新聞」に、『軒もる月』掲載。

【明治二十八年五月】『太陽』に、『ゆく雲』掲載。

【明治二十八年六月】『文芸倶楽部』に、『経づくえ』再掲。

【明治二十八年八月】『文学界』第三十二号に、『たけくらべ』（九）～（十）掲載。

【明治二十八年八月】「読売新聞」に、『うつせみ』掲載。

【明治二十八年九月】「読売新聞」に、随筆「雨の夜」と「月の夜」掲載。

【明治二十八年十月】「読売新聞」に、随筆「雁がね」「虫の声」掲載。

【明治二十八年十一月】『文学界』第三十五号に、『たけくらべ』（十一）～（十二）掲載。

【明治二十八年十二月】『文学界』第三十六号に、『たけくらべ』（十三）～（十四）掲載。

【明治二十八年十二月】『文芸倶楽部』臨時増刊「閨秀小説」に、『十三夜』（「一葉女史」名義）、
　および、『文学界』からの再掲『やみ夜』（「なつ子」名義）掲載。

【明治二十九年一月】『文学界』第三十七号に、『たけくらべ』（十五）～（十六）掲載。完結。

および、『日本乃家庭』に『この子』、『国民之友』に『わかれ道』掲載。

【明治二十九年二月】『新文壇』に、『裏紫』（上）掲載。『太陽』に、『大つごもり』再掲。

【明治二十九年四月】『文芸倶楽部』に、『たけくらべ』一括再掲。『めさまし草』の「三人冗語」

で森鷗外・幸田露伴・斎藤緑雨に称賛される。


以上、『文学界』での『たけくらべ』の連載開始から、連載が完結し、『文芸倶楽部』に一括掲載されるまでの、一葉作品の掲載状況を略述した。『たけくらべ』の『文学界』への連載は、第二十五・二十六・二十七号までは、毎月掲載されたが、その後、大きく四号分空いて、第三十二号で再開した。けれども、その後、再び二号分空いて、第三十五・三十六・三十七号と連続して掲載されて全編が完結した。このように、『文学界』への連載は、大きく三期に分けられる。

第二十八号から第三十一号までの休載期は、『軒もる月』や『ゆく雲』などの執筆が入ったことが大きな要因であろう。ただし、一葉の「水の上」日記は、明治二十八年の四月の半ばから六月の半ばまで連続して書かれている。この間に『文学界』の青年たちが頻繁に来訪し、文学談義や、自分たちの近況や人生上の悩みなどを語って、本郷丸山福山町の一葉の家で、夜遅くまで長時間過ごしていた様子が、活写されている。

『文学界』への寄稿を求めるために、最初に来訪したのは平田禿木(とくぼく)だった。禿木は、『文学界』の親しい友人である、馬場孤蝶(こちょう)や戸川秋骨(とがわしゅうこつ)や上田敏(うえだびん)たちを連れてきた。彼らとの応接で、一葉の貴重な執筆時間が取られてしまったのではないかと思うのだが、一葉自身は、彼らの訪問に対して迷惑そうな記述はしていない。彼らは、一葉に対する尊敬と親しみの念に溢れており、このような交流は、一葉が病に臥すまで続いた。

『文学界』第四十号の『たけくらべ』評

『たけくらべ』が『文芸倶楽部』に一括掲載されたのは、明治二十九年四月十日だった。それから間もない四月三十日には、『文学界』第四十号の「時文(じぶん)」欄に、早くも『たけくらべ』評が掲載された。執筆者名は書かれていないが、おそらく、『文学界』の中心となって一葉に執筆依頼していた平田禿木(とくぼく)によるものであろう。なお、引用に際しては、表記等を読みやすく改めた。

> 此(こ)れは小供(こども)を主人公としたる小説にして、同じ『文芸倶楽部』の真打(しんうち)なり。小年文学(せうねんぶんがく)ならば知らず、堂々たる大人の読む小説に、小供(こども)のみを以(もつ)て主人公となしたる創作、昔は有(あ)りしや無(な)しや、明治の文界には此(こ)れが始めてなり。此(こ)ればかりにても珍しきに、文体の熟したるは言(い)

ふも更なり。正太の気の利いた様な高慢なる、信如のむつむつしたる、長吉の意地張りたる、三ちゃんの見るからに可笑しくなる様なる、さては美登利が例の拗ねたる、いみじくも書かれたるものかな。舞台は吉原なり。吉原とし言はば、正人君子の戦慄する処。而も、此の篇、令嬢・淑女が手にも登るべきもの。人世の趣味は斯る際にもあるものなり。本篇は、もと此の雑誌に出でしもの、僅かに自慢をのみ並べて、兎角の評は世の大家にゆづる。

『たけくらべ』が「子ども」のみを描いて、しかも優れた「大人の読物」である点に、画期的な意義を見出している。登場する少年少女は、一人一人が目の前にいるかのように個性的である。吉原という舞台を描いていながら、令嬢・淑女が読むにふさわしい作品に仕上がっている。この作品を連載した『文学界』の名誉であり、誇りである。

このように、『たけくらべ』の全体像を把握している。現代人から見ても古びていない、簡潔にして的確な批評であると言えよう。

2．『たけくらべ』を読む

『文学界』第二十五号、（一）から（三）

これから、『文学界』の各号ごとに、『たけくらべ』を読み進める。あらすじを書きながら、そのあらすじが、そのまま作品批評ともなるように心がけた。

『たけくらべ』の連載第一回である。タイトルは、『伊勢物語』第二十三段（筒井筒）の少年少女の「幼馴染み同士の恋」に因んでいる。「筒井つの井筒にかけしまろがたけ過ぎにけらしな妹見ざるまに」、「くらべ来し振分髪も肩過ぎぬ君ならずして誰か上ぐべき」。

『伊勢物語』の少年少女は結ばれたが、『たけくらべ』の信如と美登利はどうなのか。たとえば『花ごもり』で、一つ屋根の下で育てられた与之助と「お新」は、幼馴染みと言えるが、二人は結ばれずに終わっている。

なお、『たけくらべ』全編は（一）から（十六）までに区切られている。

（一）では、小説の舞台である大音寺前と、そこに住む人々の暮らしぶりが紹介される。「大音寺前」は、一葉が住んだ龍泉寺町の別称である。吉原の裏手にある場所柄、大人も子どもも、気性は賑やかで浮かれている。ただし、育英舎という学校に通ってくる生徒たちの中で、龍華寺の住職の子である藤本信如という少年だけは、おとなしい性格だった。なお、「信如」は、「のぶゆき」と訓読みされる場合と、「しんにょ」と音読みされる場合がある。

（二）　千束神社の夏祭りが近づいた。横町の鳶頭の子・長吉と、表町の質屋（金貸し）の息子・正太郎（正太）とは、去年の夏祭りでも対立していた。横町組のリーダーである長吉は、表町組のリーダーである正太郎との対立を有利に運ぶために、信如に味方を頼んだ。

（三）　大黒屋（遊女屋）の美登利は、人気遊女である姉「大巻」の余得で、豊富な金銭力があり、子どもたちの間では女王のように振る舞っていた。美登利は表町組だが、通っている学校は、信如や、横町組の長吉と同じである。正太郎は、美登利たちと「幻燈」を、筆屋の店で催すことにした。横町に住みながら表町組の正太郎の手下である人力車夫の子・三五郎（三ちゃん）に、幻燈の口上を述べさせることにした。

以上が、連載の第一回目である。「幻燈」は、ガラス板に描いた風景画などを強い光で照らして、幕に写すもので、映画以前に流行した娯楽である。

この連載第一回で、早くも、『たけくらべ』に登場する子どもたちの全員が、顔見せを済ませた。ここまでは、子どもたちは対等である。ただし、この後の展開で、美登利と信如の二人が中心となる。どちらかと言えば、美登利のほうに力点が置かれていると感じられる。能舞台で言えば、シテが美登利、ワキが信如、ツレが長吉・正太郎・三五郎、という役どころであろうか。

『文学界』第二十六号、(四)から(六)

二回目の連載は、一回目の翌月号に、前号と連続して掲載された。

(四) 祭りの宵宮(よいみや)も終わり、筆屋の店で幻燈をしようと、正太郎は三五郎に言って、美登利を連れてこさせる。三五郎は、貧しさゆえに、表町組の正太郎に逆らえない。けれども、おどけて愛敬があり、「をかしく罪のなき子」である。

(五) 美登利の化粧に時間がかかったので、正太郎は食事のために自宅に戻っていた。その間に、横町組の長吉が十四、五人の仲間たちと、正太郎が不在の筆屋を襲い、「横町の面(つら)よごし」と罵りながら三五郎に暴力を振るう。気の強い美登利は長吉に食ってかかるが、長吉は「何を女郎め」と言い返す。長吉の投げた泥草履(どろぞうり)は、美登利の額際(ひたいぎわ)に当たった。長吉は、引き上げる際に、「ざまを見ろ、此方(こち)には龍華寺の藤本がついて居(ゐ)るぞ」という、捨て台詞(ぜりふ)を残した。

(六) その日以来、美登利は学校に行くのをしぶるようになった。正太郎は、その時に自分が不在だったことを美登利に詫びつつ、祖母と二人暮らしの寂しさを語る。正太郎が、美登利と二人で写真を撮って、龍華寺の信如を羨ましがらせてやろう、あいつは怒るだろうが、「にえ肝(かん)」だから赤くならず、真っ青になって怒るよと言うと、美登利は大笑いして機嫌が直った。

「にえ肝」は、煮え切らない、暗いタイプの癇性持ち、というような意味だろう。『文学界』第四十号の「時文」欄でも、「信如のむつむつしたる」とあった。「むつむつ」は、むっつり、くらいのニュアンスだろう。

以上、二回目の連載で、大きな事件が起きた。長吉が美登利に与えた恥の背後には、信如がいるというのだ。

『文学界』第二十七号、（七）（八）

連載三回目は、二回目の翌月である。

（七）育英舎での信如と美登利のすれ違いが語られる。信如は十五歳、美登利は一つ年下の十四歳である。信如がつまずいて袂を汚した時、美登利がこれで拭くようにと、「紅の絹はんけち」を差し出したことがあった。それを嫉妬する生徒たちにからかわれた信如は、美登利という存在を恐れるようになった。美登利が、「藤本さん藤本さん」と信如を慕って、高い所の花の枝を折ってほしいと頼んでも、むずかしい顔をして、折った枝をぽいと投げつけるようにして去る始末。いつしか、二人の間には「大川」が横たわって、心が通わなくなってしまった。そして、あの日の長吉の乱暴を、信如が「尻押」していたかと思うと、「我まゝの本性」を持っている美登利は悔しく、学校へは通わなくなった。

少年も少女も、どちらも自分の心の中にある相手への感情が「恋」であることを知らずに、相手と接している姿が、大人の読者には微笑ましくも、今後の展開が気にかかる。『たけくらべ』が「大人の読物」として優れているゆえんである。

（八）美登利の身の上と、妓楼である大黒屋での美登利の暮らしぶりが語られる。美登利の姉は、全盛の遊女だが、「数への十四」である美登利は、姉以上に美しくなる片鱗を見せている。彼女は、「女郎といふ者」を「さのみ卑(いや)しき勤(つと)め」とも思っていない。

『文学界』第三十二号、(九)(十)

三回目と四回目の連載の間には、四箇月もの空白がある。この間、読者たちは、信如と美登利がどうなるか、やきもきしながら待ち続けていただろう。

(九) 信如の身の上と、龍華寺の内実が語られる。四箇月の空白期があるが、(八)の美登利と両極の家庭環境であるだけに一体として読むと、違いが際立つ。「少しは欲深(よくふか)」で、鰻の蒲焼きが好物である父親(和尚(おしやう))を信如は恥ずかしく思っているし、十一月の酉(とり)の市(いち)には門前で「簪(かんざし)」を売っている母親も、信如は「心苦しく」思っている。

(十) (五)で語られた一件の後日譚。信如は長吉に、再び表組と喧嘩をしないように頼むが、長吉から「此組(こつち)の大将(たいしやう)」でいてくれと頼まれる。三五郎は、しばらく体のあちこちが痛かったが、やがて表町にも顔を出すところまで快復し、美登利と正太郎にからかわれるのだった。季節は秋になった。筆屋に美登利や正太郎がいると、誰かが客として訪れたものの、美登利たちの気配に、慌てて姿を消したようだった。

ここから次の連載まで、二箇月の空白がある。誰が来たのだろうかと、読者は続稿の掲載を待ち続けていたと思われる。読者が待ちに待った第三十五号は、『たけくらべ』が巻頭を飾った。

『文学界』第三十五号、(十一)(十二)

(十一) 筆屋から去った客は、やはり信如だった。正太郎と美登利は、二人で信如の悪口を言い合う。十三歳の正太郎は、「己(おい)らだつても最少(もすこ)し経(た)てば大人(おとな)になるのだ」と言う。十四歳の美登利に向かっても、「誰れだつて大人に成らぬ者は無いに」とも言う。作者は、この純真な二人の未来に、高利貸しと遊女という未来が待ち受けていることを、読者に暗示している。筆屋の女房から二人の仲をからかわれた正太郎は顔を赤らめたが、美登利は赤らめなかった。

（十二）　時雨が降る中、信如は姉の家まで使いに出かけた。美登利の住む大黒屋の寮の前で、傘を飛ばされた拍子に、下駄の前鼻緒が抜けてしまった。紙縒を作って、鼻緒をすげ直そうとするが、うまくできない。「見るに気の毒なるは雨の中の傘なし、途中に鼻緒を踏きりたるばかりは無し」。まるで、『枕草子』にあるかのような文体である。大黒屋の美登利は、雨の中で困っているのが信如だとわかるが、「うぢ〳〵と胸とゞろかす」ばかりだった。

『文学界』第三十六号、（十三）（十四）

幸い、連載の中断は無かった。読者は前月の続きをすぐに読むことができた。

（十三）　雨の中、信如は困っていた。美登利は、鼻緒に使うようにと、「紅入り友仙」の裂れを、格子の間から投げ出したが、信如は取らない。そこへ、たまたま長吉が通りかかり、履いていた下駄を信如に与え、自分は裸足で去って行った。二人が去った後には、美登利の思いが籠もっている紅入りの友仙が、「いぢらしき姿を空しく格子門の外にとゞめ」ていた。

（十四）　酉の市が立つ十一月になった。正太郎は、三の酉の大賑わいの雑踏の中、美登利を見なかったかと団子屋に尋ねた。すると、髪を島田髷に結った美登利を見たという。正太郎は、「彼の子も華魁になるのでは可愛さうだ」と言った。彼自身も美登利と会ったが、「極彩色」の「京人形」のような美しさだった。美登利は、そういう自分の姿について、「私は嫌やでならない」と言う。『伊勢物語』の筒井筒の女は、幼なじみの少年に向かって、「君ならずして誰か上ぐべき」と歌ったが、美登利は遊郭に訪れる客のために島田に結ったのである。

『文学界』第三十七号、（十五）（十六）

完結編である最終回は、前月に引き続いて連載された。『文学界』の目次には、「たけくらべ（結）」とある。

『文学界』の本文では、（十五）（十六）であるべき番号が、（十三）（十四）と誤植されていた。

（十五）美登利の母親は正太郎に、「あやしき笑顔」をして、美登利は朝から機嫌が悪いのだと言う。正太郎が心配して病気なのかと訪ねても、美登利からははかばかしい返事はない。美登利は、昨日まで覚えたことのない物思いを、するようになっていた。「ゑゝ嫌や〳〵、大人に成るは嫌やな事、何故此やうに年をば重る」、自分はいつまでも子どもでいたかった、と美登利は語る。

（十六）正太郎は三五郎から、信如が来年の卒業を待たずに、宗門の学校に入学することになったと聞く。自分たちが表組と横町組に分かれて喧嘩する年齢で無くなったことを、寂しく思う。美登利が、急におとなしくなったのを、褒める人もいれば、「折角の面白い子を台なしに為た」と批判する人もいた。ある霜の朝、「水仙の造り花」を美登利の家の格子門から差し入れた人がいた。その日は、信如が学校に入り、僧服を着る日であった。

美登利は遊女に、信如は僧侶にと、二人の道はこの日、大きく別れたのである。現代の読者は、短時間のうちに『たけくらべ』の全編を読み終えることができる。けれども、一葉と同時代の読者にとっては、『文学界』の連載が長期に及んだので、一年間にわたって、少年少女が大人になってゆく経緯を実感できたのではないだろうか。月刊雑誌の連載は、読者に考える時間を提供してくれる。その時間の中で、登場人物たちの年齢が成長するだけでなく、読者の作品に対する理解も深まってゆくのである。

構想力の妙

『たけくらべ』の結末を読み終えて驚くのは、最後に書かれている信如が僧服を着る伏線を、最初の（一）で早くも張っていた事実である。

　多くの中に龍華寺の信如とて、千筋となづる黒髪も今いく歳のさかりにか、やがては墨染にかへぬべき袖の色、発心は腹からか、坊は親ゆづりの勉強ものあり、

ここには、良岑宗貞が自分を寵愛してくれた仁明天皇の崩御に殉じて出家し、僧正遍照となった際に詠んだ歌を、踏まえている。「たらちめはかかれとてしもむばたまの我が黒髪を撫でずやありけむ」（『後撰和歌集』）。私の黒髪を撫で慈しんでくれた母親は、この髪の毛を私が自分の意思で剃る日が来ることを知っていただろうか。まさか、我が子が出家するとは思っていなかっただろう、という意味である。

ところが、信如は「坊は親ゆづり」とあるように、「坊＝龍華寺の建物」は親譲りであるから、親は息子である信如が髪を剃る未来を、当然のことと思っている。ちなみに、「坊」にはお寺の建物のほかに、少年という意味も掛詞になっていて、「坊は、勉強もの」という部分には、勉強好きな少年の、広い世界への憧れを見て取る作者の眼がある。

「発心は腹からか」は、信如が僧になることを自分から願ったのか、それともお寺の子だから仕方なく僧になるのか、という意味である。

『たけくらべ』全編を読むと、美登利への恋心を自覚した信如が、「腹から」、本心で髪を剃ることを決意し、俗世との縁を断って育英舎の卒業前に学林に入る、という結末の重さが胸に沈む。

「紅の友仙」と「水仙の造り花」

信如と美登利は、『伊勢物語』や『源氏物語』の男女とは違って、それぞれの思いを訴える和歌を贈答しない。けれども、美登利の信如への思いは「紅の友仙」に結晶し、信如の美登利への思いは「水仙の造り花」に結晶している。紅の友仙を、信如が受けとることはなかった。けれども、信如の心には、人間の（特に、女性の）美しい心の象徴として、いつまでも記憶に残っただろう。その大切な恋心を受け取らずに出家するのが、「腹からの発心」なのである。生気に満ちた『たけくらべ』には、深い哀感が流れている。

『雛鶏』という草稿

「筑摩全集」第一巻は、活字となった『たけくらべ』の後に、「未定稿A　雛鶏」という文章を載せている。つまり、『たけくらべ』の草稿である。『たけくらべ』というタイトルは、『伊勢物語』の第二十三段に由来している。では、「雛鶏」はどうなのだろうか。

「ひなどり」という言葉が、和歌で用いられることは少ない。『古今和歌六帖』に、在原業平の作だと伝承されている和歌が載っている。

　ひな鳥の風切羽弱み飛ばれねば巣ごもりながら音をのみぞ泣く

まだ羽が弱いので空を飛べない「ひな鳥」が、巣の中で鳴いている、という状況である。この歌を、一葉は知っていただろうか。

美登利は、ある日、自分がもはや子どもではないことを自覚して、悲しんだ。いつまでも、少女過渡期である。そして、過渡期ゆえに、子どもよりも、大人よりも、悲しく泣いている。さらに言えば、美登利は大人になったとしても、遊女という立場であるからには、自分の意思で生きることはできない。すなわち、自分の風切羽で人生という大空を自由に飛び回ることができない。

「雛鶏」という最初のタイトル案にも、一葉の創作心理を窺わせるものがあるように思う。

のままでいたかった。けれども、美登利は、心身共に大人になりきってはいない。子どもと大人の

3.『たけくらべ』の同時代評と、一葉小説における位相

森鷗外たちの絶賛

明治二十九年一月で完結した『たけくらべ』は、四月に『文芸倶楽部』に一挙掲載された。すると、ただちに、『めさまし草』で森鷗外たちから批評された。

まず、「頭取」という人物（鷗外か）が、『たけくらべ』のあらすじを示す。子どもたちの言動をよく捉えた要約である。つづいて、「ひいき」という人物（露伴か）が、この作品は全体がすばらしいので、「我知らず喜びの余りに起つて之を迎へんとまで思ふなり」と激賞する。登場人物たちも、それそれがよく描かれている。美登利の信如への思いは、言葉では表しがたいものであるが、それを巧みに伝えている。特に、（十四）（十五）（十六）の「言外の妙」は素晴らしい。

「むだ口」という人物（緑雨か）が、猫になりかわって、よくぞ猫を活かして用いてくれたと感謝している。これは、将来、僧になるべき信如をからかって、学校の生徒たちが、死んだ猫に引導を渡してほしい、と言って嫌がらせする場面が印象的だ、と言っているのだろう。

さらに、「第二のひいき」という人物（再び鷗外か）が、自然主義の文学者たちは、人間の形を

した「畜類」を描いているが、『たけくらべ』は、「吾人と共に笑ひ共に哭すべきまことの人間」を描いている、と感心する。作者の一葉について、「まことの詩人」であり、「此人の筆の下には、灰を撒きて花を開かする手段」がある、と絶賛している。枯木に花を咲かせる手段とは、過酷な現実世界を美しい芸術の世界へと変貌させる魔法のことだろう。「一寸法師」という仇名で呼ばれていた『わかれ道』の吉三には、「打出の小槌」が手に入らなかったが、樋口一葉はそれを持っていた、ということだろうか。

一葉の『たけくらべ』を森鷗外が絶賛したのは、芥川龍之介の『鼻』を夏目漱石が絶賛したことと並ぶ、近代文学史上の大事件だった。このことによって、一葉も芥川も評価が定まったと言えるからである。ただし、それが芥川にとっては創作活動の始まりであったのに対して、一葉にはもはや執筆人生がわずかしか残されていなかった。

けれども、一葉の文学は、同時代において、『文学界』の人々に理解され、共感され、鷗外・露伴・緑雨たちにもその真価が認められた。そのことは文学史の中に刻み込まれている。本章で取り上げた『たけくらべ』評は、『文学界』の「時文」を含め、同時代の文学批評として出色のものである。一葉自身は、そのような賞賛に対して冷静であったが、文学史的には、一葉は生前すでにその真価を認められた文学者だったと言えよう。

引用本文と、主な参考文献

・「筑摩全集」の第一巻に、『たけくらべ』が収められている。また、各種の注釈本もある。

・『文学界』には全五十八冊から成る復刻版がある（臨川書店）。

発展学習の手引き

一葉の全作品の中でも『たけくらべ』の人気は高く、映画や舞台にもなっている。けれども、やはり原文で読む機会を持ってほしい。音読したり、朗読を聞いたりすると、登場人物の言葉に共感できるだろう。

本章の第3節で紹介した『めさまし草』の『たけくらべ』評を読んでみよう。『鷗外全集』第二十三巻（岩波書店）に収められている。その他に、群像日本の作家3『樋口一葉』（小学館、一九九二年）にも収められている。この本には、一葉文学を論じた作家論、『たけくらべ』『にごりえ』を中心とする作品論、一葉の時代や一葉をめぐる人々など、多彩なテーマでの論考や資料からなり、充実している。「発展学習」へのヒントとなる本である。

14 『通俗書簡文』と、現実への回路

《目標&ポイント》 明治二十九年の新しい展開として、『通俗書簡文』の刊行がある。一葉が最晩年に執筆し、生前に刊行された唯一の単行本が『通俗書簡文』である。『通俗書簡文』の内容に触れながら、そこに描き出された世界を概観し、一葉が現実社会の日常をどのように捉えていたかを理解する。

《キーワード》 往来物、『通俗書簡文』、森鷗外、斎藤緑雨

1. 往来物の伝統

『庭訓往来』

日本文学には、「手紙」を扱う多くの作品がある。『紫式部日記』には、日々の記録に交じって、「消息文(しょうそくぶん)」と呼ばれる書簡文が紛れこんでいる。紫式部の和泉式部や清少納言に対する遠慮ない批判は、この消息文の中に見られる。手紙だから、自由に書けたのである。

物語では、男から女へ、そして女から男へと、「手紙」が届けられる。「遅く届いた手紙」や「届かなかった手紙」や、「奪われた手紙」、「宛先人のわからない手紙」など、手紙は物語のストーリーの転換点になる重要な素材だった。

平安時代には、藤原明衡の『明衡往来』（『雲州消息』とも）が書かれた。漢文で書かれた模範書簡文集である。諸本により手紙の数も配列もかなり違うが、正月から十二月までの月次、すなわち毎月の手紙の文例には、時候の挨拶が書かれていたりして、現代の手紙文にも通じている。『庭訓往来』は、著者不明であるが、内容から見て、室町前期の武士による例文集かと推測されている。往復書簡の形式を取る「往来物」の代表作である。全部で二十五通の書簡文の体裁を取っており、「手紙の模範文例集」の役割を果たす。それのみならず、手紙の中に、さまざまな分野の用語が列挙されているので、単語や語句などの知識もおのずと身につき、江戸時代には寺子屋の教科書として非常に多数が流布した。

近代に入っても、手紙の模範文例は、多数出版された。近代郵便制度の確立によって、手紙を書く頻度が高くなったことも背景にあるだろう。架蔵している木村痩仙『普通消息文典』（明治二十二年、博文館）は、実践的な指南書である。また、大宮宗司『受験問答　国文学一千題　全』（明治二十五年、博文館）には、数々の手紙の文例が掲載されている。この本に、何度も登場するのが、「鵜殿よの子」の書いた手紙文である。鵜殿余野子（一七二九～八八）は、江戸時代中期の歌人である。賀茂真淵門下の「三才女」の一人である。

一葉の「蓬生日記　一」の明治二十四年九月二十六日には、上野の図書館に行き、『日本紀』『花月草紙』などと共に、『月次消息』を借りて見た、と書かれている。この『月次消息』が鵜殿余野子の書いた往来物なのである。

2.『通俗書簡文』の概要と、同時代人の評価

『通俗書簡文』とは

『通俗書簡文』は、明治二十九年五月に、博文館から刊行された。樋口一葉の生前に刊行された唯一の単行本である。私が架蔵している『日用百科全書　第拾弐編　通俗書簡文』は、明治四十五年三月十四日発行の「三十三版」である。初版は、「明治二十九年五月二十二日印刷　五月二十五日発行」なので、十六年間で三十二回も増刷したことになる。「筑摩全集」には、初版本が収められているが、初版には誤植が散見する。架蔵の「三十三版」では、ほとんどの誤植が訂正されている。

表紙には、文箱を持った着物姿の女性が描かれている。今まさに手紙を届けに行く文使いの姿である。結び文にしてある手紙に、タイトルが書き込まれている。この『通俗書簡文』自体が、一葉から読者への手紙なのである。

美しい口絵や、田辺花圃の和歌などが冒頭を飾っている。花圃（龍子）の毛筆で、

浅からぬ心尽しも水くきのかきながしたるあとにこそしれ　龍子

と毛筆で記されている。「水茎」は、手跡、手紙などの意味である。そのあとに、一葉自身の毛筆で、「序文」がある。表記は改めたが、全文を示そう。

手紙の文は、さのみ事々しく、言選びせむより、誰にも分きやすく、素直なる言葉もて、思ふ心を、さながら言ひ表さるる様、書き習ひたらば、そのほかに、事無かるべし。言葉の自

由を得たらましかば、言はんと思ふは、我が心なれば、自づからの巧みは求めずして、取り出でらるべくや。されば、この文、ただ初学びが友に、とばかり、選びて、夕月夜たどたどしき道のしるべにも、など言ふにはあらずかし　　夏子しるす

一葉は、小説を書き続けることによって、「言葉の自由」を手に入れることに成功した。言葉の自由とは、自分の心の中にある思いを、そのまま取り出す方法である。一葉は、また、多くの師友と、書簡を書き交わした。「言葉の自由」を得た人は、どのような手紙を書くのか。往信を書く場合と、返信を書く場合の双方を想定して模範文例を書き記したのが、この『通俗書簡文』である。

なお、この序文の「夕月夜たどたどしき道のしるべ」の部分には、『源氏物語』でたびたび引用されている、「夕闇は道たどたどし月待ちて帰れわが背子その間にも見む」という和歌を踏まえている。文章を書くことに不案内な人のために、道を明るく照らす月の光のような、道しるべにしてほしいという、大それた意図は持っていない、と謙遜している。

『通俗書簡文』は、上下二段組みで印刷されている。下段が、一葉の『通俗書簡文』である。上段は、岩田鷗夢（千克）の『書簡文法』である。こちらは説明文の中で「農業家・工業家などの実業社会に於いては」という言葉なども見え、「作例」に挙げられている題名も「製造場新築竣工を賀する文」「同返事」、「工事見積り問合の文」「同返事」、「桑苗繁殖法を問合はす文」「同返事」など、実用的な文例が入っている。岩田の記述にも「女子用語」という項目があり、必ずしも男性の書簡文だけを対象としているわけではないが、一葉の手紙文のような、一通ごとに完結した文例というよりも、用語などの知識が中心である。

一葉の心配り

『通俗書簡文』の具体的内容に入る前に、この本の最後に位置する「唯いさゝか」という追記に触れておきたい。至れり尽くせりの注意事項である。たとえば、次のような注意を書いている。

手紙の各行の冒頭に、本来ならば文末に位置すべき「候」という字を書いてはいけない。各行の最後に、相手への尊敬の気持ちを表す「御」という字を書いてはいけない。手紙が厚くなった場合には、切手代が不足の無きように注意して、相手に負担をかけないようにすべきである。もらった手紙への返事は、なるべく早く出すべきである。

一葉が、いかに手紙の読み手に配慮していたかがわかる。それは取りも直さず、小説家としての一葉が、読者を絶えず念頭に置いて文章を書いていた、ということだろう。

『通俗書簡文』の構成と内容

『通俗書簡文』は、「新年の部」「春の部」「夏の部」「秋の部」「冬の部」「雑の部」から成る。これは、「四季」と「雑」という部立を有する勅撰和歌集の配列を踏襲している。序文だけでなく、跋文（「唯いさゝか」）が付いているのも、勅撰和歌集に仮名序と真名序の二つがあることと対応しているのだろう。ただし、勅撰和歌集と決定的に違っているのは、勅撰和歌集では重要な「恋」の部立が、『通俗書簡文』にはなく、恋文のお手本と、それに対する返事のお手本が書いてない点だろう。それについては、人に教えられることではないし、人に教えることでもない。『源氏物語』や『伊勢物語』、さらには一葉の小説を読んで学んでほしい、ということだろうか。

『通俗書簡文』は、往復一対の手紙文を載せているのも、特徴である。一葉は小説を執筆する際に、何人もの登場人物の心の中に入り込んできた。だから、一人二役で、往復書簡文を創作できたのだろう。『源氏物語』や『伊勢物語』には、男から女への手紙と、それに対する女からの男への返事が書き込まれている。

往復書簡は、「四季」の部は、折々の季節ごとに、近況報告や行楽の誘いがテーマである。「雑」の部は、多種多様な内容である。相手への配慮の細やかさは、芭蕉の「俳文」を彷彿させる。

往信に対して、どのような返信が書かれているかを読む楽しみもある。

また、東京の人と地方の人との手紙のやりとりも意外と多い。女学生の生活を反映する往復書簡もあり、手紙の書き手の社会的な立場に注目すると、興味深い発見が得られる。一葉作品との関連も多数見られる。

森鷗外の評

森鷗外は、自らが主催する雑誌『めさまし草』の「鷸翮掻（しぎのはねがき）」という時評欄で、『通俗書簡文』を紹介している。『鷗外全集』第二十三巻に収録されている。

鷗外は、この本が「日用百科全書」の一冊で、純粋な文学書ではないので、この文壇時評欄で取り上げる筋のものではないのだが、と前置きしたうえで、「その著者は一葉なれば、余所（よそ）に見て過（すご）さむこと、残惜（のこりを）しかるべし」と述べて、あえて批評している。「四季をり〳〵の消息のおもしろきより、慶弔などの文（ふみ）の煩（わづらはし）きまで、皆、つとめて、形式のこと葉（ば）を避けて、唯（ただ）、心に浮（うか）べるを、やがて筆にあらはさんと勉（つと）めたる」本なので、他の類書とは違っていると高く評価している。形式的な常套表現ではなく、ただ心に思ったままを言葉にして書き続ければよいという一葉の教えは、含蓄に富む。「こは、特（ひと）り、消息の上のみにはあらぬなるべし」。一葉の教えは、「消息＝手紙」を書く際の指針に留まらず、小説や評論を書く際にも有益である、と鷗外は感心しているのである。

ただし、「他人の筆に成りし頭書」、すなわち、本文が二段組みになっていて、上の欄に書かれている岩田鷗夢の『書簡文法』は、「あらずもがな」である。また、「古人の消息」、つまり、古典や歴史的人物の記した手紙文などが付録のようにして付いているのも「あらずもがな」であると述べて、一葉が書いた部分だけでよい、と強調している。それだけ、一葉の『通俗書簡文』は、文学作品として読むに堪(た)える、ということなのである。

斎藤緑雨の炯眼

一葉の「みづの上日記」によれば、明治二十九年七月十五日、斎藤緑雨が樋口家を訪ねてきた。緑雨は、今年の二月から半年間の文壇について、五、六十ページほどの批評文を書きたいのだが、「その六分の一は、君のことなり」と言って、冷(ひや)やかに笑った。

緑雨は、自分が樋口家をこのように熱心に訪れているのは、「君が性質」をはっきりと見届けるためである。世間の人は、一葉の『にごりえ』以下の諸作品を、「熱涙」をもって書き上げたと言っている。けれども、自分には、「むしろ、冷笑の筆(ふで)ならざるなきか」、「君が作中には、此(こ)の冷笑の心、満ち満ちたりと思ふは、如何(いか)に。されど、世人の言ふが如(ごと)き涙も、如何(いか)で無(な)からざらむ。其(そ)は、泣きての後(のち)の冷笑なれば、正(まさ)しく涙は満ちたるべし」などと語った。

緑雨ならではの炯眼(けいがん)である。この「泣きての後の冷笑」という言葉は、その後の一葉論の重要な論点となった。

この日、緑雨は、一葉の書いた『通俗書簡文』を取り出した。そこには、初めから終わりまで、緑雨の朱筆で、びっしりと書き込みや添削が施されていた。そして、「此(こ)の『書簡文』全体にわたりて、例の冷笑の有(あ)りさま、満ち満ちたり」と語った。緑雨もまた、鷗外と同じように、『通俗書簡文』を実用書とは見なさず、すぐれた文学作品として読んだのである。そして、一葉小説の代表作と通底するモチーフがある、と看破したのだった。一葉は、ただ笑っているだけだった。

緑雨の書き込みがなされた『通俗書簡文』の実物は、残念なことに所在不明である。

3.『通俗書簡文』を読む

「野分見舞の文」

ここからは『通俗書簡文』を具体的に読んでゆこう。その際に取り上げる文例は、鷗外や緑雨の文学基準を参照して選んだ。まず、「秋の部」から、「野分見舞の文」「同じ返事」を読もう。一葉は、常套表現は良くない、自分の心に思ったままを書けばよい、という立場である。鷗外も、その点を高く評価した。けれども、「野分」（台風などの暴風雨）に関連する描写は定型句になりやすい。というのは、『源氏物語』の野分巻や蓬生巻、須磨・明石巻などに大暴風雨の描写があり、それがその後の日本文学の「表現史」を縛りつづけてきたからである。一葉は、その束縛から解放されて、「言葉の自由」を獲得できたであろうか。往信を読んでみよう。句読点とルビを付すなど、読みやすくしてある。

昨夜の大あらし、いかゞ。御障りもいらせられず候ふや。漸く、雲おさまり、日かげ、さし出づるを見候ひて、少し胸しづまる心地に御座候。さて〳〵、近頃におぼえぬ大あれに候ひしかな。手前かた、屋後に有りし栗の木二本は、根を逆にして倒れ申候。今少しにて、離れの屋根におほひかゝりぬべきを逃れしは、幸ひに候ひし。風筋は、いかなるにて候ひしか。唯、西より、北より、南より、吹きまはすかと思ふやうにて、家のうちは舟にあると同じやうに候ひし。さりながら、地処も低く候へば、さしての障りなきに候へど、貴方様は御高台の御二階作り、いかに当て候ひけん。塀・垣などの御損処も、あらせられずや。あやぶみ思はれ候ふまゝ、御うかゞひ申上度、何も書きみだりて。

かしこ

木が倒れた姿を、「根を逆にして」と形容するのは、常套的である。また、全体の状況設定は、『源氏物語』野分巻と似ている。ただし、「巌を吹き上げる」「木の枝の折れる音」「瓦を吹き散らす」などの、『源氏物語』そのままの言葉は使われていないようである。「栗の木」が二本、あわや離れの上に倒れかかるところだった、という箇所など、嵐が過ぎてほっとした心境が、率直に書かれている。「栗の木」である点に、どことなく俳味がある。また、野分巻では、風は丑寅（北東）の方向から吹いてきたとあるだけだが、「西より、北より、南より、吹きまはす」という表現は新鮮で、なおかつリアリティがある。嵐の中、家が揺れ動く様子を、「舟にあると同じやう」と形容したのも、常套表現のようでありながら、個性的である。舟が波間を漂うあやうさと、家が嵐に翻弄されるあやうさ。そこに、人間存在のあやうさがあることを、一葉は洞察している。自分の家は、低地にある平家なので、高台にある二階屋のあなたのところは、風当たりが大変だったでしょうと相手を思い遣って、お見舞いの手紙を書き終わっている。

この手紙への返事も面白い。昨日の大嵐の日に、選りに選って夫が近郊に一泊旅行中で、留守宅には老人と「女子」たちだけだったので、今までにないほど恐ろしかったという、はらはらする書き出しである。そのうちに「出入りの者、集まりくれ」て、家の補強をしてくれたりしたので、心強く感じられるようになった。何とか夜が明けてみれば、それほどの被害はなかった、というところまで読み進めて、読者もほっとするという、なかなかドラマティックな文面である。それに続けて、それでも次のような被害もあった、と書かれている。

（上略）御宅の栗の木も折れ候ひし由、お惜しき事、あそばされ候。私かた、柿の実、悉く落ち候ひて、中には疵つきしも多ければ、少しも満足なるをと撰りて、御子様がた御慰みにさし上候。くれ〴〵、御同様に事なく済みつるは、何よりに御座候。旦那様にも宜しう御礼願度、こなた良人こと大自慢にて、今年、花咲き候はゞ、御夫婦様御入りを願はんと御約束しおきし菊畠、折れたる木どもの下に成りて、浅ましう成り申候。これのみ残りをしく、帰り候はゞ、誰れに罪をや負せ候はむ。　かしこ

夫婦同士で、親しく交際している家の妻同士が、手紙をやりとりしている。往信が「栗の木」だったので、返信は「柿の実」に転じて、落ち柿が多かったけれども、少しでも傷が付いていない柿を、お子様たちに差し上げますと心遣いしている。それにつけても、留守をしていた良人が大切にしていた菊畠が、野分で台なしになったのがとても残念である。夫が帰宅したら、さぞこの被害を嘆くだろうが、「いったい、それを誰の責任にするのでしょうか」と、ユーモラスに筆を収めている。天のなせる技で、留守を預かる妻の責任ではないのだから、良人も諦めるしかないでしょう、というのである。日頃の良人の我がままぶりに一矢を報いて、ユーモラスで生き生きとした返

事となっている。常套表現に捕らわれない、「言葉の自由」が、よく表れている文例である。

なお、この箇所は、『源氏物語』野分巻で吹いた嵐が、秋好中宮の庭の花を萎れさせ、紫の上が手入れをさせていた「前栽」の草花を吹き荒らした、とある場面設定と似ている。

一葉の『通俗書簡文』は、手紙を書く状況や、手紙に書く内容に関して、古典文学などを援用している。ただし、実際の文章は、古典文学以来使われ続けてきた常套表現ではなく、手紙を書く人の個性がにじみ出ている。相手に対する思いやりとユーモアが漂う。「大人の読物」として、読み応えのある短編小説のような味わいがある、と言ってよいだろう。

なお、この「野分見舞」に関しては、「涙」も「冷笑」もなく、ユーモラスである。このような一面も、一葉にはあった。

「離縁を乞はんといふ人に」

『古今和歌集』には、四季や恋などの部立があるが、読んでいて物語性を感じるのは「雑」の部である。「雑」の部になると、日々の生活や、さまざまな人間関係の中で、歌が贈答されることになる。男女関係だけでなく、主従関係、親子関係、友人関係、さらには師弟関係など、人間を取り巻く世界の奥深さが、さまざまな贈答歌によって浮かび上がってくる。一葉の『通俗書簡文』の「雑の部」もまた、そのような読み応えがある。

雑の部から、「離縁を乞はんといふ人に」「同じ返事」という往復書簡を取り上げる。

留守中に、自分が媒酌をした女性が訪れ、留守番をしていた娘に、「夫と離縁したい」と告げた。それを聞いた媒酌人の女性が、離縁を思いとどまるように書いた手紙、という状況設定である。省略箇所もあるが、主な部分を引用してみよう。

（上略）内輪のもめといふは、池の面の小波に同じく、絶えずありとは見ゆれど、大した物にはこれなく候。（中略）古りぬることなれど、覆せし水は器にかへらず、又の御戻り、六づかしくば、御子たちを如何にせんと思し召すらん。（中略）誰れもよく申すこと、彼の時、何として彼のやうの短気なりしか。左まで怒らでも事は済みしをと、後々の悔、おそろしく候。（中略）さて、過せば、過さるゝもの。今、此やうの老婆に成りて子供達に面倒見らるること、其頃の取かへしに御座候。何事も、お子達に思しめしかへされ、一旦の御はやり気は御無用に遊ばさるゝやう致し度、（下略）

深刻な状況を書く一葉の筆からは、常套句や警告・説得が、次々と繰り出される。一葉は、この「媒酌人」の女性を世間で一般的なイメージにしているのである。離縁したいという女を説得する手段は、「覆水盆に返らず」という使い古された常套句である。また、子どもたちとの関係が切れてもよいのか、という警告。さらには、「一時の怒りに駆られて、短慮で離別を決意しても、きっと後から後悔するに違いない」という警告もある。

「短気で男と別れようとした女が後悔する」というのは、『源氏物語』帚木巻の「雨夜の品定め」で語られていた、古めかしい論法である。

一葉には、『十三夜』という小説があった。冷たい夫との離縁を決心した娘の「お関」に向かって、両親は、我慢してくれと説得するしかなかった。お関の父親は、「太郎といふ子もあるものなり。一端の怒りに百年の運を取はづして、人には笑はれものとなり」などと、説得した。まさに、『通俗書簡文』の仲人と同じ説得術である。お関は、説得を受け入れて、泣く泣く戻った。

なお、『十三夜』の「一端」は「一旦」が正しい。『通俗書簡文』は初版は「一端」だったが、増刷では「一旦」と修正された。

また、『この子』という小説では、子どもの誕生によって、もとの夫婦関係が取り戻されるという、ハッピー・エンドだった。一葉は、こういう状況では、こういう説得をするしかないのだと思って、自分の小説と響き合わせているのだろう。

離縁を思いとどまるように説得された女性からの返事には、「あと先そろはぬ一端気(いったんき)」(「一旦気」と「短気」の掛詞)を恥じ、「おほせの通(とほ)り、こぼし、水は旧(もと)に戻らず。再度此家(ふたたびこのいへ)に帰られぬやうならば、此子達(このこだち)をも見る事かなはで情(なさけ)なかるべき事思へば、身の毛(け)だち申候(まうしさうらふ)。もはや彼(か)のやうの事は申(まう)すまじく候(さうらふ)」などとある。往信にあった「覆水盆に返らず」という教えを全面的に受け入れ、また子どもたちへの思いゆえに、夫に離縁を申し出ることを断念したのだった。

一葉は、どのような思いで、この文案を書き記したのだろうか。このような説得で思いとどまれるものならば、そもそもの離縁の相談が、尚早ではないか。そのように内心で思ったかも知れない。けれども、相談者は、仲人の老女からの手紙を読み、返事の手紙を書くことで、自分自身の置かれている状況を、冷静に観察する機会を得たのかもしれない。それが、手紙の効用である。

ただし、『通俗書簡文』は博文館からの依頼によって執筆した模範文例である。そもそも、この本を手に取る人々は、日常の現実の中で、世間の常識と折り合いながら生きている人々であろう。その人々のための文例というものもあるはずである。深刻な手紙とユーモラスな手紙を取り交ぜているのは、文例に起伏を持たせて、人生の現実を示したとも言えるだろう。

「不縁に成し人をなぐさむる文」

『通俗書簡文』の「雑」の部から、もう一つ、「不縁に成し人をなぐさむる文」「同じ返事」を読もう。これは、「離縁を乞はんといふ人に」の続編のようにも読める。女は夫と離縁して、一時的に媒酌人の家で過ごしている。子どもも一緒である。離婚に至ったのは、どうも夫が「鉱山」関係の投資で失敗し、家庭を顧みなくなり、酒に溺れた、という事情であるらしい。読者は、手紙の文面から、手紙を書く人、読む人の関係性を読み取る。ここに、一つの「物語」が立ち上がる。

手紙の効用は、自分をめぐる現実を、「物語」として冷静に観察することができるようになる点にある。泣いてばかりいては、相手から届いた往信の文面も読めないし、返事の手紙も書けない。斎藤緑雨の「泣きての後の冷笑」に倣えば、「泣きての後の文書き」である。

さて、この往復書簡は、最初の手紙は、やさしく慰めることがテーマであり、返信が、苦しい立場に置かれた女性の心境の告白であるので、珍しく「返信」の方に力点がある。

往信は、「小雨降くらして、いと物のつれ〴〵に覚えられ候」という気候の挨拶から書き始められているが、これは手紙を受けとる女性のこぼしている「涙」や、「徒然＝寂しさ」を思いやっての措辞である。結び近くにも、「この降雨に、つれ〴〵いかがやと、思ひやり奉りて、心計りを文し上候」とある。悲しい人に手紙を書く際には、その悲しみに寄り添う姿勢が必要なのである。

夫と離縁して、親戚でもない媒酌人の家で厄介になり、幼い子どもも連れているという境遇に、共感を示す。そのあと、妻も子も顧みなかった夫への批判を書く。さらには、夫にも、鉱山関係の失敗があったからで、その堕落ぶりにも「御道理のなきには候はず」と、理解を示す。彼も、一時の悪夢が覚めれば、別れた妻が恋しくなり、呼び戻そうとする時がくるであろう。だから、今は、お子様の養育のことだけをお考えなさい。そのうえで、子どもへのお土産として、文使いの者に重箱を持たせる心やりを示す。情理を尽くした慰めである。

ただし、この手紙は気休めにはなっても、夫との心のすれ違いという根本問題の解決にはならない。何の解決にもならないことを百も承知で、「不縁に成し人をなぐさむる文」を書くという状況が、現実にはある。そのことを一葉自身は、百も承知している。その一葉が、どのような返信を書いているのか。この手紙をもらった女性に、往信の二倍近い分量の返信を書かせるという設定をした。一葉はかなり力を込めて、この返信文を書いたものと思われる。

お重をもらったお礼として、子どもは今は眠っているが、目覚めたら、どんなに喜ぶだろうかと感謝して、「此児よろこばせ給はる方は、今日此頃の大恩人に御座候」と書いた書き手は、これをきっかけとして、「此児」という言葉を繰り返し、用いてゆく。一葉の短編『この子』では、「この子」ゆえに家庭円満が回復されたが、「不縁に成し人」は「此児」を連れて家を出ている。

（上略）今、斯く、中空のやうに此家の世話を受け居り候ふこと、誰れやらが言ひし女子の宿世の浮きたる事、まことに思ひ知られ申し候。（中略）取あやまりても、再度、かしこへ迎へらるるは叶ふべきに候はず。今、国もとより、兄にまれ誰れにまれ、引取りにと、のぼられ候はゞ、私は此児を引つれ立帰り、田舎人に成りぬべきに候。（中略）これよりは凡ての事を忘れはてゝ、此児の養育専念につとむべく、此児をば貰ひ得られしを幸ひとして、他には何も思ふまじく候。されば、此地にあらんほどは更なり、田舎ものに成りぬるとも、折

ふしの御心添へ、何とぞ〳〵願度、（中略）此やうの長手紙、あとさき揃はで御判じがたくや。いと御恥かしう候。　かしこ

一葉は、幼い子どもを連れて、都（東京）から田舎へと戻ってゆく女の覚悟を、この手紙の中に書き込んだ。その覚悟は、『花ごもり』の「お新」が、甲斐の国に旅立つ姿を思い起こさせる。「中空」を浮いて漂う雲のような、寄る辺なき生の自覚は、『にごりえ』の「お力」の嘆きでもあった。これは、手紙の範疇を超えている。一葉の念頭には、自分が書いてきたさまざまな小説が寄り集まり、さらにその遠景に『源氏物語』の女たちも立ち顕れてきたのではないか。「誰れやらが言ひし女子の宿世の浮きたる事、まことに思ひ知られ申し候」とある「誰れやら」は、あるいは紫式部かもしれない。紫の上も、浮舟も、「女子の宿世の浮きたる事」に苦しみ続けた。

けれども、紫の上や浮舟と、「不縁に成し人」とでは、決定的に異なる点がある。紫の上は、自分を不幸にした光源氏への不満を、言葉にできなかった。ただ、思い詰めていただけだった。浮舟は、夢の浮橋巻の最終場面で、薫からの手紙を読もうともせず、ただ泣くだけだった。

樋口一葉は、『源氏物語』の全編を読んだであろう。浮舟が体験した「女子の宿世」に共感して、浮舟と共に、熱い涙をこぼしたことだろう。けれども、近代を生きる一葉は、泣いてばかりだった浮舟と袂を別ち、泣き尽くした後の「言葉」を、彼女の小説の中に書き綴った。それを、斎藤緑雨に「泣きての後の冷笑」と言われて、慄然としただろう。

「不縁に成し人」は、田舎人になる決心をした。「此児」を立派に育て上げる決心をした。その覚悟を、言葉に出した。手紙を書くことで、彼女は新しい人生を生きてゆける。そのことを、『通俗

書簡文』は示した。『通俗書簡文』は一葉が現実を通して、自分自身の人生行路をつかみ取ってゆく一問一答のドキュメントであり、一葉と読者をつなぐ現実の回路でもあった。

引用本文と、主な参考文献

・『明衡往来（雲州消息）』は、『群書類従』第九輯　文筆部消息部に収録。
・『庭訓往来』は、『続群書類従』第十三輯下　文筆部消息部に収録。
・「筑摩全集」の第四巻（下）に、『通俗書簡文』と、一葉が実際に書いた書簡が収められている。

発展学習の手引き

『通俗書簡文』を、それぞれの手紙が「短編小説」であるという観点から、読んでみよう。一葉の書いた小説だけでなく、一葉の詠んだ和歌と共通するモチーフが、発見できるだろう。

本章の第2節で触れた、斎藤緑雨の樋口家訪問は一葉日記の最晩年の記事である。「筑摩全集」第三巻（上）の明治二十九年五月二十四日以降の一葉日記を読んで、一葉と緑雨との対話から、この二人の文学への姿勢を改めて、実感してほしい。緑雨は『通俗書簡文』を深く読み込むことによって、一葉との回路を獲得し、一葉の本質に迫った。一葉もまた、緑雨に反発しつつも、その反俗的なきわだった個性に、みずからの鏡像を見たのではないだろうか。

15 一葉文学の達成域

《目標&ポイント》 一葉文学の中で、従来はそれほど注目されてこなかった随筆と歌文の領域について考察する。特に「歌文」は一葉独自のスタイルであり、「一葉歌文」と言ってもよい。随筆と歌文、それぞれの特徴に注目しながら、一葉文学を改めて眺望する。
《キーワード》 随筆、『うらわか草』、「雨の夜」、「月の夜」、一葉歌文

1. 一葉の随筆を読む

掲載された一葉の随筆

一葉は小説だけでなく、随筆も五編発表している。『校訂一葉全集』(「緑雨版全集」)の目次で、『うつせみ』の次に、『そぞろごと』(明治二十八年十月作)、『ほととぎす』(明治二十八年六月作)とあるのが、一葉の随筆である。

一葉は、明治二十八年八月に小説『うつせみ』を「読売新聞」に発表したが、同じ「読売新聞」に、今度は小説ではなく、二回に分けてそれぞれ二編ずつ、合計四編の随筆を発表した。それらには『そぞろごと』という総題が付いていた。内訳は、「雨の夜(よ)」と「月の夜(よ)」が明治二十八年九月

十六日付けの「月曜附録」、「雁がね」と「虫の声」が十月十四日付けの「月曜附録」である。

これらの四編は、明治二十九年五月発行の文芸雑誌『うらわか草』第一巻に、『あきあはせ』という題を付けて再掲された。ちなみに、『うらわか草』は、『文学界』（月刊）の姉妹版の同人誌で、この雑誌の奥付のページに、次のような発刊の趣旨が書かれている。引用すると、「『うらわか草』は月刊『文学界』の傍ら、季ごとに発行するものにして、月刊のかたにては重もに時流の文を論じ、こゝには社友の諸作を掲ぐるものなり」と書かれている。季刊を目指していたようだが、この第一巻のみで、それ以後は刊行されなかった。

『うらわか草』には、一葉の随筆が終わった次のページに、歌が一首、印刷されている。

うつの山うつゝにはあらぬ夢路までつらきあらしのおどろかすらん

これは、一葉が明治二十七年夏頃に詠んだ和歌である。嵐のような辛い現実が、夢の中にまで入ってきて、苦しい夢を見ることだ、という意味である。『伊勢物語』の第九段「東下り」の宇津の山のくだりを踏まえている。

『あきあはせ』にまとめられた以外のもう一編の随筆『ほととぎす』は、明治二十九年七月二十五日発行の『文芸倶楽部』第二巻第九編臨時増刊「海嘯義捐小説」に、『すずろごと』の総題のもとに掲載されたもので、この時の新稿である。山烏の鳴き声をほととぎすと勘違いしていたというユーモラスな内容である。

一葉随筆の特徴

一葉の随筆『そぞろごと』では、季節の移ろいに触発されて、過ぎし日のことがおのずと思い出されている。どれも静かで情緒深い作品である。随筆の掲載時期に触れたのは、一葉の人生の最後の時期であったことに、改めて注目したかったからである。一葉文学の生成と展開を主軸としてきた本書の最終章で、一葉随筆を取り上げるゆえんである。

さて、『うらわか草』では、既発表の随筆四編を一つにまとめた経緯を一葉自身が説明する文章を冒頭に掲げている。その文章を次に引用したい。適宜、漢字を宛てた。

秋袷

あやしう頭の悩ましうて、夢の様なる昨日今日、うき世は繁る若葉の陰に、初ほととぎす鳴きわたる頃を、去年の秋袷、古めかしう取り出でぬる、さりとは、心も無しや。垣の竹の子、衣脱ぎ捨てて、巻葉にかかる朝露の新しきを見るも、いと恥づかしうこそ。

去年の秋の旧稿を、今年の初夏に取り出すのは恥ずかしいと、一葉は言っている。初夏に刊行される『うらわか草』の読者に、秋に書いた随筆を提供するのでは季節感が合わないことを気にしているのである。それでも、「うき世は繁る若葉の陰に」と書いた時、日記「若葉かげ」の青春の日々が心をよぎったことだろう。

一葉の随筆は、すべて文語体で書かれているが、王朝風の縁語や掛詞、古典からの引用などは目立たず、簡潔平明な文章となっている。辞書を引かなくては意味がわからないような難語もほとんどない。口語体とさえ言えるような、わかりやすい文章である。

随筆「雨の夜」を読む

ここでは「雨の夜」の全文を読んで、一葉の文体の気韻に触れたい。適宜、漢字を宛て、句読点やかぎ括弧を加え、改行も設け、読みやすくし、通行の歴史的仮名づかいで、ルビを多く付けた。

　庭の芭蕉の、いと高やかに延びて、葉は垣根の上、やがて五尺も越えつべし。「今歳は如何なれば、かく、いつまでも丈の低き」など言ひてしを、夏の末つかた、極めて暑かりしに、唯一日、二日、三日とも数へずして、驚くばかりに成りぬ。秋かぜ、少し、そよそよとすれば、端のかたより、果敢なげに破れて、風情、次第に淋しくなるほど、雨の夜の音なひ、これこそは哀れなれ。こまかき雨は、はらはらと音して、草村隠れ鳴くこほろぎの節をも乱さず、風一しきり、颯と降りくるは、「彼の葉にばかり懸かるか」、と痛まし。

　雨は、何時も哀れなる中に、秋は、まして身に沁むこと多かり。更けゆくまゝに、燈火のかげなど、うら淋しく、寝られぬ夜なれば、臥床に入らんも詮なしとて、小切れ入れたる畳紙、取り出だし、何とはなしに、針をも取られぬ。まだ幼なくて、伯母なる人に縫物ならひつる頃、衽先、褄の形など、六づかしう言はれし。いと恥づかしうて、「これ、習ひ得ざらんほどは」と、家に近き某の社に、日参といふ事をなしける、思へば、それも昔なりけり。をしへし人は、苔の下になりて、習ひとりし身は、大方もの忘れしつ。かく、たまさかに取り出づるにも、指の先、こはきやうにて、はかばかしうは、得も縫ひがたきを、「彼の人あらば、いかばかり、言ふ甲斐なく浅ましと思ふらん」など打ち返し、其のむかしの恋しうて、無端に袖も濡れそふ心地す。

　遠くより音して歩み来るやうなる雨、近き板戸に打ち付けの騒がしさ、いづれも淋しからぬかは。老いたる親の痩せたる肩もむとて、骨の、手に当たりたるも、斯かる夜は、いとど、心細さのやるかたなし。

《「筑摩全集」第三巻（下）、七八一～七八二頁による》

「雨は、何時も哀れなる中に、秋は、まして身に沁むこと多かり」の部分は、白楽天『白氏文集』の、「大底の四時は、心すべて苦しきを、就中、腸の断ゆるは、これ、秋の天」をかすめつつ、焦点を雨に絞っている。古典の引用であることを全く感じさせない、自在さである。『通俗書簡文』の序文に書かれていた「言葉の自由」とは、こういう文体のことであろう。

六百字余りの文章であるが、場面展開に起伏があり、情景に広がりがある。時間の流れとしては、夜の雨音に耳を欹て、庭の芭蕉が雨に打たれて、葉がばさばさになるのを気遣っているうちに、そう言えば、この芭蕉が大きく伸びたのは、夏になってからの二、三日のことで、その成長は驚くほど早かったのだが、春のうちは延びずに心配していたのだった、というように、書き出しのほんの数行で、季節を遡って、春以来の芭蕉の生育に一喜一憂する心情も書いている。

そして、この連続的な心の動きが現在に戻ると、雨の夜のつれづれに、捨てられぬ端切れを取り溜めて包んでいた畳紙を広げて、手すさびの針仕事をし始める。そこからさらに、遠い昔の記憶が蘇ってくる。

このような一連の心の動きは、記憶をつなぎとめる「意識の流れ」を言葉で書き綴ってゆくものである。一葉（一八七二～九六）と同じ時代に生まれたプルースト（一八七一～一九二二）の文学世界とも、東西を隔てて響き合う。繊細さが持つ燦めきを体現させるのが、文学の靭さであろう。

「月の夜」の池に沈んだ硯

随筆「月の夜」もいくつかの場面に分かれ、月夜に聞こえてくる尺八や三味線や琴など、楽器の音色のことから始まり、月を鏡とするならば、別れた人の面影が映るはずであろうなどと、物語めいた気持ちになる、というのが書き出しである。それに続いて、今住んでいる家は、池に張り出した手摺(てすり)があり、池に映る月を見ていると、池の深さも底知れぬ思いがして、小石を投げて見せると、小さな甥がそれを真似て、あっと止める間もなく、硯石(すずりいし)を投げ入れた。その硯は、今は亡き兄の遺愛の硯であったという思いがけない挿話が書かれ、読む者の心も波立つ。それを静めるかのように、月夜に客人が訪れたり、手紙が来たりすればよい、と日常に戻る。締め括りは、冒頭に戻ったかのように、物売りの声や汽笛が聞こえると心が誘われる、という随筆である。「雨の夜」と同様に、今現在の月夜の情景と、自分が過去に体験したことを織り交ぜて書いている。

「雁がね」と「虫の声」は、秋らしい鳥と虫を題材にしている。ここでも、秋の情景の中に、過去の体験が書かれている。一葉の四編の随筆は、季節と自分の思い出を融合して書くスタイルで一貫している。

2. 一葉歌文の世界

「一葉歌文」とは何か

「一葉歌文(いちようかぶん)」とは、私に命名した用語である。近代文学の初期に当たる明治二十年代に登場した一葉の歩みを、本書では辿ってきた。その一葉文学の達成域は、和歌と散文がわかちがたく融合した世界である。この一葉独自の世界を「一葉歌文」と仮に命名したのである。その背景には、松尾芭蕉の「俳文」を近代に移し植えた世界である、という文学史的な認識がある。ちなみに、先ほど全文を引用した一葉の「雨の夜」は、芭蕉の葉に触発された文章だったが、芭蕉の俳文にも「芭蕉を移す詞」があり、その末尾で、「唯、このかげに遊びて、風雨に破れ易きを愛するのみ」と述べている。

さて、一葉の「歌文」には、大きく三つのテーマがある。

第一に、「萩の舎」と関わる「歌文」。これは、歌会のありさまや、花見の散策などがテーマである。第二に、一葉が師事した半井桃水への思慕の念と、それゆえの苦悩をテーマとする「歌文」。第三に、文学同人誌である『文学界』の青年たちとの交流から生まれた、人生観・虚無感などをテーマとする「歌文」。

これら三種の「歌文」は、一葉文学の生成と展開に深くかかわっている。特に、一葉における思想基盤としての『徒然草』の影響が見られる「歌文」に注目する。現実感覚と虚無感の鬩ぎ合いが明瞭に書かれている「歌文」からは、一葉の思索家・思想家としての側面が窺われる。「歌文」という記述スタイルに注目して分析すると、一葉文学の内的領域に新たな光を当て、一葉の心の深淵を垣間見ることができる。

一葉歌文は、どのような記述に見出されるのであろうか。そのことを調べてみると、次のような三分類があることがわかった。

（A）和歌詠草の詞書

（B）日記の記述

（C）日付のない断章

さらに、表現や内容によって、軽妙洒脱なものと、内省的なものの二種がある。

以上のことに留意しながら、具体的に、一葉歌文を読んでみよう。

歌文「雪仏」を読む

「雪仏」と私に名づけた歌文は、和歌の「詠草44」に見られる「軽妙洒脱」な内容である。

今年三月、花開きて、取る筆、いよいよ忙し。「哀れ、此の事、終はり、彼の事、果てなば、一日、静かに花見む」と願へども、嵐は、情の有る物ならず。一夜の雨にも、木の下の雪、覚束無し。熟々思うて、雪仏の堂塔を営むに似たり。
風吹かば今も散るべき身を知らで花よ暫しと物急ぎする

これは、本来、長い詞書を持つ和歌である。「筑摩全集」の補注によれば、「明治二十八年三月から五月頃までの宿題系の詠草」という。この時期は、まさに、本書の第十三章で取り上げた、『たけくらべ』、および、その他の執筆に日々追われていた時期である。

この長い詞書にある「雪仏の堂塔を営むに似たり」という表現は、『徒然草』第百六十六段の冒頭部、「人間の営み合へる業を見るに、春の日に雪仏を作りて、その為に金銀・珠玉の飾りを営み、堂を建てむとするに似たり」という一文を圧縮して、格言のようにまとめており、一葉のすぐれた表現力が窺われる。

また、「此の事、終はり、彼の事、果てなば」の部分は、『徒然草』第五十九段の、「暫し。この事果てて」や、「同じくは、かの事、沙汰し置きて」などといった言葉の痕跡を思わせる。

章段を隔ててはいるが、どちらも『徒然草』の中から、素早く言葉を摑み取ってきて接ぎ合わせ、不自然さを全く感じさせない。『徒然草』の言葉が一葉の言葉となって、自然に流露している。

そのうえで、止めがたい時の流れに抗して、齷齪する人間の愚かさを我が事として、一首の歌にまとめ上げる。その鮮やかな手腕に感嘆せずにはいられない。

『一葉歌集』の編者佐佐木信綱は、その冒頭の「一葉歌集のはじめに」で、「雑の歌の中、殊に詞書ある歌の中に、此種の秀逸の比較的多く見ゆるも注意すべきことなり」と述べ、一葉和歌における詞書のある歌への注意を喚起している。ただし、この「雪仏」の場合には、「長い詞書を持つ和歌」という範疇を超え、明確な人間洞察を示して普遍性を持つ「歌文」として自立している。つまり、詠歌の説明や解説である詞書を超えて、一葉の人生観・人間観を凝縮した批評文であり、和歌と一体となって独立性を持つ「歌文」であると言えよう。

歌文「闇の哀れ」を読む

「闇の哀れ」と私に命名した歌文は、「日付のない断章」の中に見られる、きわめて内省的な内容である（「筑摩全集」第三巻（下）の「感想・聞書8」）。

> 英雄と言ひ、豪傑と言ふ。如何に、その名の、事々しきならむ。機運、一度熟せば、万里の城壁も、越ゆべし。静かに思ひ、徐に考へて、無欲の中に、人事を思ふ者、世に顕れずして、終はる事、少なしとせず。天地、永久に有りと雖も、一度、此の土を去りし者、二度、現世に顕るる事を聞かず。空しく思ひを抱きて、九泉に赴きし者、古来、幾許か有らむ。他界に対する観念と言ふ物、抑も、此の土に、何の功有らむや。哲と言ひ、仏と言ふ。元、此の土の人の為なるのみ。善偽・方便、何ぞ、悉く、探る事を用ひむや。暫く、善きに随ひて、善きに進むべし。死しては、鳥と成り、獣と成る以上、知るべからず。自然の変

化を、人力の左右(さいう)し得(う)べからず、と知れば、暫(しばら)く、此(こ)の土(ど)に遊べる中(うち)の仕業(しわざ)として、善(よ)からむと思ふ人は、善(よ)かれ、悪(あ)しからむと思ふ人は、悪(あ)しかれ。神仏、何(なん)ぞ関(くわん)せむ。唯(ただ)、夫(それ)、心に恥(は)づる所(ところ)、無(な)くんば、他界の諸神、来(きた)りて、遊(あそ)ばむ事(こと)、疑ふべからず。

更(ふ)くる夜(よ)の閨(ねや)の灯火影(ともしびかげ)消えば闇(やみ)なるものを哀(あは)れ世(よ)の中(なか)

これは、明治二十七年から二十八年にかけて書かれたとされる断章である。次の「古松の烏」と並び、「一葉歌文」の双璧を成す。一葉の歌文は、軽妙なものや、抒情性に満ちたものもあり、それぞれに魅力的である。それらの他に、人生観や世間観が直截(ちょくせつ)に吐露されて、深淵(ふち)の縁に佇むごとき歌文がある。

和歌に先立って置かれている文章は、詞書の域を大きく超え、人間の生と死をめぐる深い省察である。漢語を多く用い、文体が漢文調であるためか、悲壮感すら漂っている。天地は永久であるが、人間は一度死ねば、二度とこの世に戻っては来られない。したがって「他界(たかい)に対する観念と言ふ物(もの)」も、いったいどれほどの効用があろうか、と述べている。一葉は、「心に恥(は)づる所(ところ)」がなければそれでよい、「神仏、何(なん)ぞ関(くわん)せむ」とまで書いている。

末尾に添えられている和歌は、「夜も更けてきたこの部屋で、燈火が消えれば、世界は暗闇となる。命の燈火が消えれば、それが死というものだ。まことに、この世は儚(はかな)いものである」となろう。一葉の虚無的とさえ言えるような、思索の果てが開陳されている。死後の虚無を前にして、現世をどのように生きるか。一葉の批評精神が、思索を強靭なものとしている。

歌文「古松の烏」を読む

「古松の烏」と私に命名した歌文も、「日付のない断章」の中に見られる内省的な内容である（「感想・聞書8」）。

軒端の山に、古松有り。友無し烏、一羽、止まりて、霜夜の月に、羽撃きして鳴く声は、木枯に交じりて、恨める如く、恋ふるに似たり。我が八重葎の冬枯れて、垣根の葛の、うら寂しきに、小窓の破れ簾、掛かれるも、聞き過ぐしがたく、「やよ、山烏。汝は、いづれの森にか育ちし。親は有りや。同胞は」と問へば、「ああ」といふ声、嘆じるに似たり。「人に夫妻有り。鳥獣、各々、連れ、無くもあらず。汝は、鰥夫か。夫妻鳥は、如何にしたる。早く、比翼の翼をもがれて、枯木宿らむとして、撰むに、枝無き、独栖の身か。然らずは、一人、思ひ上がりて、夫妻無し烏、今更の冬枯に、餌食みも辛き身の成れる果てか。然らずは、人欲・獣欲、あらゆる欲を眼下に見下ろして、高く樹上に、世を嘲笑ふか。我に、公冶長の智、無しとも、思ふ事有らば、聞き知らぬにしもあらず。語れ、語れ」と、責めて言へば、「ああ」の一声、長く引きて、苦悶、二度鳴くに、勢ひ無く、空間高く飛び去る事、遠し。松の木枯、折しも吹き荒れて、大空に雲の飛ぶ事、繁し。

　諸共になど伴はぬ山烏憂き世の秋は同じかる身を

これも前作「闇の哀れ」と同じ時期に書かれた断章である。文章もほぼ同様の長さであり、思索もまた深い。ただし、「闇の哀れ」が論理的な批評文学的な歌文であったのに対して、これはまるで戯曲を読むような歌文である。このような情景を、一葉が実際に体験したのだろうか。あるいは、一葉の内面のドラマなのだろうか。文章の流れに沿って、内容を辿ってみよう。

《軒の向こうに見える山に、一本の古い松の木が立っている。ただ一羽、烏がその梢に止まっている。寒い霜夜である。空には月が皎々と照っている。烏は、羽ばたきをしながら鳴いている。その声は木枯に交じって、恨むが如く、恋うるが如く、聞こえてくる。

　ところで、手入れをしないわが家の庭には、八重葎が生い茂って荒れている。垣根に絡まっている葛の葉が風に裏返って、白い葉裏を見せるのも恨みがましい。小窓に懸かった夏の簾も、今はもうあちこち綻び、破れている。そんな荒涼とした荒屋のせいか、烏が鳴くのも凄絶に聞こえ、烏に問いかけずにはいられない。「おお、烏よ、お前は、どこの森で育ったのか。お前に、ふるさとはあるのか。親はいるのか。兄弟はどうだ」と問えば、「カァ」という声は、悲嘆の声のようにも聞こえるではないか。「人間に連れ合いがあるように、鳥や獣であっても、連れ合いは、いようものを。お前は、鰥夫か、連れ合いの烏は、いないのか。早くに比翼の翼の片方をもがれて、連れ合いを無くし、たった一人で枯れ木に宿ろうにも、止まり木になる枝もないというのか。お前は、独り棲みなのか。あるいは、そんな悲しい境遇に追いやられたのではなく、我と我が身を思い上がって、妻無し烏の身をみずから選んではみたものの、冬枯れのこの季節、餌を漁るのも辛い、身のなれの果てなのか。そうでなければ、あらゆる欲望を眼下に見おろして、樹上に高く止まって、世間の人間の営みのすべてを嘲笑うのか。私は、あの『論語』に出てくる、鳥の言葉を理解したという賢者ではないが、よしやお前が、心に思うことがあるならば聞かせてもらおうではないか。さあどうだ、烏よ。語れ、語り尽くせよ」。

その時、烏は心中の苦悶が漏れ出たように、「鴉鴉」と長鳴きした。そして再び「鴉鴉」と鳴いたが、その声には力が籠もっていなかった。烏は私を残して、虚空を高く飛び去った。ちょうどその時だ、囂々と吹き荒れる木枯が索々と松風を鳴らした。烏が遠く飛び去った空を見遣れば、雲が飛ぶように流れてゆく……。

烏よ。お前は遠く行ってしまった。なぜ、もっと私と語り合わないのだ。

今はもう、秋も深まった。

この辛い憂き世の秋に、飽き飽きしているのは、お前も私も同じではないか。》

このような内容の歌文「古松の烏」は、一葉の心象風景を描いて、一読忘れがたい感動を残す。エドガー・アラン・ポーの「大鴉」を思わせるような、暗鬱で、蕭条とした光景が広がる。ちなみに、「大鴉」で繰り返される「Nevermore」とは、「Never again」の意である。先に読んだ「闇の哀れ」に書かれていた、「天地、永久に有りと雖も、一度、此の土を去りし者、二度、現世に顕るる事を聞かず」とも、不思議なほど響き合う。

烏への矢継ぎ早な問いかけは、一葉自身の人生観、死生観への性急な検証であり、ここに、一葉は、わが身の虚無と向き合った。一葉は、「萩の舎」の親しい友人である伊東夏子に宛てた、明治二十七年三月頃と推定されている手紙の中で、「君は宗教の門に入り、我は虚無の空理に酔ひて」と述べている。一葉は、この歌文で、みずからの思想を描き切っている。

「闇の哀れ」と「古松の烏」の二編は、「一葉歌文」の極北とも言える到達境であり、それはそのまま一葉文学の極北でもあった。さらにもう一編、「一葉歌文」を読んでみよう。

歌文「拗ね者」を読む

「拗ね者」と私に命名した歌文も、日付のない断章の中に見られる、内省的な内容である（「感想・聞書11」）。一葉文学の極北を見届けるために、ここでもその全文を掲げよう。

> 愚かや、我を、拗ね者と言ふ。明治の清少と言ひ、女西鶴と言ひ、祇園の百合が面影を慕ふと叫び、小万茶屋が昔を歌ふも、有めり。何事ぞや。身は、小官吏の乙娘に生まれて、手芸、伝はらず、文学に縁遠く、僅かに、萩の舎が流れの末を汲めりとも、日々夜々の、引窓の煙、心に掛かりて、いかで、『古今』の清く、高く、『新古今』の、彩に、珍しき姿・形を、思ひ浮かべ得られむ。増してや、鳰の海の底深き式部が学芸、思ひ遣るままに、境、遥かなり。唯、些か、六つ、七つの幼立より、誰伝ゆるとも覚えず、心にうつりたる物の、折々に形を顕して、斯く、はかなき文字沙汰には成りつ。人、見なば、拗ね者など、異様の名をや得たりけむ。人は、我を、恋に破れたる身とや思ふ。哀れ、然る、優しき心の人々に、涙を注ぐ我ぞかし。この微かなる身を献げて、誠を顕さむと思ふ人も無し。然らば、我一代を、何がための犠牲など、事々しく問ふ人も有らむ。花は散る時、有り。月は、隠るる時、有り。我が如き者、我が如くして過ぎぬべき一生なるに、はかなき拗ね者の呼び名、をかしうて、
>
> 　空蟬の世に拗ね者と言ふなるは夫子持たぬを言ふにや有るらむ
>
> をかしの人言よな。

これは、明治二十八年三月から四月にかけて書かれたとされる断章である。これまでに紹介した

一葉歌文の中で、最も個人的な経歴認識が痛切に顕れた作品である。この歌文は、今回すでに取り上げた歌文の世界、そして一葉文学の基盤形成となっている『徒然草』との関連性など、さまざまなものが重層的に込められている。歌文紹介の最後に取り上げるゆえんである。

「愚かや、我を、拗ね者と言ふ」と書き出されているのは、この歌文が書かれた少し前の時期に、馬場孤蝶からの手紙（明治二十八年三月十五日付）が届き、そこに「世を拗ね物の、二葉の春を捨てて、秋の一葉と嘯き給ふ事、わけは侍るべし。柳の糸の結ぼれ解けぬ片恋や、発心のもと」などと書いてあったからである。孤蝶は、一葉の生き方や態度の原因を憶測している。馬場孤蝶は『文学界』の同人で、本郷丸山福山町の樋口家にもたびたび訪れ、文学談義を交わす親しい友人なので、遠慮のない洒落た言い方になっている。孤蝶なりに、一葉の生き方を危ぶんでいるような心情も窺える。

それに対して、一葉は、自分は世間で言い囃されるような人間ではない。清少納言とも西鶴とも違っている。『古今和歌集』や『新古今和歌集』のような本格的な勅撰和歌集の世界にも疎く、ましてや『源氏物語』を書いた紫式部の学識など、遙かに及ぶべくもない、と謙遜する。

ただし、それに続く、「心にうつりたる物の、折々に形を顕して、斯く、はかなき文字沙汰には成りつ」という部分には、『徒然草』序段の、「心にうつりゆく由無し事を、そこはかとなく書き付くれば、あやしうこそ物狂ほしけれ」という言葉が遠く響き、さらに、「人、見なば、拗ね者など、異様の名をや得たりけむ」と続く部分にも、『徒然草』第四十段に、栗しか食べずに生い立ってきた娘を指して、父親が「異様の者」と言った言葉の痕跡が見出せる。一葉自身もまた、子どもの頃から、誰に教えられるまでもなく、心に浮かぶことを書き留めてゆく「文字沙汰」、すなわち文学の世界を、自分の生きる場所としてきたと書いている。『徒然草』が果たした役割は、ことのほか大きい。

この文章の末尾部分は、歌文「闇の哀れ」とも通底する。自分の生き方は自分が納得するかたちで行えばよく、それを他人が「拗ね者」と呼ぶのは笑止だ、と言うのである。世間の人々は、結婚して子どもを持つ生き方だけを指針として、それ以外の生き方を選択する人間を理解できないのであろうと批判している。ここには、歌文「古松の烏」に書かれていた「烏問答」のテーマも響いていよう。

一葉における思索の結実は、「歌文」という凝縮したスタイルの中に見出される。そこでは散文と和歌が響映し、思索は思いもよらぬほど深く沈潜し、広がってゆく。そのような新しい文学の領域として、一葉が到達した「歌文」の世界を位置づけたい。

3．おわりに

本書は全体を通して、一葉の日記を基盤として、時系列に沿った章立てとした。その中での出来事や人々との出会い、家族関係や住まいの場所にも注目した。一葉は、文学者として小説を発表し、その原稿料で母娘三人の生計を立てることを目指した。しかし、掲載者側の要望と、一葉の文学観や表現観に懸隔が生じることもあり、また、自分自身の執筆が思うように進まないこともあった。それは、日常生活の多忙からくる場合もあれば、内面的な苦悩により自身の筆が進まず、原稿が書けずに苦悩する場合もあった。

「萩の舎」や半井桃水とは、粗密に起伏のある関係性をとらざるをえなかった。それらのことが、一葉の心の苦悩ともなった。「萩の舎」も桃水も、一葉にとっては大切な存在であり、また『文学界』の青年たちとの交流は、利害にかかわらぬ、自由で闊達な友情を育んだ。一葉の青春は、これらの人々との交流の中で開花した。また、斎藤緑雨の鋭い問いかけは、一葉文学へ向けられた閃光だった。

森鷗外や幸田露伴たちのように近代文学に大きな足跡を残した人々も、一葉文学にとってかけがえのない具眼（ぐがん）の人々だった。

本書を通して、樋口一葉の生涯とその作品群は、どの時期においても、また、どの作品においても、一葉が力の限り文学と向き合ったことから生み出されたことを確認してきた。一葉の作品は、一葉自身の誠実な生き方の具現である。一葉文学の生成と展開は、その背後に、多くの理解ある人々の存在もあった。この思いをもって、本書の締め括りとしたい。

引用本文と、主な参考文献

・「筑摩全集」の第三巻（下）に、本章で取り上げた随筆が載る。なお、全五編の一葉随筆は、『樋口一葉集』（日本近代文学大系、角川書店）、『全集樋口一葉』（第二巻、小学館）に、それぞれ注釈付きで収められている。『うらわか草』は、『文学界』復刻版（日本近代文学研究所編、臨川書店）に所収されている。

・「筑摩全集」の第三巻（下）に、一葉歌文を代表する「闇の哀れ」「古松の鳥」「拗ね者」が載る。それぞれ、七五一頁、七五二〜七五三頁、七七六頁である。

・島内裕子「一葉日記における和歌と散文」（『放送大学研究年報』第三十六号、二〇一八年）

発展学習の手引き

これまで紹介する機会がなかったが、島内裕子『樋口一葉』（コレクション日本歌人選、二〇一九年、笠間書院）は、樋口一葉の文学者としての歩みを、それぞれの時期に詠んだ和歌五十首の鑑賞を通して辿ったものである。一葉文学における和歌の役割の大きさを、感じ取ってほしい。この本で鑑賞した五十首の和歌には、一葉と「萩の舎」、一葉と桃水、一葉と『文学界』の人々などとの日頃の交流と、そこから生じる情感や情念、そして思索といった、一葉の自己形成に関わるさまざまな思いが凝縮している。一葉が生前発表した最後の作品が和歌だったことも紹介した。

本章で代表的な「一葉歌文」として掲載した作品の現代語訳などは、参考文献に掲出した拙稿「一葉日記における和歌と散文」から抜粋したが、表現など修正した箇所がある。本章では「一葉歌文」を絞り込んで紹介したので、読み合わせていただければ幸いである。

●ら　行

●わ　行

●や　行

●ま　行

●た 行

●さ　行

●か 行

索引

●配列は五十音順（現代仮名遣い順），*は人名，『　』「　」は，書名・作品名・雑誌名・和歌の初句などを示す。

著者紹介

島内　裕子（しまうち・ゆうこ）

一九五三年　東京都に生まれる
一九七九年　東京大学文学部国文学科卒業
一九八七年　東京大学大学院人文科学研究科博士課程単位取得退学
現　在　放送大学教授、博士（文学）（東京大学）
専　攻　中世を中心とする日本文学

主な著書　『徒然草の変貌』（ぺりかん社）
『兼好――露もわが身も置きどころなし』（ミネルヴァ書房）
『徒然草文化圏の生成と展開』（笠間書院）
『徒然草をどう読むか』（左右社）
『徒然草』（校訂・訳、筑摩書房）
『枕草子　上下』（校訂・訳、筑摩書房）
『方丈記と住まいの文学』『響映する日本文学』（左右社）
『樋口一葉』（笠間書院、コレクション日本歌人選）

主な編著書　『吉田健一・ロンドンの味』『おたのしみ弁当』『英国の青年』（編著・解説、講談社）

放送大学教材　1559338-1-2311（ラジオ）

樋口一葉の世界

発　行　　2023年3月20日　第1刷
著　者　　島内裕子
発行所　　一般財団法人　放送大学教育振興会
〒105-0001　東京都港区虎ノ門1-14-1　郵政福祉琴平ビル
電話　03（3502）2750

市販用は放送大学教材と同じ内容です。定価はカバーに表示してあります。
落丁本・乱丁本はお取り替えいたします。

Printed in Japan　ISBN978-4-595-32392-8　C1395